乐园是侦探不在的地方

RAKUEN TOHA TANTEI NO FUZAI NARI

YUKI SHASENDO

[日] 斜线堂有纪 / 著

林雅 / 译

新星出版社 NEW STAR PRESS

乐园是侦探不在的地方

目录

常世馆的房间布局图

←往地下室
仓早千寿纱
杂物间
书房
大槻彻
小间井稔
食材库
酒窖
厨房
塔
休闲室
←往2F
门厅
餐厅
1F

往1F→
大厅
仓库
仓库
地下室

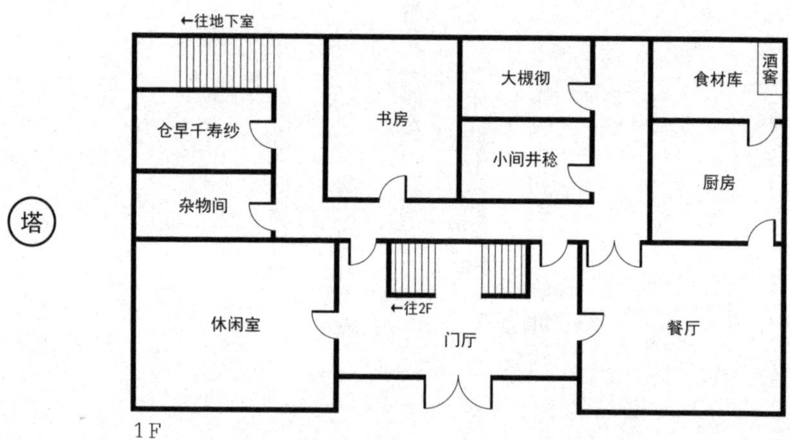

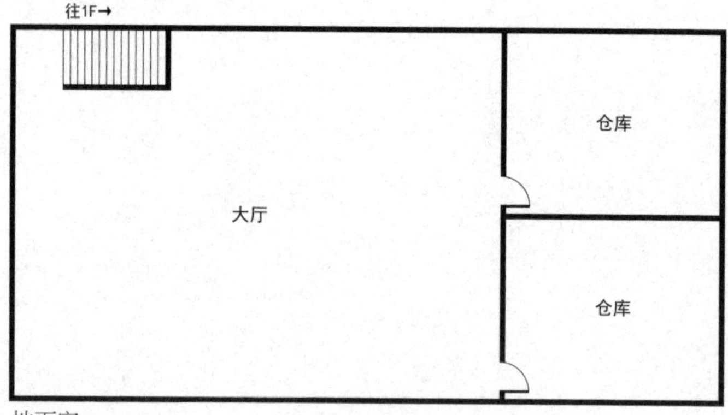

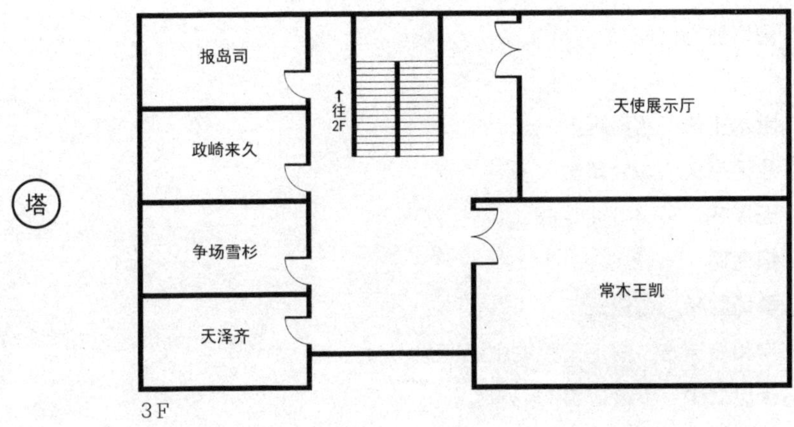
塔
报岛司
政崎来久
争场雪杉
天泽齐
↑往2F
天使展示厅
常木王凯
3F

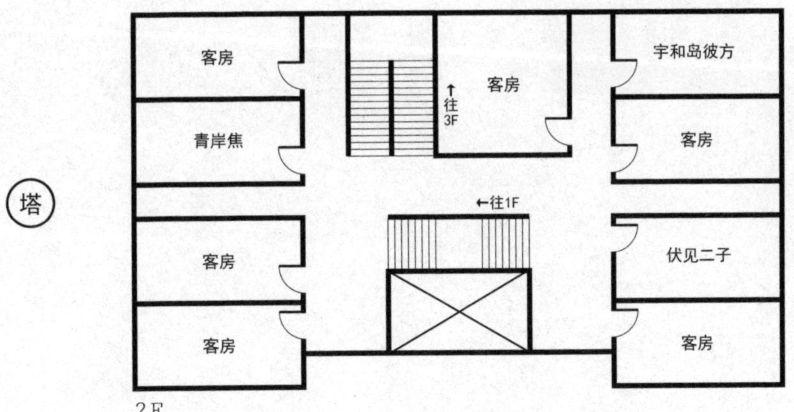
塔
客房
青岸焦
客房
客房
↑往3F
客房
←往1F
宇和岛彼方
客房
伏见二子
客房
2F

出场人物一览

青岸焦 侦探

常木王凯 常世岛的主人
政崎来久 国会议员
天泽齐 天国研究专家
报岛司 记者
争场雪杉 企业家
宇和岛彼方 常木王凯的主治医生
伏见二子 不请自来的记者

仓早千寿纱 常世馆的女佣
大槻彻 常世馆的主厨
小间井稔 常世馆的管家

第一章 地上的乐园

1

灰暗的天空中，飞翔着一群脸庞瘦削的天使。

天使们似乎格外喜欢大雨来临前的天空，以至于会有人说："若是看到天上聚集着两三只在趾高气扬地飞翔的天使，其后必有雨至。"

如若真是那样，常世岛应该马上会迎来一阵降雨。

这么一想，青岸的心情不禁变得越发阴郁。经过昨天在船上将近四个小时的颠簸，到达岛上之后，青岸只有止不住地叹气。

入住的房间很舒适，有十六平方米左右，比青岸自己的住宅还要宽敞，室内配置的家具也堪称一众酒店里绝对一流的豪华。对于一个多半被以配角身份邀请而来的侦探，这样的待遇已然无可挑剔。

这次被邀请到岛上的人们，无一不是有头有脸的知名人士。虽说并不怯于这样的场合，但青岸总觉得自己与之有些格格不入。

可话说回来，青岸甚至连此行的目的究竟是什么也并未被告知。虽说他来到这里是因为耐不住几句甜言的诱惑，但到达之后只是一直被人款待着待在馆里无所事事，再加上看到窗外飞翔着的天使，内心不免生出了莫名的不安。

青岸也无法预知自己接下来将要被卷入什么事情当中。岛上天使成群，聚集于此的人，世人称之为"天使狂"。

而在某种意义上，青岸或许也可说是这些人里的其中一员。

现在是早上六点，距离七点半的早餐时间还有一会儿。青岸已经完全醒了，无意继续赖床，索性决定还是起来算了。

他用手稍微捋了一下头发，简单收拾一番之后，便走出了房间。

过分柔软的毛巾带来的触感仍然留在脸上，洁净镜子里那毫不起眼的自己也停留在脑海中。才不到四十岁的年龄，却长着一张仿佛已临近暮年的脸。再加上已经穿到软塌的西装，青岸感觉自己整个人看起来毫无生气。一直这么蹉跎下去的话，临终的时候应该不会有天使来迎接吧。

正当青岸就这么沿长长的走廊走着的时候，突然被身后传来的声音叫住。

“早上好，青岸先生您起得真早，是不是房间有哪里让您感觉不舒服的？”

青岸回头一看，只见这里的女佣仓早千寿纱就站在身后。

不知是不是因馆主常木王凯的个人品位，她穿着的并非常见的那类经典女佣服装，而是长到脚踝的长裙。青岸不禁想，那里面是不是藏着什么武器。虽说这样的猜想源自他自己的职业病，但也未免有点恶俗。

“没有什么不舒服。这里真的只有你们三个人在管理吗？比起其他酒店，你们提供的服务实在是好太多了。”

“打扫卫生和洗衣服这些工作，基本上都可以交给机器去做……毕竟这里……”

仓早突然停下，没有继续往下说。她看向窗外，窗外是一片美丽的海景，天上飞着三只天使。过了一会儿，她微笑着说道：

“毕竟常世岛是这世上的乐园。”

“乐园啊。的确，这里有很多天使，若投喂的话，估计它们会像鸽子那样扑过来。”

“如果您想投喂，我可以给您拿些方糖过来。的确如您所说，只需要一两颗糖，天使们便会成群地飞过来。”

“啊，我随便说说而已，不用麻烦。”

优雅的仓早保持着微笑稍稍欠了欠身，青岸见状，不禁反省自己不该说话不经大脑，差点让对方当真，给对方添了麻烦。

回程的船要在四天之后才会来，总不能让自己这不悦的心情破坏了这里的气氛。不管怎样，决定来这里的是青岸自己，不能一直这么颓废下去。

他走下台阶，走向休闲室，那里应该有免费的水吧。虽说休闲室与这旧时代风格的常世馆并不搭调，但青岸很感激此处能有这么一个被挥斥重金打造的近现代之物。

常世馆休闲室的装修传统且富有情趣，给人的感觉更像是机场里的贵宾候机室。若要打发早饭前的这段时间，这里或许是个不错的选择。

可是，休闲室里已有了先到之人，并且是青岸想躲避的人。

只见休闲室的座椅上，坐着一位五十岁上下的男士。他身着剪裁精良的西装，银灰色的头发梳理得整整齐齐，五官端正。不认识他的人或许会以为这人是个演员，其浑身散发出的气质也让人一眼便能看出他是个习惯于人前的人。他正一边喝冒着热气的咖啡，一边优雅地看书。

可恶的是，他正在读的是一本外文书，所以青岸并不知道具体的书名，能看明白的，就只有“Heaven”这个外语单词。

“啊，早上好，青岸先生。”

青岸本以为这个时间不会见到那些大人物，却偏偏撞上了自己最不想见到的人。面对表情僵硬的青岸，男士微笑着走了过来。

“哎呀，本来想早点跟您打声招呼的，却一直错过了时机。欢迎您来到常世岛，虽然我并不是这里的主人，不过很荣幸见到您，名侦探。”

“您客气了。”

“我叫天泽齐，是一名天国研究专家。有缘在这里遇到您，真是幸会啊。”

无须对方过多的自我介绍，青岸也知道这位是何人，或者说他想不知道也很难。毕竟最近不管是在电视节目上还是书店里，都会频频看到这张带着从容表情的脸。

此人活跃在这个国家的天使研究领域最前线，在这个领域里是颇具权威之人。从天使衍生出来的所有词汇，都由这位可疑的专家命名，这也足以显示出他不可估量的影响力。也正因为如此，在这次来到岛上的大人物之中，青岸尤为讨厌这一位。

尽管不情愿，但青岸还是回应道：

“幸会，我叫青岸焦。”

“听说您破了很多案子，太厉害了。我由衷地感到佩服和向往。我小时候也是一个夏洛克·福尔摩斯侦探迷。能成为正义的伙伴，这感觉真不错。”

对方无心的几句话，让青岸不禁稍有激动。假装平复心情之后，他谦逊地说道：

“您过奖了，我没那么了不起。而且，现如今的侦探……”

“是吗？难道您不觉得，正因为现在是这样一个世界，侦探这个职业才更有其特殊的作用吗？”

“特殊的作用？”

“天使做不到的事情，你们可以。”

天泽表现出一脸的熟络，说出的话却不带任何具体信息，想必他不过是在延续他的寒暄罢了。

事实上，侦探已毫无用处，最多也就是帮人查查出轨、寻找阿猫阿狗以及一些案件的善后工作，仅此而已。

以正义的伙伴之名而开展的侦探工作，在这个世界上几乎已不复存在。

2

五年前发生的“降临”事件，彻底改变了这个世界。

事件的起源，人们不得而知。毕竟事件发生时所需要的悲剧舞台，在这个世界上无处不在。

因此，这里仅举其中最为有名的一例。

事情发生于某个国家的村民与国王的斗争之间。

自古以来，该国国王的统治里便带着强烈的独裁色彩，受其蹂躏的国民遍野，举国上下民不聊生。若是有人敢忤逆权力者，必遭诛杀。此规则极其简单，也极其残酷。这便是那里的村民所处的环境。而村民们的村子，何以招致肃清，则无人知晓，想必一定是一些无法称之为理由的理由。

不明所以的虐杀，看不到尽头，导致丧命者无数。持枪的士兵们追逐着手无寸铁的村民们，冷酷无情地将其射杀。

当这些士兵中的其中一人，射中一名不知逃向何处的村民之时，一道光柱从天而降。

望着这道似要将阴沉天空撕裂开来的光，人们说不出话来。混沌天空中出现这样的景象，令人仿佛置身于幻境之中。倒下的村民流出的血，渐渐将地面染红，被射到脚的孩子们因疼痛而抓挠着地面，然而眼前的场景已使他们震撼到甚至忘记了抓挠。前一秒还在奔逃的村民们，此时也停下了脚步望向天空。

与此同时，天使们从光柱中飞了出来，动作俨然动物一般，随之便缠住士兵们并按压在地。天使们的容貌与现今并无二致，但由于其比人们的想象更为动物化，所以被攻击的人们可能会以为按倒他们的是一群奇怪的猴子。

按压着士兵的天使们，张开了颜色浑浊的翅膀，一瞬之间，士兵们的脚便泛出灼红的光，接着，一股肉被烧焦的味道开始四散。在灼烧着的地面上，被按压在地的士兵们痛得滚地乱翻，却怎么也无法从天使的手里逃脱。与此同时，天使探出了头，伸出了手。就这样，仅在数秒之间，士兵们便被拖进烈焰沼泽中，发出了临死之前凄惨的绝望之声。

这样的场景随处可见，其他持枪的士兵们以同样的方式被天使拖拽，而后沉入未知的烈焰沼泽之中，只有惨绝人寰的叫喊声和天使飞翔时刺耳的振翅声在回荡着。

待到周遭都安静下来之后，众多士兵早已消失无踪，剩下来的几位士兵，直到刚才都还在犹豫是否要将村民射杀，现在却被眼前的场景和头上飞翔着的天使们震慑住了。那时候的他们，还不知道自己为何没有遭到袭击。

村民们对着奇形怪状的天使们献上了虔诚的谢意，可天使们看起来并没有很高兴，只是盘旋在散发着血腥味的上空。

类似的场景在世界各地上演。只要所杀之人达到两人，那么杀人者便会无一漏网地坠入地狱。

这便是改变了世界的“降临”事件。

对于人们的期待，天使的“降临”一半是令其满足，却也有一半是令其失望。

天使如人们想象中的那样有翅膀，可翅膀上面并没有覆盖一般鸟类会有的羽毛，而是嶙峋的灰色瘦骨，见之便已令人生厌。加上那泛着糟糕血色的透明血管，像极了蝙蝠的翅膀。连接着皮包骨的翅膀的，是手脚都异常长的身躯，纤细的构造与人类的相近，本应是区分雌雄的地方却空空如也，不知为何总是积着霜。

要说天使的外观中最引人注目之处，当属那张脸。

那张脸平整得像是被刨子刨过似的，别说表情了，就连眼睛、鼻子和嘴巴都没有。虽说闪亮如镜，却没有映照出任何东西，连光也不会反射。一碰就变僵硬，无论用什么物件刮都不会在上面留下伤痕。

天使的外观，会让人在不经意间联想到恶魔。可是，观察这一生物的人们，都一致称其为“天使”。

那些怀着无法言喻的愤懑之情、无法认同这一称呼的人，在见过它之后，不知为何，也开始接纳并使用这一称呼。就好像蛇就叫作“蛇”那样，天使也只能叫作“天使”。曾经强烈抗拒这一称呼的人们，也只能无奈地接受这一新型天使。

就这样，飞在天空中的驼背天使，尽管与人们历来的印象有很大差别，却也仍然迅速地确立起了其地位。而因其本性，世界也在瞬间被改变。

那些目睹了杀人者因为天使而坠入地狱的人们，一下子变得老实起来。

看到同时频发的审判和现身街头的天使，再愚钝的人也能悟出其中的规律——只杀一人，不会下地狱，杀死两人及以上便会。

为什么杀一人就没事，杀两人就不行了呢？尽管有着无穷的疑问，可人们能做的唯有认清和接纳。

很快，各大新闻机构纷纷开始宣传天使的存在，在这之后，迟迟未表态的政府也开始做了很多关于天使的猜测。由于天使被说成可能有传染病或是会加害于人，各国纷纷颁布了短期的外出限行令。

可是，这样的担心是多余的。天使带来的既不是疾病，也不是对人的伤害，它们只是徘徊在人们所制造的文明之中。它们带来的只有规则——杀一人没事，杀两人便要下地狱。那些被活活焚烧致死的罪人所发出的惨烈嚎叫，告知人们无人可以从这一地狱中得到救赎。

整个世界陷入了慌乱，特别是那些医疗机构。杀死两人便要下地狱的话，因手术导致病人死亡的医生会怎样？不管是医术多么高明的医生，也总有挽救不了的生命。他们是否会因为自己的不才而受到惩罚呢？

人们的这一疑问，会有特殊的天使来给予解答，不过这是另一回事，此处暂且按下不表。

“降临”事件频发的那段时期，青岸正忙于追查一位连环杀人犯。

这位连环杀人犯的作案手法残暴且极具表现欲。遭受侵袭的年轻女性接二连三地出现，被割断气管，断裂的喉气管里会被犯人塞入各式东西。犯人甚至还将自己的罪行写成信，寄给警察和媒体，以此进行挑衅，实属典型的剧场型犯罪。青岸执着地埋头于证据的调查收集，步步逼近真相，却对自己早已暴露于犯人一事毫无知觉。

他第一次见到天使，是在奔走于收集这些证据的一个午后。

为了查明犯人所使用的瑞士军刀的出处，他正朝着一家店铺走去。军刀上黏附着的特殊粉末，是犯人留下的为数不多的线索之一。将此弄清，或许便能朝仍然藏于迷雾中的犯人靠近一步。怀着这般心情，青岸气息急促地奔走着。

就在这时，他的头顶上方横闯入一只天使。

天使将它那张不具五官的脸凑向青岸之后，便开始在周围盘旋起来。两米左右的身躯，就天使而言虽然不大，但是青岸仍然被其气势压倒，不停地往后退，直至退到身旁的一堵墙并凭靠在上面仰视着眼前的“物种”。

青岸既不信神，也并不知晓圣经的内容，连往神社里投掷香火钱，于他而言，也不过是对神社尽的一份仁义，就连墓碑，在他眼里也只是石头罢了。但此时的他，却和大多数人一样，毋庸置疑地将眼前的“物种”视为天使。天使仿佛一个出自孩童笨拙之手的针线玩偶，然而其散发出的神圣感，就连青岸此时也能切实地感受到。

或许是青岸的反应正中天使的下怀，没过一会儿，天使便扬长而去。

青岸没有动弹，对着一望无际的蓝天发呆了许久。

青岸追查的连环杀人犯，自“降临”事件发生以来便完全停止了行动。

这也不难理解。杀死两人便要下地狱——这一规则对于连环杀人犯而言，无异于死敌。警察和媒体不再收到挑衅信件，事件在无声无息之中结束了。犯人的踪影也因其不继续杀人，而变得无从追寻。

让犯人停止犯罪的，不是侦探，而是地狱。没有人想下地狱。比起被逮捕，被地狱之火活活烧死后坠入地狱更可怕。若是人类因此不再杀人，那神的确做了极好的安排。自从该隐和亚伯的惨剧（**注:《圣经》中记录的故事**）发生以来，已过去很长的岁月，神终于再一次发动神威。

尽管青岸数次如此安慰自己，却依然十分躁动。

为了保全自身而不再杀人的犯人，是在世界的某个角落受到了惩罚，还是被视为洗心革面，而升往天国了呢？青岸连这也无从得知。

“降临”事件发生以来，侦探的存在已经没有意义。至少青岸一直是这么认为的。就算侦探用尽全力想破案，对消除犯罪也起不到任何作用。

而与之相对的，地狱的存在能更直接地减少连环杀人犯。再加上青岸之前一直追查的那个案件，更是给他植入了难以承受的无力感。

正因为如此，“降临”事件发生后，青岸才变得那样颓废。

“别这么无精打采啦，焦哥。”

一旁传来无端明快的声音鼓励着青岸。

赤城昴安慰着愤懑不平的青岸，神情宛如一只慵懒的猫，他继续说道：

“你不会还在因为没抓到那个罪犯而生闷气吧？”

“没有，只是有些不悦。你又不是不知道那家伙都干了些什么……不管‘降临’以前杀了多少人，现在都不会受到制裁，那样的混蛋没下地狱而是逍遥法外。这样的世道，还有什么意思？”

“别这么说啊，我们可是正义的伙伴。就算是这样的世道，仍然还有很重要的事情等着我们去做啊，我们专注于这些就好，比如挺身救下一个快被车子撞到的小朋友。”

这一声音浮现于脑海的瞬间，青岸便觉心跳加速，头痛剧烈，于是摇了摇头，硬是把下属刻在他脑里的这句话甩了出去。

时隔五年，身处遥远离岛上所建的常世馆休闲室，青岸觉得无论是场所还是时机，都不适合沉浸在回忆之中。面对表情突然变得复杂的青岸，在他眼前的天泽明显是不知所措多于受到惊吓。

“不好意思，偏头痛让我有点难受。”

“注意身体啊。”

虽然给天泽留下了不怎么好的印象，但青岸并不在意。反正他也不喜欢对方，离开了这座岛也不会再见。

他一边消化这尴尬的沉默，一边小口小口地啜咖啡。这时，休闲室里进来了一个人。苍白的脸色，神经质的面庞，散着的头发，许是在表达他拒绝与外界发生接触。为了表明自己是常木的主治医生，这位男士一直穿着白大褂。

虽然这是来到岛上后的第一次打照面，但青岸知道这位男士的名字，之前还有过多次交谈，他甚至还能猜到男士将要往杯子里倒什么。果不其然，是乌龙茶。

宇和岛彼方一看到青岸，便不悦似的收紧了神色，走向了休闲室的别处。青岸不待对方言语便站了起来。若是碰到彼此，便主动离场，这是青岸自己定下的规矩。饮尽杯里的咖啡，他便把杯子放下，离开了房间。

宇和岛和青岸交谈甚亲，是在青岸侦探事务所还未解散的时候。当时的青岸还是一名实打实的侦探，而非如今这般模样。

宇和岛至今还未原谅青岸。

这不难理解，青岸身上有会遭其憎恨的理由，就算再怎么悔恨，若没有奇迹出现，这一鸿沟怕是永远也不会得到填埋的。

3

常木王凯是一个不吸烟的人，所以将吸烟处设在了馆外。虽然青岸不想在阴天的早上走出室外，但无奈之下离开休闲室后，此时也没有别的可去之处。从馆内的玄关出来之后，没走多久，便到了“日和见之塔”。这是一座中世纪风格的石造塔，看起来像灯塔或是其他建筑物，但在港口附近已有一座真正的灯塔，所以“日和见之塔”也便如其名，只是用来观测天象的。

塔的第一层，现在作为吸烟场所开放，这也越发让人无法弄清这座塔的存在意义。塔的顶层，是一片广阔的眺望台，不过并不会让人产生想特意上去看一看的欲望。青岸一边打开七星牌香烟的盒子，一边朝塔走去，推开沉重的木门，只见里面有一个他不认识的人。

“啊，您好。”

对方看起来和青岸的年纪相仿，穿着睡衣，朝青岸点了点头。可能是意识到青岸一直盯着自己，他便说道：

“开工前，我需要抽上几口才行。”

外表不修边幅，唯有发型被修剪得干净利落，整体看上去不免有种莫名的失衡感。要是在穿着上稍作整顿，想必会让人改观，看来对方的职业需要其注重外表。青岸猜测着他的身份，说道：

“啊，您……是记者吧。”

“是的，我叫报岛。承蒙您还记得……”

报岛像是故意选择了这一敬语似的，洋洋自得地一笑。

常木说过他会邀请一些交往甚好的记者，估计报岛就是其中之一吧。老实说，报岛看起来也并不是那么厉害的样子。不过，那狐狸似的眼睛加上总是张着的嘴巴，倒还是会给人一些亲近之感。

“那个，您是？”

“我叫青岸焦，做侦探的。”

“哇，竟然是一名侦探！常木先生可真是有品位，像岛和馆这些讲究之人的标配，一个都没落下。不过，他拥有的不是庭园忍者，而是侦探……啊，这也不奇怪了。”

“庭园忍者？”

“啊，这是中世纪的一种风俗。人们在庭园里建一座小屋，在那里饲养人类。住在小屋里的人要模仿忍者的言行举止，以此为报。可以说，这些人就像是活着的装饰品。”

报岛滔滔不绝地说了一阵之后，终于意识到自己的失礼，便像是要逃避尴尬似的，把烟凑向了自己的嘴。不过，在现如今的世态下思考侦探的作用，报岛的这番言论极为中肯。青岸也认为自己这名侦探身处于这常世馆，正是一个活着的装饰品。

他轻微地叹了一口气之后，问道：

“您是为何到这里来呢？”

他认为，常木都把记者叫来了，一定有其相应的理由。可是，报岛一脸坏笑地回答道：

“不为什么，单纯是因为常木先生的盛情邀请。把薪水微薄的记者带到这种度假的地方，这玩笑开得真大。不过，这次只是为了配合常木先生的天使趣味罢了。他老人家对这东西还真是不腻烦，凡是和天使有关的东西，花起钱来真是眼睛都不眨一下。”

“这样啊……”

青岸不由得表露出自己的失望。确实，常世岛上收藏的关于天使的资料非常齐全，没有另一个地方可以与之匹敌，在其他地方也看不到如此多的天使聚集。可是，常木先生应该不仅仅是为了给青岸看这些而把他叫来，这实在和他所能发挥的作用太不匹配了。面对一脸疑惑的青岸，报岛像是突然想起什么似的说道：

“啊，不过，听说今天晚上会有个特别的招待晚宴。”

“特别的招待？是要做什么呢？”

“我也不知道具体的情况。应该是想给客人们一个惊喜吧，这也是常木先生常做的事情了。”

应该不只是想给大家惊喜吧，青岸心里如是想道。看着眼前这位守不住秘密的男人，青岸不由得想到，若是将秘密告诉他，无异于公之于众。

“您也想知道是什么吗？该不会您也好那一口吧？”

“怎么会……”

面对急忙表示否定的青岸，报岛脸上却浮现出了令人不悦的坏笑。

“虽然不知道会是什么，若端出的是‘天使餐’的话，我是一定不会吃的。您吃得下那些怪味食物吗？”

“吃不下。所以，不管端出的是什么，我都会拒绝。”

青岸一脸不耐烦地回应道，顿时觉得手里的香烟莫名变得苦涩难闻了。

消化了各种状况的人们，在适应了有天使存在的世界之后，开始变得不知天高地厚。

那些不惧死亡的人和按捺不住的学者们纷纷开始了捕捉天使。

捕捉一只天使，比捕捉一只乌鸦还简单。面对天使那像是水母一样漂浮的身体，人们只需要抓住其翅膀和手脚便可将其缚住。把人拖入地狱之时能发出洪荒之力的天使，面对无罪之人时却是如此无力，这也着实令人惊奇不已。

就这样，天使被解剖了。

实际上，人们在解剖天使的同时，也做了各种研究。通过这些研究，人们明白了天使的骨头和肉接近于人类，皮肤接近于爬虫类动物，而那最为恶心的翅膀则是一种未知的物质，还知道了连接着扁平脸庞的头部并没有大脑，落霜的身体里流淌着温热的红色血液。可是，人们的好奇心却并没有止步于此。

第一个将天使杀掉的人，是谁呢？根据对外公布的信息，是某所大学的生物学教授，但无人知道这一消息的真假。天使具有一种奇妙的特质，就是在死后会逐渐变成灰色的沙。在街头巷尾，尸骨未寒的天使尸骸时有所见，喧嚣的风里总是裹挟着灰色的沙。有些地方还留着像是足迹一般的天使血痕，依稀可见。另外，天使降临之后的初期，甚至还出现了很多试图驱逐天使的人。在各个地方都有天使因此丢掉性命。人们认为，就算把天使杀掉，也不会怎样。

可是，在一开始，那个教授公然杀害天使时，没有人站在他这一边。

他对第一只天使投下了毒药，毒药令天使死亡，可是他没有遭受任何的天罚。

第二只天使，被他切断了头部后死掉，他仍然没有遭受任何的天罚。第三只天使，被扼住了喉咙，却没有死去，最后由于脖子的骨头断裂才死掉。可他仍然没有遭到天罚。

到那一天为止，教授已经杀掉了十八只天使，可他没有被拖入地狱。似乎杀掉两只以上的天使，是不会坠入地狱的。

就这样，人们知道了，杀死天使很简单，并且不会下地狱，不过人们也没有因此而怎样。就算杀掉了天使，还会冒出新的天使，随着时间的流逝，天使的尸骸会变成沙。杀死天使后会令人觉得虚无，再没有其他生物能让人产生更强的感觉了。不过话说回来，天使究竟是否算是生物，这都还不好说。

就算想要通过杀戮，来发泄天使制裁人类时给人类带来的愤懑，天使也实在不是一个理想的对象。因为它们就算受伤了，也只是微微动弹一下身子，甚是无趣。若是天使有和人类一样的脸庞，或许能变换表情，也不至于如此吧。

要说人们还有什么新发现，就是天使异常嗜糖，若是撒一把糖，天使便会乌泱泱地聚集起来，用它们那平坦的脸庞与地面磨蹭。由于天使的外表平淡无奇，这一发现，对于人们毫无用处。就算当作宠物来饲养，天使也比不过狗或猫。

“降临”事件发生以来，人们不断被天使夺去某些东西，因此便绞尽脑汁地思考如何能对天使进行有效利用，以此报复。

食用捕获的天使，即“天使餐”，便是人们想出的有效利用的途径之一。

“目前，在世上，天使餐还被人当成一种变态趣味的东西。您不觉得这非常适合用在常木先生的特别招待上吗？”

报岛一边坏笑，一边说道。

如他所说，大多数人对于食用天使会有抵触。虽然没有人因为食用天使而下地狱，但人们仍然对此有忌讳。毕竟天使的形体太过于接近人类，外表也完全无法引起人的食欲，而且还听说并不好吃。

“天使一定很难吃吧。不过我本来也没想过去吃那么恶心的东西。”

“嗯，我也吃不下。”

报岛故作恶心状地吐了下舌头。虽然他只是故作夸张，却让青岸觉得面前的这位记者实在让人无法信任。但他是常木王凯亲自邀请来的客人，或许真的是一位优秀的人才。

“尽管这样，常木先生这次自信满满地叫来了很多名人，我可是硬着头皮来的。”

“这样的会面，在常世岛举办了多少次呢？”

“这个嘛，倒是举办了很多次了。”

报岛明显话里有话。他一边点头，一边把烟往墙上摁熄。墙上满是被烟头烧焦的痕迹。看来，报岛应该来过这里很多次了。

“那么，青岸先生，您是为何来到这里呢？您不会是天泽先生的朋友吧？还是政崎议员的朋友？”

“我也是受到常木先生的亲自邀请而过来的。”

“这样啊，他竟然亲自邀请您，这是为什么呢？”

“顺便而已，常木先生有事要拜托我。”

4

常木王凯委托的事情，不同寻常。

自“降临”事件发生以来，已经过了五年，青岸侦探事务所已经彻底无人问津。所里的成员，目前也只剩下青岸一人，寂寥至极。接揽的生意，也寥寥无几。只要挣到了基本的生存所需，剩下的工作，青岸一律拒绝。因此，应该也不会有人想委托这个心情阴晴不定的侦探吧。

可是，常木却对这样的青岸侦探事务所提出了高额的谢礼。曾经生意兴隆的事务所，现如今，连信用调查机构的生意也接得少之又少。但即便如此，常木给出的报酬也仍然比行价高出许多。

“我叫常木王凯。请问您是青岸焦先生吗？”

出现在事务所里的常木，开口说完这句之后，优雅地颔首致意。西装下面，看起来并没有穿防弹防刀服。想必自从世界发生变化以来，他已经完全相信了和平的存在，以至连保镖也没有带。

已经年过六十五，常木看起来却分外年轻，飒爽十足。知名居酒屋连锁店及其他相关事业，令他在餐饮界成了一位名声响亮的大企业家。人上之人的人生，想必赋予了他诸多非同寻常之物。待人接物虽态度柔和，眼神却异样的犀利，令人无法感知其中的深邃。

“啊，是我。您有什么事吗？”

“我想请您帮我查明是谁在跟踪我。”

常木的表情认真无比，俨然一位任侠电影（**注：宣扬日本古代的侠义精神的一种电影类型**）里的登场人物。

“如果您已经遭受危害，比起找我，还是建议您去找警察比较好。”

“还没有到遭受危害的阶段，而且想必青岸先生您应该很清楚，事情处于这一阶段的时候，警察是多么的无能。”

的确，仅仅是被跟踪的话，警察基本是不会出警的。可是，像常木这样有权有势之人，应该有办法吧。可他仍然选择找到青岸，这里面的蹊跷实在令人费解。

"这种工作，信任最重要。"

这时，常木安静地说道：

"我相信您，青岸先生。所以，特意前来拜托您。"

就这样，青岸接下常木的委托。和跟踪常木的人一样，对常木进行跟踪，然后从中找出同为跟踪的人。

青岸很快便识别出其中一位跟踪者——对方曾经是这一带较出名的落魄记者，专靠凭空捕捉到的一些流言蜚语来威胁当事人。尽管对于被跟踪的人来说甚是碍眼，但只要过了一个月，他们一般就会换一个目标。

调查本可以就此收手，但青岸留意到了另外一个人。

和那位专为寻找能用来做威胁材料的落魄记者比起来，这人看起来更擅长跟踪，青岸一开始甚至还以为是自己想错了。可后来发现，只要埋伏在常木周围，那个女人必然也会出现。虽然她佯装偶然，试图融于周遭的环境之中，但她出现的频率实在太高了。

开始调查之后的第十天，青岸做了一件平时绝对不会做的事情。他靠近那位平时孜孜不倦地跟踪常木的女人，抓住她的肩膀把她扳向了自己。

"喂。"

靠近一看，这女人原来比青岸想象的年轻得多。她的五官精巧，嘴巴看起来尤其无邪。宽大的额头下面，是一双黑溜溜的眼睛，充满了少女感。有那么一瞬间，青岸为自己突然抓住一位陌生少女而感到狼狈。时间仿佛静止了一般，少女盯着青岸，黑溜溜的眼睛越睁越圆。

"青岸……焦……"

少女惊讶得说不出话来，没过一会儿，她反应过来后，反过来握住抓着自己肩膀的手，激动地说道：

"等等，您是，青岸先生？那位侦探，青岸先生——"

"啊，是我。"

虽然青岸已经退隐，但是看来知晓他大名的人还是大有所在。在某种意义上，这可谓侦探的一种失职，毕竟再也没有什么比招人耳目更不利于侦探行动的了。

“那个！您听我说，我是记者！反正您一定是受了常木的委托吧？等等，我叫伏见二子！”

青岸对这个名字有印象。

准确地说，他好像在一篇谈话采访中见过这个名字。或许是青岸的表情出卖了他的心思。伏见的言语变得更加激进，她气息急促地说道：

“您该不会是读过我的文章吧？也对，您毕竟是青岸先生。这样的话，您应该知道，我真的是一名记者。”

“文章读过，也仅仅是读过。这和你现在跟踪常木先生没有任何关系。而且，对方都已经发现你了。”

“这样啊，没想到他这么敏感。看来做了亏心事的人就是不一样。”

伏见心有不甘似的歪着头，怪异的表情颇有趣。她所写的文章，笔触冷静，毫无夸张的表达。青岸实在难以将那些理性的词汇和眼前的童颜少女联系起来，甚至不觉得她是一名记者。

“求您了，青岸先生。就算是常木的委托，也请您放了我吧。我有不得不去做的事情。”

“是什么事情让你去侵害一般民众的隐私？”

伏见郑重其事地说道：

“那个人真的是一般民众吗？您别开玩笑了。”

“他是大富豪，的确不是一般民众。”

“不仅如此！您要是知道那个人在背地里都干了什么的话，一定会站在我这边的。”

“常木王凯做了什么，你有什么证据吗？”

“这我没法告诉您，不过我的消息是可靠的。”

“哪里来的消息，内容是什么，这些都不能说的话，谁会相信你？”

伏见懊恼地紧咬嘴唇，愣愣地瞪着青岸。

“这事和青岸先生您也有关系的。如果能抓到常木的把柄，您就会明白我在说什么了。”

“这是什么意思？”

“青岸先生，求您了。您不是那次事件的幸存者吗？”

听到这句话的瞬间，青岸不由得甩开了伏见的手。还没等他因这过度的反应而对自己心生厌恶时，伏见已经先露出了为自己的失言而感到悔恨的表情，仿佛已经意识到自己可能伤害了青岸。

青岸见状，更为恼火了。满腔正义的记者，以为世界会因为自己的话语而改变，面对这样的伏见，如今的青岸已经没有丝毫的倾听之欲。他带着明显冷漠的口吻，说道：

“别再靠近常木王凯，下次再让我看到，就直接把你交给警察。听到没有？”

伏见像是受了打击似的看了一眼青岸，然后撒腿跑掉了。

没过几天，青岸提交了调查报告。

“跟踪您的，是这一带有名的混混，名字以及其至今犯下的罪行，都在这上面。还有，这是照片。”

青岸把跟踪常木的另外一个人的资料也递了出去。

虽然没有说出伏见，的确不够诚实，但常木也没指定要调查多少个人。所以，青岸故意没有说出伏见的名字。

“辛苦了，果然找您没错。”

还好，看起来常木对青岸提交的信息并没有怀疑。

伏见貌似听从青岸的忠告，在那之后，没有再跟踪常木。

“不过，为什么像我这样的人，会遭到混混的跟踪呢？关于这个，您有查到什么吗？”

顿时，青岸的脑子里闪过伏见曾说过的那些话。不过，她拿不出任何证据，尽管说了消息可靠，也不过是她道听途说的罢了。

“没有，反而可能正是有人想借此无中生有吧。”

青岸轻描淡写地这么说了一句，常木认同似的点了点头。

“扣掉定金之后的金额，我会如约支付。另外，青岸先生，您这个月末有空吗？”

“嗯，有空，您还有什么事吗？”

常木眯缝起眼睛，或许是在微笑，可是在青岸看来，只觉得他的表情与看到猎物时候的蛇如出一辙。

“您对天使可感兴趣？”

面对这突如其来的问题，青岸脑袋的某个角落瞬间感到一阵发凉。

“没兴趣，拜它们所赐，我的生意都做不成了。我想我永远不会喜欢上它们。”

“那您对天国可感兴趣？”

如连珠炮似的抛过来的问题，令青岸无从回应。

“天国……”

“是的，地狱的对立面，天使们本该存在的地方。”

“我不相信那种东西。”

“即使存在地狱，您也不信有天国？您就没想过尝试去相信吗？”

“凡是有些许征兆的话，我可能会相信……但哪里都找不到证据。”

相比隐约可以观测到的地狱，天国的踪影却无处可寻。

天使会将罪恶之人拖入地狱，却不会把良善之人带至天国。这一事实令很多人心寒。

自从人类创造了神，人们对天国的思慕便从未停止。若是这世界上存在天使和地狱，那么人们也愿意相信有天国。可是，就算是曾获得诺贝尔和平奖的圣人，在其生命将尽之时，也未能得到天使的眷顾。未曾犯下杀人之罪的人类，最终也只是悄无声息地死去。这就是一种残酷的背叛，但天使和神从未向人类允诺过死后会有乐园。天使并没有撒谎。

“我相信这世上存在天国。既然这世上有天使，为什么像我们这样善良的人在死后却无去处？您不觉得这很不公平吗？”

“我不知道。不是说人类本就背负着原罪吗？”

“要是那样的话，大家都下地狱就好了。不然的话，我们所有人死后都不会获得祝福，这实在令人不平。”

说完之后，常木抬起了头。在他头上是一片乌黑的天花板，他像在天花板看到了天使一般。

“第一次见到天使的时候，老实说，我觉得它们真是太难看了。”

“哈哈，我也一样，我到现在都还看不习惯。”

“可是，我现在知道天使为什么长那样了。只有意识发生了变化的人，才能感知到那种美，现在的我就能欣赏天使真正的美。”

至此，青岸已经听不进去常木在讲什么了。经历过种种事件之后，能从天使身上看出美的人，不在少数。可是，如此近距离地接触到那份狂热后，青岸觉得脊背一阵发凉。面对表情僵硬的青岸，常木依然继续说道：

“我们的人生，只是通往天国的一把梯子。意识到这一点之后，我开始认真地思考天国，就这样，我终于找到了这把梯子的安置之地。”

青岸现在终于知道常木为什么要来找自己了。

常木知道，因为天使的到来，这家事务所发生了什么，也知道为何会变得如此萧条，还知道为什么空荡荡的事务所里只有青岸一人。他都知道，无一遗漏。

那么，常木的目的是什么？反正不会是什么好事。如今再提到天使，青岸只会有不好的预感。他感觉不能再继续和常木这样聊下去，就算是硬来，也要送客了。可就在这时，常木说出一句让他下定决心的话——

“您要不要来常世岛？青岸先生，在那里，我们可以知道这世上是否存在天国。”

5

青岸不想说自己来到这座岛的真正理由，不想说自己是为了确认天国是否存在而来。虽然说了的话，或许会因此而置换到什么有用的信息。可是，这一动机里也包含了青岸所受的伤，他不愿将它公之于众。犹豫了一阵之后，青岸说道：

“应该没有人会拒绝常木王凯的邀请吧。而且，我还能因此得到报酬，没理由不来。”

“哈哈，那可真是一份美差。常世岛虽然什么都没有，不过常世馆里的设备堪比度假酒店，再加上大槻先生的精致美食，此行超值。”

青岸点了点头表示赞同，把烟摁在塔里的烟灰缸里。当他准备就这么结束对话，走出塔外的时候——

“啊，对了。”

报岛把烟换到左手拿住之后，从口袋里取出了纸和笔。他把纸抵在墙壁上，右手麻利地在上面写下了电话号码。

“这是我的电话号码。离开这座岛之后，如果有什么事情，随时可以联系我。或许我可以帮到您什么，青岸先生。”

“真不巧，我干的行当不需要记者。”

“别说得这么无情啊。我还是很能干的，世间舆论任凭这个右手的摆弄。您想写什么的时候，我保证让您满意。”

报岛硬是把那张纸片塞进了青岸的手中，脸上浮现出了不明所以的奇怪笑容。

最后，对于在意的“如何能够知晓天国是否存在”，青岸仍然一无所获。若真如报岛所说，今天晚上将会有一场特别的招待晚宴，一切将在那时揭晓，那目前能做的，也唯有等待了。

要是天使能够告诉人类“天国是否存在”，那就简单多了，青岸徒劳地想着。

在头顶上飞翔着的天使，今天依旧阴森诡异地盘旋着，看那样子，别说天国，恐怕它们连神是否存在都不知道。

青岸决定还是老实回到房间，却在玄关处又碰到了一个人。

“嘿，侦探先生，早上好。您起得真早啊。”

说这句话的，是穿着厨师服吸着烟的大槻，他正坐在门口的台阶上，眺望着阴沉的天空。看起来还不到二十五岁，但他懒散吸烟的姿态实在太过自然。

“可以在这里吸烟的吗？”

“我实在懒得走去‘吸烟塔’了。”

虽然命名得过于直白，但青岸知道他说的是哪里。目睹那面墙的惨状，的确会让人想这么叫它。

“走过去都不用一分钟吧，不，也就四十秒左右吧。”

“就是那四十秒叫人难受啊，您应该知道吧。”

大槻一边斜望高耸的塔，一边嘀咕。通往塔的那条小道，修得齐齐整整，很适合散步。可是，这对于已经在这座岛上工作多年的大槻来说，或许早就感到腻味了。

“你在这里吸烟，就不怕被骂吗？”

“没被看到的话就不会，就跟所有犯罪一样。不过，您千万别跟小间井先生说，被他知道的话我就惨了。”

“我不会说的。你也不想想昨天是谁帮你把在厨房里抽烟一事糊弄过去的。”

昨天，作为招待客人的一环，青岸一下船便被带着在常世馆内参观了一番。正当转到了挂着严实的锁、贮藏着食材和摆满了新式厨具的厨房时，青岸看到了坐在厨房地板上，抽着烟的大槻。见状，他便知不对劲，立马假装不舒服，折返走出了厨房。

“您真是我的神。要是您就那么走进来的话，我准保会被千寿纱和小间井先生看到。看着您往回走的时候，我简直感动到要落泪。要真被小间井先生抓住的话，还不知道他会怎么说我呢。”

小间井先生是这座馆里最年长的管家，若是用以前的说法，或许应该叫他做执事头？如同仓早千寿纱那仿佛虚构出来的古典女佣装一样，小间井稔从头到脚也是管家的装扮，不差毫厘。他那像是染过一般且颜色均衡的白发被扎成一束，从背后看起来，整个人的姿态异常挺拔。他的年纪应该和常木王凯差不多，精神抖擞之劲同样不输分毫。若是保持凝视，甚至会让人觉得他若是戴上一副单边眼镜的话，将更加符合他的身份。

与之相比，把头发染成金色的大槻实在是个异类，看起来完全跳出了常木王凯的品位界限之外。青岸毫不隐晦地道出了心中所想之后，大槻淡淡地说道：

“因为，我可是个天才。”

原来如此，青岸思忖着。眼前这位身着厨师服，抽着烟，毫不掩饰自己厌烦做菜这件事的男人，的确是个天才。

来到岛上之后，最让青岸感到惊讶的莫过于这里的美食。入口之物皆是佳肴，这样的体验本就稀有。然而这常世岛上，从一粒白米饭，到搭配的腌制小菜，都美味至极。

而一手烹制出这些佳肴的，正是眼前的大槻。

青岸打听之后才知道，他曾获奖无数，是一位极优秀的厨师。若是开店，也是有可能获得米其林三星的那种。可是，他突然销声匿迹，隐退到了常世岛这里。

不用多说，那都是因为常木王凯给他开出了巨额的报酬，仅此而已。

“反正在哪做饭都是做饭，干吗不选能挣大钱的地方？而且不管怎样都是一件麻烦事。”

青岸想起昨天晚餐时，大槻轻描淡写说出的这句话，内心莫名地对他升腾起了一股敬意。他明明只是来给大家介绍菜品的，是在哪个间隙里插入这句话的呢？

像这样坐在玄关前吸烟，也更彰显出他就是一位不拘一格的天才。青岸虽心有不甘，但还是承认了自己的这一想法，也无心向小间井告状，看在大槻对工作应该还算是尽职尽责。

“啊，真是糟糕的天气，还有这么多天使。”

“可能是要下雨了吧，这么多的话。”

“无所谓，多或少都和我没有关系。只要常木先生不搞什么幺蛾子，我也不用出门。”

“对了，今天晚上的招待晚宴，你知道些什么吗？听报岛先生说，会有特别节目之类的。”

“不知道啊，有天使餐？不过，那也没什么。就算是这些猎奇菜品，我也一样能整得好吃。”

这和报岛的想法如出一辙。不过，就算是这样，大槻也依然充满自信。

“你之前做过天使餐吗？”

“有啊，做过好几次。做饭的人其实罪孽深重，凡是能变成食材的东西，就总想用它来做点什么。不过，天使的味道实在不行。就算在外观上下了功夫，可是那股像是腐烂了的肝脏的味道，不好好处理的话实在去不掉。”

青岸一边听大槻如此淡淡地说着，一边抑制住不断涌出的疑问。比如，这位厨师相信天国是存在的吗？用天使做菜的时候，他不怕自己可能会被驱逐出神的国度吗？还是说，他根本就不惧怕天使？一开始落下屠刀的时候，他没有感到一点点的恐惧吗？

大槻对着天使，吐出了一大口烟。脸上没有五官的天使们没有退避，而是扑着翅膀围绕着烟圈打转。过了一会儿，青岸问道：

“你觉得人死了之后会怎样？”

或许这是一个唐突且有些狡猾的提问。青岸没有直接问出自己真正想问的——“是否存在天国？”

“所有的生物最终都会归入土里，我们都一样。”

大槻如此说道。通过言辞，完全捕捉不到他对于天国的任何思考。

6

由于客人们在是否吃早餐这件事情上有不同倾向，所以常世馆提供的都是个性化的服务，他们会向每一位客人确认，早餐是在房间内食用还是到餐厅食用。虽然员工人数甚少，可是提供的服务却不输酒店。

青岸不忍一大早就劳烦仓早他们，于是选择了到餐厅用餐。

餐厅里几乎看不到别的客人的身影。看不到主人常木，也看不到政崎议员，就连刚才还在休闲室打发时间的天泽也不在。估计在房间里悠闲地享用早餐，才是名人们的主流做派吧。

唯一在座位上坐着的，是一名企业家，争场雪杉。

即使在这群名人当中，争场也算是最年轻的一个。他的年纪约四十过半，可名气却直逼常木，在媒体上抛头露面的次数颇多，甚至还被誉为时代的宠儿。或许他也十分自负，因此表面上便更显威严。某种程度上，可以说他与常木恰恰相反。高大的身材加上粗壮的体魄，浑身都散发出令人难以靠近的气场，也令人不想主动和他搭话。

而且，青岸对于争场所从事的事业，甚是厌恶。

简单直接的说法便是，争场是一个武器商人。

虽然争场在国内所开展的业务，多半局限于防卫用品，可在国外，却是实打实的枪支等业务。在这个多年一直由一些先行企业占据的行业中，争场凭借着他的勇猛果敢闯了进去。

当然，天使降临之后，兵器的需求量骤减。不仅如此，用于杀人之物也几乎从市面上消失了。

可是，争场集团的业绩依然涨势强劲，对外的说法是这股涨势主要来源于之前的非主营业务。可是，真实的情况到底怎样，人们不得而知。

正是这个不得而知的情况，令青岸感到迷惑。天使降临之后的争场集团，即因成功而受到了赞赏，但同时也成了舆论流言里时常被提及的对象。

同一张桌子上，只坐着青岸和争场，可争场却视青岸不见，只专注于他的食物。随同站在一旁的小间井先生绷紧着神经，观察着争场的举动，宛如王者和随从一般。

青岸倒也乐于不必加入一场谈话之中。大槻做的早餐依然还是非常美味，能安静享受这些美食，实乃一种幸福。为何他连煎蛋也能做得如此与众不同？真好吃。

可是，青岸还是有些疑惑。

像争场这样的男人，为什么会出现在常世岛这样的地方？

他看起来也不像是一个对天使或是天国感兴趣的人。不过话说回来，常木看起来也不像一个迷恋天使的狂人。

青岸听说过，越是看似疏离于神秘之人，其实越可能是虔诚的信徒。再加上争场还是一个制造和贩卖兵器之人，或许他自有考量，也或许他只是单纯因为和常木王凯关系甚好而来。

到目前为止，青岸还没有打过照面的客人，就只剩下议员政崎来久了。听说，这位政治家平日在常木那里备受恩惠，两人的关系显而易见。而从常木和争场所处的事业领域来看，看似八竿子打不着的这两人，是为何交往甚好的呢？

思绪翻动的当下，青岸在无意中与争场对上了眼神。争场像是吃完了早餐，青岸本以为他会转移视线，却没想到对方就那样看着自己说道：

“您就是侦探青岸先生吧。”

争场的声音与他那严肃的外表十分不符，这么说可能有所冒犯，但听起来很温柔。似乎他也自觉外表予人的压力，因此刻意从声音上进行了调整平衡。

青岸不禁叹服于他所制造出的这种巧妙的落差感。就连对争场的赚钱之道难怀好感的青岸，对他的印象也有了少许改观。

“是的。”

“啊，太好了。一直想认识您，却总是找不到机会，没想到在这里见到您了。像您这样的侦探出现在这座岛上，实在让人感到不可思议。”

“是吗？”

“毕竟，天使象征着荒谬，而荒谬又与侦探格格不入。若是天使真的存在，它们或许可以凭借不可思议的力量凭空逃出密室，您不这么认为吗？”

“啊，原来如此……荒谬的象征啊。”

青岸不由得给出了一句敷衍的应答。荒谬的象征——青岸虽然对天使的确无好感，可也从没往这方面想过。

“街头巷尾的人们都议论纷纷，有人将天使的存在视为神灵意志的显现，也有人将它视为世界被净化的前兆。可我却认为它本质上其实并没有那些意义。就像传染病和灾害会改写世界规则那样，天使并没有什么不同。”

“把‘降临’视为鼠疫和地震这一类灾害，这观点倒是很少见。”

“是吗？期待那些天使去唤起人类的善性，掘出伟大的意志，实在是太难了。”

争场夸张地耸了耸肩，像是对这一话题感到无奈。青岸见此，便不由得询问道：

“比如争场集团停止了制造枪支的业务，您是否认为这其实就是神灵之意呢？”

面对这一辛辣直接的提问，有那么一瞬间争场眯缝起了眼睛。他想，或许对方是真的不懂事，也或许的确只是出于好奇。过了一会儿，他开口答道：

“的确如您所说，‘降临’事件之后，连护身用的手枪都没人买了。杀人用品的买卖消失，对于厌恶杀人的天使来说，不失为一个喜闻乐见的故事走向。”

争场说着，脸上浮现出温和的微笑，露出仿佛是在教人明理一般的表情。

“可是，青岸先生，您应该也知道，这个世界上，杀人依然存在。不仅如此，‘天使所深恶痛绝的悲惨结局’也并不少见。若是这些仍然无法阻止，我想，这世上其实并不存在什么和平主义的神。”

“天使所深恶痛绝的悲惨结局”——听到这句委婉的说辞，青岸不由得皱起了眉头。是啊，‘降临’事件以后，世界并没有变得和平。反而因为天使的出现，而衍生出了诸多副产物，凡是目睹过这些的人，再也不会觉得天使的‘降临’只是因为神想对罪人施加制裁。

“也就是说，天使根本就没有什么崇高的意义，仅是灾难而已。不过我这么说的话，常木先生一定会很生气，毕竟他由衷地崇尚着天使。曾有一次，我在他面前说了一句‘天使真是我生意上的天敌’，场面瞬间变得非常尴尬。”

“站在争场集团的立场来看，您当时说得应该也没错。可尽管如此，您的事业看起来依然顺风顺水呀。”

“并没有，亏得常木先生的帮助，才能勉勉强强撑着罢了。即使是现如今这世道，不，正是这世道，防卫相关的东西才更加畅销。常木先生正是在这方面照顾了我很多生意。”

“常木先生经营的是居酒屋……这样的话，是食材仓库的安保之类的吗？听说现在不管是哪里的仓库都上着锁。”

“对的。这就已经占了我们营收的很大一部分了。”

至此，青岸总算弄清楚常木和争场之间的交集。从争场的语气来看，他断不是一个迷恋天使的狂人。这样的话，他应该和报岛一样，只是因为和常木交往甚好才被邀请而来。精明狡猾得令人不禁设防的他，看似怀抱着某种企图。青岸试图揣测争场的企图。这时，争场悠闲地说道：

“对了，常木先生今天要给我们看的，到底是什么东西呢？”

“给我们看？我的确听说今天晚上会有一个特别的招待晚宴。”

“嗯，听说是一件厉害之物。”

这对青岸来说，是一个极有用的信息。如果常木邀请青岸来到岛上时所说的那句话是真的，那么那件厉害之物，或许就是告知天国是否存在的东西。青岸正如此想着，争场又眯缝起了眼睛说道：

“青岸先生，您是对常世岛抱有什么期待而来的吗？”

“期待……要这么说的话，应该是吧。”

“容我说一下我个人的看法，我认为您最好不要试图从天使那里寻找什么意义，那只是徒劳。常世岛还是更适合悠闲享受，毕竟这里还可以船钓什么的，别瞧我这样，我可是驾船的一把好手。啊，不过现在应该不行了。算了，无所谓了，总之就当在这里享受度假就好。”

说完这些之后，争场便迅速离开了，小间井见状，急忙追了上去。

独自被留下来后，青岸一边默默地继续用餐，一边想争场的事情。外表严肃但说话随和的男人，即便因为天使而迫于在事业上做出巨大的方向调整，他看起来也毫不介意。主业都因天使而中断，他本应对天使颇有微词。

可他没有，或许他是一个极度大气的人，也可能是天使的出现带给他的利远大于弊。不过青岸认为，后者的猜想或许过于跳跃了。

不管怎样，这些都和青岸没有直接关系。到头来，谁都不知道今晚的特别招待晚宴到底“特别”在哪里，看来只能老实等待晚上的到来了。在这连时间的流逝都是慢节奏的常世岛上，应该不会发生什么麻烦事吧。

可是，现实却完全背叛了青岸的这一预想。

早饭过后没几个小时，常世馆里出现了一位不请自来的客人。

第二章　天国的所在

1

赤城昴出现的时候，青岸侦探事务所的成员还只有青岸一人，事务所的空间没现在大，接下的案子也不多。但是一个人能做的事情，总是有限的。

青岸只接能做得来的活，当时的他过着待在狭小有致的房间里，独自盯着各种资料的生活。那是一个孤独且需要默默地坚持付出的世界。在青岸看来，这就是侦探的世界，对此不觉得有任何问题。当然，他也从来没招过助手。

所以，当赤城昴说出“请让我在这里工作”的时候，着实让他感到惊讶，也因此他的反应慢了一大拍。

突然闯进事务所的赤城，无视青岸的惊讶，走了进来并在青岸常用的桌子前站定之后，举起简历，说道：

“那个，我叫赤城！青岸先生！请让我在这里工作！”

“你在说什么？”

“拜托了！我想成为像您一样的侦探！”

言辞热切逼人，青岸不由得再次看向眼前的赤城。

看年纪像是刚走出大学校门的学生，可上身的衬衫和下身搭配的深蓝色裤子，无一不是人人皆知的高价名牌，估计是一个有钱人家的公子哥。不过奇怪的是，在那身名牌衣服的右半边，有一大块污渍。

留长的头发不带半点发胶，随着他每次的晃动而夸张地摇摆着。青岸不由得暗暗感叹，就这样还跑来说想当侦探啊，明明看上去就是一个热衷密室推理的宅男。

“什么侦探啊。就这样突然跑来，你不觉得自己很没礼貌吗？”

“可是，想成为一名侦探，最快的办法是先成为名侦探的徒弟吧？”

“傻啊你，找那些调查机构去吧！”

“我一定要在您手下工作，非您不可。”

不知道是否因为过于兴奋，赤城手上拿着的简历被他揉得皱巴巴的。硬闯进来的同时却没忘记准备好简历，这份良好的教养莫名地让人厌恶。过了一会儿，青岸开口问道：

“你，是法学院的研究生吧？”

“啊？”

赤城听到这句话之后，瞪大了眼睛。没等他对这出其不意的说法做出回应，青岸继续说道：

“你是一个法学院的研究生，因为找不到工作才来这里。可是，在来这里之前，你已经向多家事务所表示想加入，却都遭到拒绝。你对侦探抱有执念，是因为你的父亲是一名推理小说家。可是，你和你父亲的关系不好，你基本上不会回到父母家里。”

“您是……是怎么知道这些的？”

“因为你衣服的右侧有污渍。我说得对吗？”

青岸滔滔不绝地说完之后，紧盯着赤城。

赤城惊讶得僵住了，他此时一定满是困惑。青岸想，要是换作自己，一定也会是同样的表情。这时，赤城一边踌躇，一边张开嘴巴不紧不慢地说道：

“真是厉害，青岸先生，您全说错了。”

青岸夸张地哼了哼鼻子。

“我不是法学院的研究生，而是一名美术学院毕业的自由职业者。在来这里之前，也没被其他的侦探事务所拒绝过。我的父亲在食品行业工作，衣服的右侧有污渍，是因为我刚才为了躲避自行车不小心摔了一跤。”

即便在说着这些的时候，赤城也依然眼神坚定地看着青岸。他应该在期待接下来会出现什么大反转吧。毕竟侦探的推理不会错，就算错了，也会接着一个让人更加惊讶的真相。

可是，青岸并不是一个富有服务精神的侦探，而且丝毫不打算推翻自己刚才说的那番话。两人就这样沉默着，赤城的脸上逐渐显现出不知所措的表情。青岸见状，终于开口说道：

“你听好了，侦探没什么了不起的，做的都是些鸡毛蒜皮的小事。要是你崇拜的是夏洛克·福尔摩斯，那请你到别的地方去吧。我对你不了解，怎么可能让你到这工作。”

“我又不是因为福尔摩斯才到这里来的。”

“那是为什么？能从美术学院毕业，说明你家里根本就不差钱吧。我可说好了，这里没有固定工资。”

“我是发生在两年前的那起绑架事件的受害者……是青岸先生您救了我。”

空气因赤城的这句话发生了改变，青岸调整了一下姿势，看着眼前这个男生。

“等等，我不认识叫赤城的人。”

“这不奇怪。因为我两年前的名字叫高阶昴。自从绑架事件以后，受到了太多关注，所以改成了我母亲的姓氏……不过，我的外表和当时相比，也变了很多。”

赤城说着，脸上露出了苦笑。也因他的这句话，青岸过往的回忆被完全唤醒了。

两年前，青岸接过一起绑架案件的调查工作，是某地的连锁家庭餐厅老板的儿子被绑架的案件。

罪犯冲动且短视，在要求赎金的时候不小心弄出了纰漏，于是选择了逃亡。

不幸的是，犯人在逃亡的时候，没有告知人质高阶昴的位置所在。

青岸必须从犯人留下的蛛丝马迹里，抽丝剥茧，推出高阶昴的位置。犯人逃亡之后，过了一天，接着三天也过去了，在已过去一个星期的时候，人们都认为高阶昴应该已经生还无望。

可是，青岸没有放弃，虽然昴生存的希望已经几近于无。但他作为一名侦探，即便要付出的已远超可获得的，他也希望能找到高阶昴。

就这样，在高阶昴遭绑架之后的第十天，青岸终于找到他。

被发现的时候，高阶昴衰弱至极，外表都大变样，但他仍然活着。在监禁他的地下室里安装着水源设备，他靠着喝水延续了生命。

通过生还的高阶昴的证词，犯人不久便被抓获，案件也告一段落。在这次案件中，比起侦探或是警察，可能高阶昴更值得被称颂。毕竟在那样残酷的境况下，是他自己凭借着坚定的意志活了下来。

此时，高阶昴就站在眼前，这次，换成青岸不知道该说什么了。

“我听说了，在犯人逃亡之后，人们都认为我已经生还无望。即便如此，您还是找到了我。”

“我只是做了我该做的事情而已。”

而且，也只是过去了十天，要是过去一年半载，我可能也会放弃。我只是觉得还有希望，所以才没有放弃，青岸暗暗想道。

“对我来说，侦探是正义的伙伴。我要像青岸先生您一样，成为一名能拯救他人的侦探。”

正义的伙伴，多么稚嫩的词汇，可是赤城却丝毫没有犹豫地脱口而出。这个词汇，就连现在的小孩都已不用了。但是曾经独自一人被监禁于地下室，尝过地狱般苦痛的他重振精神了，还来到了青岸面前。

“这里没有你想要的那些东西。”

“我不这么认为。”

“你一定会失望的。”

“请让我再说一遍——我什么都愿意做。请让我成为您的助手。”

面对已变得皱巴巴的简历和赤城的那番话语，青岸不知为何最后答应了。

写得歪歪斜斜的应聘缘由，那一字一句，青岸直到现在都还清楚记得。

2

总之，没什么事情可干。

青岸漫无目的地走在常世馆里，像是完成任务似的抽着烟，有时还会碰到小间井或是仓早。他不由得苦笑，感觉自己仿佛一只迷途的小猫。

就这样，来到了午饭的时间，青岸向餐厅走去。装在便当盒里的怀石料理，有着与昨日晚餐不同风格的美味。

青岸觉得自己仿佛是专为了享用大槻做的美食而来的。但也的确没有其他事情可做，他只能老实地等待投喂时间来临。在白天的时候，他几乎没有碰到什么人。那些名人都是怎么度过一天的呢？这座岛上，竟然并没有什么可供娱乐之物。

结束用餐后，当青岸走出餐厅的瞬间，听到了一声惨叫。

“放开我！来人啊！”

青岸急忙朝着声音的来处走去。这时，只见小间井在入口大厅处，按住了一位身材矮小的女子。她明明已经被小间井稳稳抓住，却仍然挣扎着试图逃脱，活像一只掉入陷阱里的小动物。

令人惊讶的是，她那张脸，青岸好像在哪里见过。

“给我听好了，你这是在犯罪！我会告你的！”

听到小间井这么一说，被按着的她脸色一下子变得煞白。

伏见二子用近乎哭泣的声音喊道：

“我……我是一名记者！我叫伏见……我并不受聘于哪家公司，我是一名自由记者……那个，我可以告诉您我都写过哪些报道……”

青岸看着眼前这位示弱求饶的女人，不由得咂了一下嘴。她真的是完全不会说谎。之前见面的时候，青岸就已经这么觉得，作为一名记者，伏见实在是过于耿直了。

“说！你是怎么来到岛上的？”

“那个……昨天有船……我悄悄地……”

昨天的船，那就是青岸乘坐的那艘了。

用来承载一个人的话，昨天的那艘船的确有点富余，也因此不失几处藏身的地方。若一定要追究责任，仓早难辞其咎，可从船的大小来看，也实在难以责怪她。

“你从昨天到现在，都去了哪里？不会在屋里干了什么吧？”

“我昨天哪儿也没去，一直待在那座奇怪的塔里……”

奇怪的塔，她说的应该是那座吸烟塔。青岸昨天没有留意塔的展望台，没想到她藏在那里。

“可我从昨天到现在为止，没喝过一口水。附近的井又是口枯井……我只想找口水喝，所以……”

“竟然还想偷东西！”

小间井的声音尖厉。这让伏见越发把身子蜷缩成了一团。

“不是的！我只是，想喝水……”

“咦，这是……”

这时，小间井被一个声音叫住，叫住他的是出现在楼梯处的常木，仓早则尾随其后。

看到常木的瞬间，伏见的眼睛里便混杂了敌意和恐惧。

“对不起，主人。没想到会发生这样的事情……”

“算了。这位女士，为何即便如此也要来到常世岛？”

常木轻描淡写地中断了小间井的解释，直截了当地问道。面对镇定的常木，伏见语无伦次地回答道：

“实际上，我听说这里有天使聚集，是一座不可思议的岛……还听说这里是大富豪常木王凯先生的岛……那个，我是一名记者……”

“你从哪里听说的？”

“那个……从网上……”

伏见明显是在撒谎，网上不可能有常世岛或是常木王凯的信息。常木不可能被她骗过，继续追问的话，一定能问出真正的信息来源。

“算了。来都来了。”

常木随和地说完这句话后，便向旁边站着的仓早吩咐道：

“仓早，给这位女士也准备一间房。”

“您确定吗？”

“当然。既然是客人，那就应该一视同仁。”

“遵命。”

仓早屈膝领意。常木点了点头，重新把目光转向了伏见。

“你是伏见小姐吧？”

“是，是的。”

伏见趴在地上，略显恭谨地回答道。

“‘降临’发生以来，这世上不再有偶然——至少我是这么认为的。”

“那个，是……是吗？”

“也就是说，你出现在这里，一定有其意义所在。这个世界，正在全新的常理之下运行。如果你不该出现在这里，天使自会阻止。所以，你没有罪。常世岛接纳了你。”

这时的场面，伏见本该表现出获得无罪赦免之后的喜悦，但她只是呆住，一言不发。青岸一时无法理清常木那番话的意思。若是不该出现在这座岛上，天使自会阻止？真是荒诞至极。天使不过是一种无端飞着的生物，与其相比，水母看起来还更加有智慧。

可是，常木看似对自己的那套理论毫不怀疑，继续意气高扬地说道：

“请你过一会儿到我房间里来。我有话问你。”

“那个……我……我知道的也不多。”

伏见体内的毒气仿佛退散了一样，怯懦地说道。

“来之前，你先吃点东西。这个就交给小间井去安排了。”

“好，好的。遵命。”

小间井松开按着伏见的手，慌慌张张地站了起来，随后，带着茫然的伏见朝餐厅的方向走去。常木像是没发生过什么一样，上了楼。

望着常木逐渐消失的背影，青岸向仓早问道：

“那个，我可以问个问题吗？”

“怎么了？”

“为什么不把伏见这位记者从岛上赶出去呢？常木先生该不会觉得这世上的所有事都是天使之意吧？”

“您说对了一半，另一半没说对。”

“所以？”

“的确如青岸先生您所说，最近，常木先生倾向于认为世上的万事万物，皆由伟大的天使所指引。从股价的变动，到天气的阴晴，悉数都是天使的旨意。也因此，无论发生什么，他都不为所动。”

青岸不得不承认这是一个极具强迫性质的观念。不过，不为世事所动，从某种意义上来说，不失为一名合格的经营管理者所应具备的素质。

“那我没说对的另一半是？”

“很简单。接下来的四天，不论发生什么，都不会有船过来。”

果然，仓早爽快地回答道。

“为什么？这里的船不是招之即来的吗？他可是常木王凯呀。”

青岸如是说道。对此，仓早缓缓地摇了摇头。

“这座岛上，虽然天使众多，但要让它们定居下来却绝非易事。它们依据什么来选择居所，甚至是否有定居的概念，我们都不得而知。”

青岸的视线看向窗外，那里有正在盘旋着的天使，目之所及都是它们的身影。窗框仿佛画框，天使便是框里的画作。

“所以，常木先生讨厌船。”

“这是为什么呢？”

“若船从这里驶出，必定有几只天使会随船离开。究竟为何，我们也不知道，或许这是天使的一种习性。注意到这一现象之后，常木先生便规定非必要时不起航。不仅如此，他也不允许船从这附近经过。”

“这……”

在青岸看来，用偏执一词都不足以形容常木了。

尽管青岸在犹豫之中咽下了紧随其后的话语，仓早却仿佛已经不言自明一般，她似乎知道自己主人对于天使那过度的兴趣。毕竟就算会随船而出，最多也不过几只罢了。

“我是来得最晚的，为此还不得不麻烦你们给我另外备船。”

青岸这次因为工作上的安排，只有他一人晚于其他的客人，乘坐了随后的一班船而来。估计这一定让常木感到很难受。

可是，仓早只是优雅地微微一笑道：

“连天使都不顾及，想必常木先生定是非常欢迎您的到来呢。”

回想常木刚才的那番言论，青岸认为自己的到来，或许并不能满足常木的某种期待，便不由得感到一阵后怕，常木的目的到底何在。可事到如今，他已没有退路。

“不过，听说今天晚上会有一场特别的招待晚宴，对吧？就算是天使的旨意，不请自来的记者总归会碍事吧？万一有什么不测，被她报道了……”

“我想不会有什么问题，应该没有媒体会刊登她的文章了。”

仓早冷静地说道：

“类似的事情，早些天也发生过。调查常木先生的记者，不是突然遭到公司解雇，就是写的稿子统统不被受理或是被退回。她的记者生涯，可以说已经终结了。”

原来如此，青岸不由得暗暗感叹道。原来根本没有必要在这座岛上把她彻底解决掉，离开这里之后，伏见的人生自会溃败。就算她出现在这座岛上，被认为是一种旨意，但这丝毫不影响对她的制裁。

伏见的脸和名字，早就已经暴露无遗。她明明可以报一个假名蒙混过关。的确如仓早所说，应该不会有媒体宁愿顶着常木施加的压力也要登载她的文章了。

“可是，文章总有地方可以发表吧。现在谁都可以在网上发表自己的文章，若是有人告发常木对其施加不正当的压力的话……”

“没有后台的人，碾压起来轻而易举。”

仓早淡淡地说道。估计她至今在常木身边，对于同样的事例，早已看过无数。

“没有决定性的证据，不，就算有，也奈何不了常木先生。而且，她只要来到这座岛上，就绝不会让她得到她想要的东西。常木先生就是这样的人。”

意识到自己说得太多之后，仓早尴尬地转移了视线。即使温和如女佣仓早，常木在她眼里或许也只是一位冷酷无情的人。

或许青岸此前应该把伏见的名字报告给常木。那样的话，伏见要遭受的伤害便会少一些。他没想到事情会发展至此，更没想到伏见对常木王凯会如此执着。只身一人来到这座岛上，她对常木的怀疑是有多深！

如果伏见做出什么不同寻常的举动，青岸也有一定的责任。一想到这，他的心情便越发低落。

3

青岸回想起过往的一些事情。

某天，青岸来到事务所，只见沙发上坐着一位没见过的女生。她的上身套着一件卫衣，下身穿着一条运动裤，这搭配只能让人觉得它是一套居家服。肆意生长的头发长及腰部，刘海用发带缚往头上方。宽额头，圆眼睛，俨然一只迷途的松鼠。

“你谁啊？”

“你好……我叫真矢木乃香。我不喜欢我的姓，叫我木乃香就好了。”

说完这几句之后，她便开始用手上的笔记本电脑看起了视频。由于没有插耳机，视频的声音直接外放了。

青岸搞不清楚眼前的状况，便一直站在那里等赤城。

随后，慢悠悠来上班的赤城，只淡定地说了一句：

“这位是新来的员工。”

“你在说什么？谁让你做决定的……”

“她说了，可以接受提成制，而且这也是为了帮助她本人回归社会。先由着她的节奏，逐渐让她习惯就好。”

“你别开玩笑了，一个小孩子家家的人能做什么啊？”

“她是一个白帽黑客。”

“什么啊，白帽黑客？”

“做侦探的，不是需要具备那方面的知识吗？”

木乃香定定地看着正在说话的两人，眼睛里流露出不安和讶异。被她这样盯着，青岸莫名地有点不知所措。

“她是冲着青岸先生您来的……那个，她之前搞砸了挺多事，无处可去。她也在反省了，说只要找到一个能发挥自己能力的工作就好。”

“竟然还是一个有前科的人！”

“我只是在黑心公司的招聘广告页面上写了实情而已。那帮人，根本就不把人的过劳死当回事。”

木乃香不满地嘟囔道。

“瞧，是不是很有正义伙伴的味道？先不管她有没有前科——”

“黑进人家的招聘广告，然后进行修改吗？”

“反正连我这样的人你都收下了，多一个也不算多。”

“就你这样，还说什么想成为正义的伙伴啊？”

“嗯，是的。正义的伙伴，要结伴而行。”

最后，青岸还是接纳了木乃香。

作为一名二十出头的白帽黑客，她的能力确实还行，这完美地弥补了青岸因对这一领域的无知所造成的短板。就这样，在青岸不擅长的领域上，因为多了精通的伙伴，青岸事务所得以解决一些他们曾经无法解决的案件。

比如，某家高级餐厅不停地收到杀人预告的邮件，木乃香轻松地定位到了发信人的地址，接下来，青岸便和其他人赶往该地，将犯人现场抓获并移交警察。要是没有木乃香，这样的案件不可能侦破。

“看吧，我还是有用的吧。”

木乃香像个孩子一般，挺着胸脯说道。这时的青岸，虽然觉得她太骄傲，但也送出了由衷的赞赏。于是，木乃香的脸上露出了与她这个年纪相符的羞怯，青岸见此，不由得觉得她或许非常能干。看来加人并不是一件坏事。

在那之后，赤城总是会从某些地方找来新的员工。嶋野良太辞职不做刑警以后，变得无所事事，赤城把他挖到了事务所，并把他安排到了快速行动组。因被跟踪而到事务所寻求帮助的大公司秘书石神井充希，也被赤城挖到事务所，安排她负责对外公关事务。日益变化的青岸事务所，唯有作为所长的青岸，变成一个看家人员。

“你到这来，想做什么？”

“倒也没有什么想做的，只是想成为更好的自己。”

刚来不久的嶋野如是说道。他那瘦成柳条一般的身材和那柔和的笑容，加上式样过时的眼镜，与其说他曾是一名刑警，倒不如说他曾是一名教师更贴切。

“你为什么不再当警察？”

“警察那个团体也一样，大家根本就不是一条心。我所想的正义和他们所想的正义，也有不相容的地方。因为观念不合，我才离职的。”

“不，不对，你是被解聘的吧。你都做了什么？”

“是的。我打了那些每天晚上带着新人去赌的同事。”

“什么价值观不合，都是借口。”

“嗯，是吧。或许是自己要面子罢了。”

“看来又是一个有前科的……”

听到青岸这么说，嶋野夸张地耸了耸肩，说道：

“不，并没有。我们最后和解了。”

对此，青岸不知应该高兴还是怎样。嶋野则继续说道：

“纵使天国陨落，也要伸张正义。”

青岸后来才知道，嶋野喜欢引用名句，他说的这句话来自拉丁语里的一句名言。看来又来了一个难对付的家伙，这是青岸对嶋野的第一印象。

接下来，青岸也对石神井问了同样的问题——

“你到这来，想做什么？”

“我还没想清楚，就只是想做一些让自己比昨天进步一点点的事情之类的。”

“顺便问一下，你有前科吗？”

“怎么会……我看起来像吗？活了三十四年，我只在游戏里面被人抓过。”

石神井开心地笑着说道。比起这寂寥的侦探事务所，凭借她那瞩目的美貌，或许做个女演员之类的更适合她。跟踪事件虽然解决了，但她最终辞掉了秘书的工作。这也不难理解。让人意想不到的是，赤城竟然把她挖到了青岸事务所。

“我曾经完全不抱希望，认为这世上之事总有无能为力的地方，认为自己是因为这些无能为力而遭人暗算。所以，当时到您这来的时候，老实说，我也并不抱希望。可是，当看到事情真的被解决之后，我才觉得有些东西原来真的存在。”

“有些东西，指的是？”

“正义。”

正义，也就是正确的事。石神井认真地补充说道：

“我应该能帮到您的。别看我这样，我做了很长时间秘书，有一定的资历，以前可没少被夸。话说回来，这家事务所有车吗？”

“没有。要用的话，一般都是租的。”

“这样啊。想着有车的话，我应该能帮上什么忙。”

“你很会开车吗？”

“并没有。我就是一个持证但没上过路的司机。要是能进入侦探事务所工作，我真想试一下追车之类的。光是想想就让人兴奋！”

青岸不论是对追车，还是对石神井充希，心里都是拒绝的，最终却还是被赤城说服了。虽然在事后看来，这里面不乏先见之明，但当时的青岸也仅是因为年轻气盛罢了。

赤城引入的人才都有一些共通点:第一，他们都因为各种各样的缘由离开了原来的职场，成了无处可去的离群人物;第二，他们都是青岸事务所需要的优秀人才。

最后一点，他们无一不由衷地赞同赤城那所谓的“正义的伙伴”的理念。

尽管青岸也是与这个词产生了牵绊的其中一人，但他感受到更多的仍是惊讶。这个世界上，能够认真且虔诚地谈论正义的人本就稀少。若是早些时候的青岸，一定会认为这样的理念和自己根本不合。毕竟在这样一间小小的侦探事务所，做着想让世界变得更好的美梦，实在太不现实。

当他回过神来，青岸侦探事务所的成员，包括青岸在内，已增至五人。

不仅如此，赤城还在各种各样的地方建立起了人脉——本应与侦探合不来的警察，为了获得医学建议的医生助手，在找人方面能发挥作用的商业街人群等。赤城并不具备洞察力，也并不擅长推理，却非常擅长将人和人连接起来。

青岸的侦探活动能触及的边界，也越扩越大。

过去接不了的高难度委托，现如今也能接了；过去束手无策的案件，现在也能解决了。

比如抢银行事件——和犯人进行交涉这事，怎么想都不是侦探的工作，可赤城特意提出用自己来与人质进行交换，这使得青岸不得不亲自出马。也就是在这种时候，青岸会后悔自己雇用了赤城，但没有办法，赤城就是那样的一个人。

与犯人的交涉交由石神井负责，与此同时，青岸负责查明犯人的真正目的以及被装置在银行里的炸弹。借助木乃香之力，潜入银行，协助解放人质的工作，则交给嶋野。嶋野展现出与他身材不符的敏捷动作，完美地履行了机动部队的职责。最后，在这起事件中无一人身亡。

尽管青岸斥责了赤城的独断专行，但聪明的他当然明白，如果没有他们的介入，这起事件将会造成多少伤亡。银行里的那六十多个人，估计都会死掉。

“真的对不起。下次我一定会先告诉您一声再行动的。”

“不应该是至少先跟我商量一下再行动吗？”

青岸无奈地嘟囔道，内心却在极力控制自己不要笑出来。

也曾有过大场面的抓捕。在某起事件中，青岸虽然阻止了罪犯杀人，却没想到那位罪犯就近抓住一名人质并试图逃亡。

若换作是过往的青岸，这时候准会把一切都交给警察。尽管会对自己这一有失体面的行为感到懊悔，但他也做不了什么。

可是，赤城却强硬地拦下了行驶在那附近的一辆跑车，交涉一番之后，总算获得了车主的许可。面对嶋野等人那理所当然的催促，青岸坐到了副驾驶的位置上。

“轮到我上场了！”

坐在司机位置上严阵以待的石神井，高声喊出她的宣言。青岸没想到真有这么一天，要见识到她的追车本领了。乘坐感受虽然很难说是舒适的，但至少追上了犯人。

还有一些青岸一个人无法解决的案件，或是他本就不会考虑介入的案件。可以说，比起过往，现在的青岸更接近一个纯粹的侦探。

他对此由衷地感到高兴。虽然不知道这样是否和赤城所说的“正义的伙伴”更靠近了，但做的事情的确比以前多了很多。

每当“青岸焦”这一名字被广为传播的时候，赤城都是无条件为之感到欣喜。青岸每次见到他那样子，总觉得有些难为情，于是便故意略显冷漠地说道：

“干吗那么高兴，给你加工资了吗？”

“我高兴的是焦哥作为侦探，被越来越多的人看到了。”

“这又不是我自身的能力变强了，都是因为你的人脉，木乃香的技术，还有嶋野的敏捷，石神井……虽然开车开成那样……不管怎样，我只是借助了你们的力量而已，这并不是我个人的能力。”

“才不是呢。我们自不必说，三船刑警和宇和岛医生……大家都是因为认可您才给予协助的，不是吗？厉害的不是我们，是焦哥您啊。而且，负责推理的是您。”

赤城或许是发自内心说这番话的，可青岸却不那样想。确实，负责推理的是自己，可是最近他开始意识到，侦探的推理并不等同于事件的解决。推理可以自己一个人做，可事情最终得以完美解决，靠的还是周围的人。

而且周围的人愿意协助的理由，也不在青岸身上。青岸能巧妙地将赤城构筑的人脉利用起来，完全是因为赤城把青岸说得太好了。

对于青岸是一个多么优秀的侦探，自己又是如何被青岸搭救的，赤城在诉说这些的时候总是毫无保留。为此，周围的人对青岸产生了某种程度的好感，愿意和青岸交流。这时的青岸，也就变成了一个稍微被言过其实的人。

那不是自己的能力，应该是赤城的——这样的想法总在他的头脑中挥之不去。过了一会儿，青岸说道：

"你来到这里之后，这个世界或许变得比以前好些了。"

这是青岸能给出的最高级别的感谢。

要是当时没有接纳赤城，事务所也不会有今天的规模。得救的人和解决的案件数都在变多，这些都发生在赤城加入之后。

青岸本以为他这么说了之后，赤城会像平时那样表现出无邪的开心，可是没有。

赤城的表情僵住，周遭异常安静，他流下了眼泪。这个场面实在出乎意料，青岸也呆住了。两个成年人，就这么看着彼此，这一怪异的情景被回来的石神井看到之后，她放声大笑。

就这样，青岸侦探事务所在这世界的一个角落里，以它的方式追寻着正义。

4

晚餐呈现出和白天完全不一样的盛况。

当所有人都聚集在餐厅时，气氛果然相当紧张。

看起来只有贵族才会使用的十二人长桌上，已落座了八人。也就是说，被邀请而来的八位客人，在晚餐的这个时候都已到齐。

就连不请自来的伏见，也拥有为她准备好的席位，看来常木是个豁达之人。伏见的席位就在青岸对面。尴尬的是，旁边坐着的是宇和岛，因此青岸决定尽可能地保持低调。

服务大家用餐的是小间井和仓早，没看到大槻，估计他应该是待在厨房里吧。

待小间井往大家的酒杯里斟上葡萄酒之后，常木举起酒杯，开始致词。

"欢迎各位来到常世岛。我们保证大家停留在这里的期间，将享受到乐园般的待遇。今天的晚宴正是为此特设的一个环节。诸位都未遭天使拒绝，成功踏上常世岛之地，是通过严选之人。感谢对天使好奇的各位不吝奉陪我这垂垂老矣之人，你们将会得到天使的祝福，干杯。”

伴随着常木的祝酒词，青岸也将杯中的酒一饮而尽。酒或许是好酒，青岸却不大能品出来。与此相比，刚端上来的前菜番茄和山羊乳汤，青岸却能品出其中的几分美味。这样绝妙的调味，竟是坐在门前吞云吐雾的那个男人做出来的，真是不可思议。

“啊，实在是太好吃了！不愧是常木先生！”

边吃边说这些话，破坏气氛被的，是政崎议员。他的个头矮小，给人感觉像只老鼠。左手拿着的叉子，汤汁都已溅到了叉柄上，种种难看的吃相，令他看上去就像一只令人不悦的仓鼠。

“您吃好就行。”

“真是什么时候来，都觉得好吃！我至今也算是品尝了无数美食，可还是觉得常世岛的没有任何地方能比得上！常木先生真是一位实至名归的美食家！”

政崎像是在每句话的末尾都加上一个感叹号一般奉承着常木。他似乎完全没有意识到，此时的奉承对象不是常木，而是大槻。

在接下来的时间里，政崎一有机会便赞许常木，赞许天泽，他始终在赞许周遭的人。他在这群人中所处的地位，从他的这些举动便可窥知一二—— 一个话多且爱奉承的男人。

与之相对的，是稳重的争场。他只在必要的时候才开口应答，始终集中精力观察着全局。这时的他，与早餐时那个随和且亲切，会主动搭话的男人判若两人。青岸想，估计他和这群人在一起的时候，是不怎么说话的吧。

就这样，青岸一边观察周围，一边继续用餐。突然，常木对他说道：

“说起来，青岸先生。”

方才还在和旁边的人说着话的客人们都停了下来。青岸正专注享用眼前的香煎红金眼鲷，手里的叉子差点掉落。

“您请说。”

“这么一看，果然您所散发的独特气场最引人注目。您来到这座岛上，有感觉到什么吗？比如和天使之间的强烈感应之类的？”

青岸差点脱口而出一声：“嗯？”关于天使趣味的话，他多少还知道是什么，突然说什么气场之类的，他完全不知该如何应对。别说和天使的强烈感应了，在青岸看来，这座岛上的天使无非是略污浊且异形的怪物罢了。当然，气场什么的，青岸也完全没有感知到。

“常木先生，青岸先生怕是还没习惯这座岛上的强大天力吧。说不定感应越灵敏的天线，越会在无意识中屏蔽掉天使的气场。”

不知道是否是因为僵住的青岸实在令人无法看下去，天国研究专家天泽插嘴说道。老实说，天泽所说的天力、天使的气场，同样令人不明所以。

“原来如此，原来是和天使气场的波长不合啊。”

常木听了天泽的话后如此说道，一副了然于胸的表情，然后便继续沉默了。气氛越来越尴尬，除了天泽以外，其他人看起来并不会主动救场。过了一会儿，常木再次开口说道：

“刚才的问题过于唐突，实在失礼。请让我再次提问。青岸先生，您作为侦探，如何看待‘降临’这件事情？”

这次的问题相对来说比较好回答，但依然要慎重。稍微犹豫了一会儿之后，青岸努力回答道：

“这很难用三言两语说清楚，人类对天使的了解还太少，很难判断那到底是什么。”

“嗯，原来如此。”

“常木先生，您对‘降临’是持肯定态度的吧。”

虽然试着采用了委婉的说法，但青岸对答案已了然于心。不管是对来往常世岛的船所采取的做法，还是刚才的祝酒词，常木别说拥护“降临”了，甚至完全可以说是一个天使信徒。果不其然，常木展开笑颜继续说道：

“啊，是的，我认为很棒。之前在您的事务所时，我不是说过我知道天使的美吗？我买下这座岛，正是因为这里有很多天使。”

听到这句话，青岸吃了一惊，原来常木一开始并不是这座岛的主人。

如果是这样的话，那看来常木的天使信仰远比想象中更夸张。这已经远远超出了青岸能理解的范畴。坐在他眼前的伏见，也明显地表现出了内心的动摇。

“在我看来，天使让这个世界稍稍接近了一点乐园。只要天使接下来继续像这样守护人类，便只有恶人会被淘汰。您不这么觉得吗？”

“这……我也不大清楚。”

青岸谨慎地回答道。

“为什么呢？犯下杀人罪的罪人都会坠入地狱，世界将会变得更加美好啊。如今这世上因杀人事件造成的被害者人数也在减少。”

“嗯，减少是减少了。只有恶人被制裁，好人得救，但是总觉得这样的世界还有太多不尽如人意的地方。而且，好人也有可能坠入地狱。”

比如之前发生的“牧师制药杀人事件”，一个牧师因天使降临而受到触动，便自己调配药方，派发给天使信徒们。

牧师将此药称作奇迹妙药，并宣称能治百病。可是，在这些药被派发之后不久便发生了惨剧。最初拿到这些药的主妇，把药喂给病弱的孩子们，吃下这些药的孩子们却死掉了。主妇在天使的规则之下，坠入了地狱。

在那之后，吃下此药的人一个接一个地出现身体不适。最后，牧师接在主妇之后也下了地狱。

在之后的调查中发现，牧师派发的药里含有水银。人们感到非常惊讶，为什么给人吃的药里会混入这样的毒物？

可牧师将此药奉为特效药。掉落的天使翅膀沐浴三夜月光，将其磨成粉末之后与水银混合，他认为最终的产物能杀灭人体内的细菌。最终，共有六人因他的药失去了生命。

坠入地狱的牧师，据说品格高尚，曾经救人无数。

这里有很重要的一点，即“即使当事人不觉得有毒，让两人喝下后致死的话，他也要下地狱”这一简单明了的事实。

一心只想着救人，恪守清贫，坚持制药的他，真的是个恶人吗？

不是的，他只是因为太过愚笨而造成了深重的罪孽。如果这些误入歧途的人们无法得到拯救，那这个世界就有太多的缺憾。

“原来如此，这个观点挺有意思。”

常木静静地呢喃了一句，专注地看着青岸。

这时的常木王凯和当时出现在事务所里的他比起来，更加让人捉摸不透。他的天使趣味，早已远远超出了青岸所能理解的范畴。两人之间存在着确凿的理解鸿沟。就连刚才那一连串提问，青岸也猜不透其用意。过了一会儿，青岸像是豁出去了似的说道：

“老实说，侦探和天使的制裁，其实非常不合。”

“侦探和天使不合，这是怎么回事呢？”

“毕竟，没有犯罪的话，侦探也就失业了。”

青岸故意说得听起来带有挑衅，并观察着常木的反应。

然而，常木并没有表现出不快，反而看起来对青岸的观点饶有兴趣。

侦探和天使本应不合，可赤城在天使降临之后，一直持着乐观的态度。赤城面向愤懑的青岸，脸上仍是惹人喜爱的笑容。他轻快地说道：

“说不定世界会因此而变得更好。”

即使在“降临”发生，人们大概摸清楚了规则之后，他也依然抱有这份期待。

“那样瘆人的东西，有什么好期待的。把人活活地拖入地狱，不是恶魔是什么？”

青岸不耐烦地说完这句之后，赤城略微皱了一下眉头。或许他心里对于天使那夸张的制裁，也有自己的一些想法。杀人之罪不可免，但杀人者活活被烈焰焚烧的样子，凄惨又残酷。

可是，赤城仍然笑着说道：

“可以想得简单一些呀。至少这样一来，就没有连续杀人事件了。仅是这样就很好了，而且人们知道死后会有另外一个世界之后，不是也开始做起好事来了吗？”

“谁知道呢。只看见有人被拖入地狱，但不知道是否真的有天国。”

“肯定有。这世界上有好人，就一定会有天国。”

赤城说得不带半点迟疑。

青岸看着眼前的赤城，不由得想起了他刚来事务所那时候的模样，直率得反而令青岸感到汗颜。可若不是他身上的这些特质，青岸也不会和他一起工作。

“最重要的是，事情这么发展下去，我们只会被蚕食殆尽，这你也没问题吗？”

“没问题啊。侦探不用工作的世界，就是一个和平的乐园。乐园里也有会迷路的小狗小猫，我们负责找它们就好了。”

“这怎么活得下去啊？”

“如果活不下去的话，大家就各自去找别的工作。或者我们一起开个饭店什么的……”

“那样的话，你将会是第一个被解雇的人。”

“啊？为什么？”

“饭店最不需要的应该就是美术大学毕业的人了。”

“啊——不会的。我可以免费在招牌或是传单上帮忙写写画画什么的，这不是很好吗？不试一试怎么知道？”

赤城嘟着嘴，说着想开这个店开那个店。

原来在他眼里，正义的伙伴也只是和平加饭店啊。尽管如此，青岸仍觉得或许赤城所想的未来并不算太差。

把这个世界上的所有不道德都交给天使之后，隐退——青岸曾经做过这样的美梦。

“真是令人感到意外啊。”

青岸被常木的这句话拉回到现实，于是急忙看向常木。

“意外吗？”

“嗯，意外。青岸先生您自己也这么认为吧。你到现在都还没有对天使敞开心扉？”

这句话顿时让青岸感到脊背一阵发凉。

因难得的美食而雀跃的胃，此刻重得像是往下坠一般，连喉咙也在喘着粗气。青岸假装若无其事地说道：

“也不是，毕竟人没那么容易改变。”

“我变了呢，并且很明显变了。天使让我的人生朝向了更好的方向，不断前进。”

“这是为何？”

“实际上，我在两年前经历了一场重病，使我强烈地意识到了死亡。那时候的我得到了启示——神为死后的人类准备好了接纳之地，但要到达那里，人类必须获取相应的资格。在我病好之后，为了能进入天国，我决定向天使敞开我的心扉。”

“这样啊……”

青岸无力地回应道。在生死之际，能感应到这些圣灵之兆的人不在少数。现在因为天使的降临，圣灵之兆所带来的影响也随之变大。可是，常木仿佛将此视为世界的真理一般。

“曾经和天使无限接近的你，应该明白的——”

常木似乎还想继续问些什么，青岸也微微正了正身子。可是，常木把已到嘴边的话咽了下去，温和地说道：

“算了，在这里讨论这些也没什么意义。还是好好享用晚餐吧。我们很快就会知道答案了。”

“答案？什么答案？”

“当然是青岸先生最想知道的事情——天国到底存不存在。”

说完，常木再次举起了酒杯。这一动作像是发出什么信号一般，大家又重启了聊天。

仿佛一切都是刻意的安排，实在令人不安。可是，既然都已经来了，就算想逃也逃不掉了。天国到底存不存在——常木清楚地说了这么一句。也就是说，如此声势浩大的招待晚宴，其实是别有深意的。于是，青岸也僵硬地开始继续用餐。

接下来的时间里，青岸一边用餐，一边断断续续地回答政崎或是天泽抛过来的一些无谓的问题。当被问到过往的时候，青岸也是随意搪塞几句。关于青岸侦探事务所，他没有什么可说的。

就这样，在这顿令人感到局促的晚餐结束之后，常世馆里的人都被带到了地下大厅。

5

地下大厅为石造，有些许防空洞的感觉。仿佛是要彰显它是“因机会难得而特意建造的”，装置着异常多的照明，但反而将气氛渲染得更阴森。大厅往里有两个小房间，看起来像是被当作仓库在使用。

“我们要在这里干吗？”

问话的人，是不知何时加入的大槻。在餐后收拾进行得差不多的时候，他便来了，看来也很好奇这场招待晚宴到底是怎么回事吧。面对大槻那听起来有失礼貌的提问，常木却带着笑容回答道：

“有东西想让各位看一看。在场的各位之间都有牵绊，足以共同见证一个奇迹，对吧？”

听到常木这么说，政崎和报岛的脸上露出了谄媚的微笑。青岸并不觉得这些人之间有所谓的牵绊。

“您要给我们看什么呢？”

争场用沉着冷静的声音问道。他是这帮人里面看起来对天使最无兴趣的一个人，对常木也毫无献媚之心。

“争场先生看起来对天使不怎么感兴趣……那对于天国，你是不是就有兴趣了呢？”

“也没有，我是一个和天国不怎么有缘的无神论者，平素主动与之保持着距离。要是知道有天国，说不定会调整一下自己的生活态度。”

“我喜欢你的直接。那么，今天遇见的天使，说不定会成为调整你生活习惯的教练……这比喻会不会太过俗气？看来我还是不该做这些自己不习惯的事情。”

“也就是说，我们可以见到您珍藏的天使吗？太棒了。”

政崎一边摩擦右手腕上的手表，一边奉承道。肤浅的言语里，根本听不出他到底觉得棒在哪里。他看起来也并不是一个对天使很有兴趣的人，却叽叽喳喳个不停。

“是的。我觉得正是那天使，在我们和天国之间架起了一座桥梁。”

“原来如此……”

政崎发出一声微妙的声音，听起来既不像是感叹，也不像带着别的情绪。青岸心里想，别铺垫了，赶紧往下吧。

这群人当中，反应最奇怪的是天泽。作为天国研究专家，他表现得再积极一点也完全不为过，可他却奇怪地痉挛着整张脸。不知是不是因这气氛或这地下室而心生恐惧，他明显举止异常，可是好像除了青岸之外，别的人并没有注意到。招待活动就这么继续往下推进着。

“大家可能一开始不知道如何面对这一奇迹，从而产生不良反应。可是，这正意味着神在向我们靠近。如果大家被天使的气场所笼罩，那也无须担心。凭借着浩瀚蓬勃的天力，我们总有一天会理解天使！”

常木并不在意听众们的反应，独自沉醉地说着。其间，小间井从地下室的里面推着一台手推车走了出来，手推车上面放着一个覆着盖布的箱状物体。

人们已经能听到箱子里传出了奇怪的“声音”。

“那是什么声音啊……”

青岸不由得将心里的疑问说了出来，常木听到之后便微笑着说道：

“来，青岸先生，请到这来。直到您能听得更清楚为止。”

被点到名字的青岸心脏跳腾得厉害，还有一种不祥的预感。他已经习惯读取听众们的期待，毕竟一直靠着侦探这份职业生存了下来。

可是，为什么直到现在才注意到常木那畸形的期待呢?

青岸被催促着，就那样恍恍惚惚地站到了箱子前面。箱子里的物体仿佛察觉到了什么似的，剧烈晃动并发出了“嘎达嘎达”的声音。

“来，小间井，请把盖布拿开。”

依照常木的指示，小间井把盖布取了下来。

只见那美丽的银色栏杆里拴着的，是一只天使。

天使的外观与其他的天使并无二致。它那瘦弱的身体折叠在栏杆之中，翅膀垂下并铺展开来。扁平的脸即使在全屋的照明之下，也没有映出任何东西。

值得特别一提的是，天使在不断地发出声音。

“呜呜呜，呦呦呦……”

准确地说，天使发出的，是一种无法将其称为声音的杂音。

可是，“降临”发生以来，天使除了振翅声之外，还没有发出过别的声音。如果是这样的话，这很有可能是天使发出的“首音”。

栏杆中的天使，挨个望了一遍盯着自己的人类，继续发出了“呜噜噜呜呜呜”的叫声。青岸不由得咽了下口水，感受到了切切实实的恐惧。

这份恐惧源自眼前的怪物竟有自我意识，正在发出声音。

“这……这是……”

天泽不禁小声说道，露出混杂着困惑和恐惧的表情。像是被看不见的手往后拉扯一般，他不断地与天使拉开距离并往后退，仿佛马上要从这地下室里逃出一般。

周围其他人的反应也都差不多。发出声音的天使远比想象中的更让人恐惧，因为这或许是天使在为神发声。

“怎么样，青岸先生？”

众人之中，只有常木脸上浮现陶醉的表情。

“怎么样，指的是？”

青岸费力地挤出这么几个字。其间，天使那仿佛呻吟的叫声响彻整个地下大厅。

“您应该知道的啊，青岸先生。这天使是会说话的。目前还没发现过会说话的天使，这只天使是特别的。”

胡说八道，青岸下意识地这么一想。谁会天真地将这当作天使在说话啊？这和野兽的叫声根本就没有任何区别。

“青岸先生。您不是有话想对天使说吗？”

“有话想说……您指的是？”

这时，天使从银色的栏杆里伸出手，抓住了青岸的手腕。从天使的手上感觉不到温度，毫无生命力可言。可是，它又确确实实是活着的。

“你不会忘了吧，青岸先生。”

常木的声音莫名地轻快且异常。

“你可是被天使选中的人啊。那是对你的祝福。我想一定是的——你是个特别的人，能和天使对话的只有你了！”

“怎么可能？开什么玩笑……”

青岸试图把天使的手甩开，可是它却没有丝毫的放松。除了在把人拖入地狱时力气很大之外，平时的天使不是都很弱小吗？可现在它那双手，却像融化之后的黏着物一样。太荒谬了，青岸心里想道，根本就逃不开。

“来吧，青岸先生！天国到底存不存在，向天使询问吧！天使听不懂我的话，可一定能听懂你的。”

“喂，快停下这场闹剧！”

青岸喊叫起来。

或许是因这一声喊叫，抓着青岸的天使发出了更响亮的奇怪叫声，听起来既不像哭声也不像吼声。

青岸感到全身直冒寒气，涌起一股重力被翻转过来的恶心感。天使叫唤着，用那张平滑的脸看着青岸。

在本不会映照出任何东西的脸上，青岸却看到了赤城的幻影，还看到了赤城带来的木乃香、嶋野、石神井的身影。瞬间，青岸眼前一黑。

在青岸倒下的同时，天使也松开了它的手，却没有停下叫唤。

赤城和其他伙伴的幻影，直到现在还深深印在青岸的脑海中，那是他一刻都不曾忘记过的身影。

即使离开了常世岛，青岸也见不到他们了。

在这个存在着天使的世界里，立志要成为正义伙伴的理想家们已经不在了。

他们都死了，都被杀死了。

他们成了“哪怕只能再多带走一个人”这一毁灭性动机的牺牲品，于一瞬之间被烧死了。

6

“天使降临，人类坠入地狱”——这一现象出现以来，被杀死的人减少了。

可是，和以前相比，冲动的杀人事件却更有可能发生。

——杀死两人及以上便要下地狱的话，那么只杀一人是不是就意味着没有问题？

这种风潮，不知从什么时候开始形成了。

当然，这不可能被允许。天使的存在，并不是为了给杀人予以肯定。比以前更为积极的宗教团体以及为了控制事态而奔忙的政府，无论用多大力气来劝说大家不要杀人，仍然收效甚微。

连续杀人事件不再发生，取而代之的是那些自认为获得了某种“权利”的人实施的杀人事件增多了。既然可以杀死一个人，那还是杀掉更划算吧？人们接受了这一愚蠢至极的理由。

而且，天使出现之后，所有国家都废除了死刑。因为有了“杀人便要下地狱”这样的惩罚，并且这个世界上不能有执行死刑的人。不管是什么原因，杀死两人便要下地狱。这个世界上，能够制裁连续杀人的便只有天使了。也正因为如此，认为“只杀一人是被允许的”的人越来越多。

“等等，这样不就真的变成世界末日了吗？”

杀人事件的新闻，日日可见。多数的犯人甚至感知不到罪恶。这时候的青岸还在接一些杀人事件的调查工作。对于犯下的罪行，越来越多的犯人不再隐瞒或是在被稍微追问之后便全盘托出。

这时候的犯人们表现出的态度都是“我只杀了一个人而已，怎么了？”他们认为自己的杀人行为是被神许可的，没理由因此而接受人的制裁。

青岸并不认为“降临”发生以来，世界正变得越来越正义，反而觉得变得越来越糟糕。

“如果一直这样下去的话会变怎样呢？”

坐在沙发上的木乃香不安地问道。遗憾的是，没有任何迹象表明，事态将得到控制。现行的伦理将变成准则，地上的一切将受制于天使制定的规则。到那时，人类将会变成什么样呢？

“你不可能会怕这些东西啊。还是说你意识到了自己在招人怨恨？”

“我知道自己在招人怨恨，而且我一定会死得很难看。可是，比起杀人，我更怕的是……”

木乃香指着的是一整页的报道，关于发生在某公司的爆炸事件。犯人在自己曾经就职的公司装上炸弹，其后一齐引爆。死者共有八人，昏迷者两人。

犯人本应随着爆炸一起死掉，但也有幸存者如此证言：犯人在临死的瞬间被拖入了地狱。不过人们无从辨别真伪，因为并不知道天使的短跑时长。

天使会在人临死的瞬间把人拖入地狱——当这一规则被识破之后，急速增加的还有另外一种现象。

那就是类似这次事件的袭击。

杀死两人便要下地狱。不管是何种动机，杀人者都会被业火所焚。

而有些人却将这一规则用在了别的地方。

既然杀死两人便会被天使制裁，那不是应该一次性杀掉更多人才值吗？

反正终究要下地狱，那不如把更多的人带上。

荒诞无稽的想法。可是，会产生这样想法的人，本来就并非善类。

怀有杀意的人类，即便知道会坠入地狱也无所谓，这些人在生命的最后所想到的能将杀人性价比发挥到极致的手段，就是大规模的袭击了。

手段各式各样。除了快捷的爆炸、持枪乱射、把车开入人群之中、喷射毒物、在车站内挥舞着砍刀直至被拖入地狱等，不一而足。

类似的事件在世界各地上演着。

那些不得不去杀人的人，为了使自己有限的生命得到有效利用，已经进化到了杀人时必须同时杀死多人的地步。当听到专用的炸弹问世这一消息的时候，就连青岸也不免感到了一丝恐惧。

“焦哥，我很害怕。”

木乃香不安地说道。平日总是淡漠的她，此刻变成了和她年纪相符的样子。不管作为一个黑客的她是多么的优秀，终究只有二十多岁。

木乃香的肩膀在抖。虽然可能无法让她止住颤抖，但青岸还是不由得把手搭了上去。一直看着地上的木乃香，突然把视线转向了青岸。

“没事的。”

她的眼神表露着她渴望听到一些话，青岸也只能满足她，尽管没有任何的根据。

“你担心的那些事情不会出现的。一切都会得到解决的。赤城、嶋野，还有石神井，都在为成为这个世界上的正义伙伴而努力着，我也是。”

“青岸哥也是吗？看不出来。”

“怎么说话呢你……你以为是谁为了你们在处理杂事，是谁在经营着这间事务所啊。我又不是做这些事的侦探。”

可是，不知道从什么时候开始，一切都发生了改变。在赤城的劝诱下，青岸也立志要做一个正义的伙伴了。即使现在，青岸也仍然认为侦探并不是正义的伙伴，也不可能成为正义的伙伴。

不过，赤城那小子说的那些傻话，获得了青岸的一些认同。就算无法成为正义的伙伴，至少心向往之，这总是正确的吧。

“没事的。你不也是青岸侦探事务所的一员吗？天才在任何时候都是所向无敌的，这种时候更应该挺起胸膛来啊。”

“我是个天才和我害怕被卷入事件当中，这是两回事。”

尽管木乃香的语气里含有不满，但至少看起来比刚才冷静了一些。

——这样的话，人世不就变成一个地狱了吗？

青岸内心里如是想着。派遣天使来到这个世上的神，究竟在想什么？连一次性大规模杀人也都能被饶恕的这个世界，真的是神想要看到的吗？

地狱到底是为何而存在的呢？

总之，青岸无法做到对此无动于衷。

怀抱着心中的正义，青岸和他的伙伴们一头扎进了揭发非法持枪者的工作中。因为在他们看来，就算没法阻止突发性的大规模杀人事件，至少可以做到阻止突发性的大规模杀人事件时所要用到的凶器的散播。这或许能将事件防患于未然。

只要稍微发现不对劲，他们就会奔赴现场进行确认，实际上，他们曾多次埋伏到手枪的交易现场。新的炸药和其他的恐怖事件不断发生，他们的这一举动或许杯水车薪，但毕竟聊胜于无。

那个时候，青岸他们在追查一宗炸弹的走私事件。这种炸弹延烧性强，就算犯人坠入地狱，伤害也会继续扩散，是一种一旦被用到，伤亡便会极其惨重的凶器。

“焦哥找到的这家公司，怎么看都像是一家皮包公司。我们明天去看看。石神井小姐在中途下车，她要去见一下苏我律师。这样的话，明天我们四个人都外出了，事务所就交给您了，没问题吧？”

赤城一边麻利地整理资料，一边认真地说道。和刚开始见到的他相比，现在的他就像变了一个人一样，能干多了。虽然已经连日工作，没怎么休息，可他的眼神里依然充满了干劲。青岸一边感慨万千地盯眼前的赤城，一边回道：

“哦哦，交给我好了。而且你们不在的时候，事务所的空气也会好一些。”

青岸留在事务所里，负责查出和那家皮包公司有往来的公司，看看有无异常的交易或举动。就算世界发生了改变，犯罪会释放出的异常气息却不会变，青岸作为侦探所培养出来的直觉，在这种时候起到了作用。而且木乃香所感到的恐惧，也更让青岸下定决心一定要把犯人给揪出来。

可是，青岸也有感到不解的地方。想要寻死的人，如何能接触到这些非法的交易呢？比起初级的开车撞人群，人们的恶意被运用得越来越先进。被逼入绝境的人，真的会产生那样的害人之心吗？

对此，青岸想到了一种可能性。

那就是，或许有人能从这一连串的事件中获益。这些人找到那些想寻死的人，给他们提供炸药、枪支等，从而从中捞取利益。如果这些人真的存在，那么这一连串的动作也就有了解释。虽然这听起来就好像给病人贩卖棺材一样令人忌讳，但如果这条交易线建立起来的话，却也不失为一份安稳的买卖。

"怎么了，焦哥？你脸色看上去好差，是不是因为最近几乎都没怎么休息？"

估计是因为青岸的表情过于严肃焦虑，使得赤城也担心起来。那应该不是推理时的表情，而是脑子在胡思乱想时的表情。

"瞎说什么，你们休息的时间不是比我还少吗？而且，我也习惯了。"

"我们也都来了三年了。你不觉得我们都能独当一面了吗？"

"说这话还早呢。"

赤城笑了。那笑声抚平了青岸的些许焦躁。

这时，赤城突然一脸认真地说道：

"焦哥，谢谢你接纳了我们。"

那句话，他并不是只在那天说。

一起工作之后，赤城一有机会便会重复。如此直接的感谢之词，让听的那一方都感到难为情。

所以——

赤城一定不是意识到自己将要死去，才那样说的。

第二天，晴空万里。这样的天气不适合天使在空中飞翔。青岸记得，那天看着没有天使飞翔着的天空，内心不觉泛起些许欣喜。

一直以来都没有公用车的青岸事务所，在变得奔忙于全国各地之后，终于迎来了梦寐以求的事务所专用车。

车子是石神井挑选的。一开始来到事务所时便很在意车子的她，在听到事务所终于要买车了的时候，急匆匆地拿出了车款的目录。

"没想到这么快就能买车了！来到青岸事务所真是太好了啊。"

石神井一边说，一边露出了幸福的表情。

“只有买车才能让你觉得来这里太好了吗？”

“不是不是，我每天都觉得很幸福，也觉得我的工作很有意义，不过那是另外一回事。”

最后选的是一台蓝色的五人座商用车。

“这车又不是你的，是大家的。”

面对无可奈何的青岸，石神井说道：

“所以我选了蓝色啊。”

青岸至今也没有忘记她的这句话。尽管如此，收车的那一天，石神井开心得都吐了，因为太过兴奋。

说回那天的事情。四人乘坐的车子从车库里驶了出来，开车的是石神井，赤城坐在副驾驶座上，坐在后面的是木乃香和嶋野。

在车子快要开到事务所前面的十字路口时，那件事便发生了。

一辆乱闯红灯的白色车子，来势汹汹地开了过来。石神井等人无从躲避。蓝色的车子被那来势汹汹的车子撞飞，撞击的声音响彻四周，正是那声音让青岸跑到了窗边。随后，窗子玻璃受到了如震动一般的冲击，继而传来了人的惨叫声。

外界的声音仿佛都消失了一样，青岸的脑子里回响着木乃香的那句“我好害怕”。这时候的她，一定很害怕吧。那个场景，比青岸想象中的不知道要恐怖多少倍。

在意识到是撞过来的白色车子爆炸了的那一瞬间，青岸飞也似的冲出了事务所。两辆车都被包围在火海之中，青岸来不及去想这到底是怎么回事，只知道他必须要去救人。

“木乃香！赤城！嶋野……石神井！”

青岸呼喊着，没有任何回应。车子被火焰包围，看不清里面的状况。青岸拒绝告诉自己车子里面有人。明明不想哭，眼泪却不由自主地溢了出来。青岸平生最讨厌的就是哭。哭什么哭，哭不就意味着他们没救了吗？

就在那时，白色车子下面，出现了一团不输于火焰的红光。天使的手臂伸了出来，像是在拖拽着什么。被拖拽之物甚至已难辨其形，只看到垂下的舌头在微微摆动着。

赶上了——青岸条件反射地想道。

“犯人”在临死之前，被拖入地狱了。

天使做出了公正的制裁，试图以死求逃的人并没有获得赦免。

目睹这一瞬间的同时，青岸不由得感到了恐惧。肇事车辆的司机坠入地狱了，因为司机杀死了两个人或以上。

终于传来了消防车的声音。青岸没等救援活动开始，便冲进了包围着车子的火团里。他不顾此时扑过来的火焰，试图打开车门。这里面的人有两个已经死掉了。那剩下的两人现在怎样？还有救吗？还活着吗？

天使把青岸拉了回来。

几只天使像是追光的虫子一样，附在了车子周围。它们那平滑的头部朝向青岸，示意他不要再靠近。平时总是飞在空中的天使，第一次做出了意思表达。

“为什么，为什么啊，你们……知道那里面都有什么吗？”

天使没有回答。它们的翅膀和肉体正在被灼烧着，可看起来并没有感知到痛苦，只是因为火焰而被烧卷了。

“喂！混蛋天使！你们倒是救人啊！救救他们啊！喂！求你们了，救救他们啊！他们不是什么坏事都没做过的吗？”

青岸一边声嘶力竭地叫喊，一边想——我什么都愿意做。快救救他们。我错了，我不该厌恶天使。我愿意以后每天都献上我的祈祷。

对天使那般厌恶的人，这时候却把天使视为了救命稻草。生命中最珍爱的人们就这样被烧死，怎么会变成这样？青岸感到至今为止的人生里，有些东西已经消失了。

“不要啊，快停下来，求你们了，原谅我，救救他们。”

青岸声泪俱下地反复嘶吼着。

我什么都愿意去做。他们明明什么坏事都没干，在车里面的他们，明明是这个世界上离地狱最远的人啊。

可是，天使没有从燃烧的车子里救出他们，只是任由火焰烧焦自己的肉身，附在车子上看着青岸。

这是一起动机很明显的事故。

一个身背巨额债务、自暴自弃的男人，往白色车子里装入多发炸弹，不断加速行驶，在十字路口撞上了赤城他们的车子，引起爆炸，并波及人行道上的行人们。

男人往车里装的炸弹，是一种在国外流行的叫作“茴香”的新型炸弹。此种炸弹的名字源于一种植物，由普罗米修斯带入原始的火种。其特征是轻盈，爆发力却极强，爆炸后生成的火焰难以扑灭，并切切实实地将周遭的人类卷入火海之中。

这是一种适合凭借一人之力便可杀死多人的炸弹，是一种在极大程度上满足了“降临”事件发生以后盛行的需求的杀人兵器……是青岸和他的伙伴们在追查的炸弹。

如犯人所预告的那样，这次的袭击造成了极大的伤亡。死亡八人，轻重伤六人。直接受到爆炸伤害的四名青岸侦探事务所的员工，无一幸存。现场极其惨烈，一开始甚至无法辨认他们谁是谁。

青岸在医院的病床上被告知了这一消息。因为他的双手也遭受了严重的烧伤，已被医生宣告手指再也无法正常活动，可他对此却毫不在意，他的脑子里还有更重要的事情。

四个人都死了，他们都没能得救。

那间事务所里，谁都不在了。

这不是真的。

立志要成为正义伙伴的赤城，秉持自身的正义而辞掉警察工作的嶋野，负责一人独当外联的石神井，优秀聪明、害怕被卷入袭击事件的木乃香都死了。

这次也是一次不限定对象的袭击。

良善之人也会死掉，这一理所当然的道理，是这次的袭击事件要告诉给青岸的。

本以为倾力于他人的人定会有回报，可是却什么都没有。倒不如说，他们的运气甚至都不如普通人。

聚集在车身周围的天使们，没有伸出援助之手。

比起青岸，可能周围的人们更想知道那究竟是怎么一回事。

没想到的是，有人拍下了事件的其中一个片段。青岸当时过于拼命，完全不记得周围的情况，只记得有很多人涌了过来。被拍下的视频里，可以看到拼命冲向燃烧的车子的青岸，还有为了阻止青岸而附在车子上的天使。

不断被转发的视频下面出现了很多的评论。有人说天使是为了保护青岸而附在车上，也有人说天使的那一举动并无意义，它们只是附在上面而已。

还有人说，因为车里散发出的味道和天使喜欢的砂糖味道很像，也有人说，燃烧着的车子令天使想起了它们的故乡——地狱。

众多的说法中，最让青岸无法接受的是，天使附在车上，是因为在给车里的那四个人送上祝福。

以赤城为首，四个人的过往履历都被曝光。尽管木乃香有前科，但他们仍然被奉为无人不赞的善良之人。他们值得天使的祝福，他们应该去了天国。这样的表达招来了更多的猜测。虽然不知道天国是否真的存在，可人们仍然自顾自地认为他们去了天国。

可是他们并不会因此而得救啊。

对于前来采访的人们，青岸无一不粗暴应对，对那些想问话的记者口出恶言，像是要咬人似的撒泼。

那怎么可能是天使的祝福？如果他们善良到足以得到神的眷顾，却为什么要在那样的袭击中丢掉性命？如果不能奇迹般地存活下来，那样的祝福要来干吗？

青岸捧着刺痛的双手，每日自问着。

神真的存在吗？那时候的天使在想什么呢？为什么赤城他们要遭遇那些？为什么要在那个时候送走他们？青岸无从获得这些问题的答案。天使盘旋在窗外，今天也是它们悠然自得的一天。

就这样，决定性的一件事发生了。

青岸的双手没有留下任何的后遗症，奇迹般痊愈了。

“这是神的奇迹啊。这样的事情闻所未闻。”

青岸的烧伤程度，曾被医生断言再也无法提笔。可是，青岸的手上甚至都没留下一点疤痕。被烧伤部位的皮肤本应结痂，可不知不觉中却像换成了别人的一双手一样。

这件事情被曝光出来之后，更是引起了人们的好奇心。不可能治好的烧伤被治好了，而且是在没有进行任何复健的情况下。自古以来，这样的奇闻逸事不在少数。

于是，人们又开始议论，这是天使的祝福。

这不可能是祝福。仅仅是运气好罢了，是青岸的恢复能力强罢了。就算是奇迹，青岸也不想要。

神把青岸的手完全治好了，像是被换上了别人的手一样，青岸对此只觉生厌。为了再次把手烧伤，青岸试着把手按在滚烫的煎锅上，却以失败告终，因为根本就坚持不了几秒。这也让青岸知道，那个时候的他到底有多拼命。

事务所变得空荡荡的，青岸独自陷入了无尽的沉思中，甚至想不起来自己到底为什么要做侦探。立志要做正义的伙伴的赤城死掉了，被自私杀人犯制造的史上极恶的袭击杀掉了。

混沌的日子里，青岸的脑子里渐渐出现了一个挥之不去的疑问——

到底天国是否真的存在？

如果真的存在，在生命的最后，被天使围绕的那四个人去到天国了吗？

当然，青岸仍然对神或是天使抱有憎恶和怀疑。若神和天使真的有心要为善良的人搭建一所乐园的话，那四个人不应该被那样残忍地杀害。青岸眼中的神，只是一个愚昧冷漠的混蛋而已。

尽管抱有憎恶，但青岸仍然希望天国是存在的。尽管知道很傻很蠢，随着日子一天天过去，天国在青岸的脑子里扎下的根越来越深。

他接受常木的邀请，也是因为常木那句话。如果那四人真的在天国，这至少能给他一丝救赎。毕竟，事情不可能就那样尘埃落定了。

“对我来说，侦探是正义的伙伴。我要像青岸先生您一样，成为一名能拯救他人的侦探。”

青岸无法忘记赤城的这句话。

如果天国连赤城这样的人也无法接纳，那天国究竟是为谁而造？

7

回过神来之后，青岸发现自己已被搬到了床上，喉咙干痒。

他看了一下手表，好像并没有晕过去多长时间。

“青岸先生。”

正当青岸想从床上起身的时候，头上传来了一声清脆的叫声。

“您没事吧？”

仓早一脸担心地俯看着青岸。客人突然就这么晕倒了，想必当时的场面一定相当混乱吧。这不得不说是一场糟糕透顶的招待，仓早满脸歉意。

“没事，抱歉，出了那样的洋相。”

“这不怪您。让您遭遇这些，实在是抱歉。”

“不是你的错，那是我的问题。”

“即便如此，让您在这座馆里遭遇那些，我有责任。”

仓早不容反驳地说完这句之后，脸上现出了由衷痛苦的表情。

“您现在应该已经想离开常世岛了吧……那个，船还没有来。非常抱歉，还是需要您按照当初安排的那样，继续待在这里。”

“我知道。你别这样。”

青岸无心责备她，只觉得牢牢落入常木设置的圈套的自己，实在是太丢人了。

那个爱好天使的有钱人，估计一心只想着将“接受了祝福的侦探”和“发出叫唤声的天使”凑在一起。青岸后悔自己没在常木提到“气场”“祝福”这些词的时候注意到他的居心。就这样，常木用“天国的所在”这一诱饵，成功钓到了青岸。太天真了，自己竟然会以为因此知道天国是否存在。

还是说，如果那场对话得以继续，说不定最后真的能知晓天国是否存在？可是青岸却不这么认为。常木真的相信天使对青岸说话，是天使对青岸的一种祝福吗？

总之，青岸听不懂天使的只言片语，最后也没能知晓天国是否存在。

“我受到了天使的祝福，你应该也听说了这一荒谬的说法吧？”

“是的。从常木先生那里听说的。也正因为这样，常木先生才对您非常感兴趣，一定要邀请您到常世岛上来。”

“原来如此。”

青岸的声音里交织着叹息。对方已经知道了的话，也许反而更好些。

那场悲惨的事故，死去的同事，烧伤的双手，对天国的无限渴望。

“这个世界是怎么了？我已经完全看不懂了。我想问问那些天使为什么赤城他们要死掉……”

虽然青岸总是在取笑赤城所说的那些傻话，但其实，他是羡慕和渴望。

毕竟“想要成为正义的伙伴”这句话，从一个美术大学毕业的人嘴里说出来，单纯至极而又光芒耀眼。

赤城没有理由非死不可。青岸无法按捺住内心极其恶毒的想法——比起赤城，该死的人多得是。没有的话，那起码青岸也可以。那四个人都比青岸善良。

“不是吗？如果那天有谁迟到的话，不，甚至都用不着迟到。如果那天稍微晚一分钟出门，他们也不会死，甚至不会有任何人牺牲。可是，神为什么没有看到这些呢？”

带着这些无解的疑问，从那天以后，青岸的每一天便变得如处地狱一般。

“那些天使是真的吗？”

过了一会儿，青岸平静地问道。

“应该是的……负责照顾那些天使的，不是我，一直是小间井先生。

我刚才也是第一次见到。”

“仅凭那样就断定它会说话，这标准也太宽松了。”

那仿如野兽的叫声，却并没有吓到常木，这不得不说令人惊奇。就算是那样的东西，在常木眼里可能也是美的。青岸不由得羡慕起常木来，能如此沉迷于天使，未必不是一种快乐。

至此，青岸对于这座岛的期待已经完全消失。常世岛上面，没有青岸想要寻找的答案。尽管他已经恨不得能立马离开这里，可是船要到四天以后才来。出了那样的洋相，一想到要再次和那些人见面，青岸就情绪低落。

或许是感知到了青岸此刻的心情，仓早说道：

“如果您心情不佳的话，接下来几天的饮食，我们都给您送到房间里来。这里还准备了很多书和电影，在船到来之前的这段时间里，您也可以待在房间里好好休息。”

“谢谢。我会考虑一下的。”

仓早的提议不错。至少这样一来，就不用再和常木他们打照面了。

“那我就先离开了。您有什么事情的话，可以通过内线找到我。”

“好的，谢谢。”

“希望您在接下来的几天里，能住得愉悦。”

仓早欠了欠身之后，便离开了房间。

房间里只剩下青岸一人，方才的画面再度袭来。

那只瘆人的天使又浮现在了眼皮底下。青岸无可救药地想，如果真能跟天使对话那就好了。他也真的希望自己是一个受到了祝福的人，是一个被选中的人，尽管现状并不会因此而改变。

——只要还待在这座岛上，心情就不可能平静。

青岸抱着近乎绝望的心情闭上了双眼。

就这样，等青岸再次醒来的时候，常世岛已经变成了一座地狱。

第三章　随之瓦解的乐园

1

“青岸先生，您破过和船有关的案子吗？”

在去往常世岛的漫长航程中，仓早千寿纱如是问道。

“和船有关的案子啊……”

“嗯，因为您是一位名侦探。”

开往常世岛的船，与其说是一艘船，更像是一个在海上移动的酒店，仓早一直在船上的休息室里忙碌着。

这也让作为普通民众的青岸感到有些不适。在拒绝了和身份不符的香槟以及为了打发无聊的电影之后，青岸无事可做了。虽然到达岛上之前可以玩手机，但他也没这习惯。

仓早的搭话在某种意义上可能只是出于她对自己工作的负责。应该是因为看到青岸在漫不经心地眺望着海上，对着围绕在船周围的天使咂嘴后，她觉得应该过来关心一下他吧。青岸意识到了仓早是在照顾自己的心情，不免产生了歉意，于是便开始在记忆中搜寻是否有那个问题的答案。

“有的。那次是一艘乘坐了千人以上的豪华游船。”

“真厉害！可以的话，能和我详细说说吗？”

“我可能也说不清楚。”

“不会的，您要是不介意的话，我很想听。别看我这样，其实我非常喜欢推理小说……不过这么一说的话，听起来我就像是一个认为侦探这个职业只存在于小说里的人一样……”

“没错，本来就是那样。能让你乐在其中，那这份以他人的不幸为前提的职业也算是有它的价值所在了。”

“千人纪念号”的杀人事件，青岸记忆深刻。为了感谢青岸等人帮忙破了案件，某企业家招待他们去到了一艘豪华客船上，却没想到在那艘船上发生了杀人事件，而且被杀的正是邀请他们的那位企业家。难得对船上派对感兴趣的木乃香，还有意外擅长社交、和周围的人打成一片的嶋野都急忙转身投入了案件的解决中。

“豪华客船配上侦探团，真带劲，对吧，焦哥！”

“什么侦探团，亏你说得出口。”

这样口头捉弄赤城的感觉，也让青岸很怀念。

就在人们都以为参加了这场船上派对的人都是共犯的时候，传来了一个震撼的消息。万万没想到，船上的这数十名客人，都是被调换之后的人，就连“千人纪念号”的船长也被胁迫参与。

青岸从船的旗子变成了红色的×符号时感到了异常。那是V旗（**注：国际信号旗中的其中之一，读作“Victor”**），表达的是：我需要你的帮助。只出现了瞬间的旗子，是那位被胁迫的船长拼尽全力传递出的信号。在船到港之前的那段时间里暴露自己的企图，的确需要一份殊死的决心。

不过，当时只有石神井早就已经醉得一塌糊涂，所以完全没有参与到这次的案件中。被排除在外的她，虽然一路都在撒娇解释，上岸的时候反倒淡淡地说道：

“不过，我可能是这次玩得最开心的人。”

她说得没错。

听完青岸说的这番，仓早脸上现出了些许兴奋，说道：

“真是太好了……因为秘密暗号的代入，事件得以完满解决，这样的事情没想到真的会在现实中上演。真是让人佩服。”

“国际信号旗可能并不是一个信号，不过那的确成了船长的转机。”

“您能够准确意会到船长的意思并且把他救下，真是一名出色的侦探啊。”

青岸犹豫着是否应该告诉她，那不是他一个人达成的。在那次的船上事件中，青岸的其他伙伴也在四处奔走，案件是大家共同解决的。

说起来，从某个时期开始，事务所的案件都变成了是大家共同解决的。

可是，如果和仓早说了的话，接下来的事情始末也就要一并告诉她了。当时解决的案件，记忆还能如此鲜明，对于青岸来说是一份珍贵的东西。可是，这些记忆都和那天的火焰联系在了一起。青岸静静地继续说道：

“是吧，那时候的确是一位名侦探。”

仓早听到这句话之后，脸上不由绽放出了笑容。

“青岸先生，如果您要在常世岛上调查什么案件的话，请一定让我当您的助手，我可以帮到您的。”

“那就意味着常世岛会发生案件了。”

“啊，也是……非常抱歉。那样的事情是不会发生的。”

正了正身子之后，仓早继续说道：

“常世岛是这世上的乐园。我保证您会在那里度过一段舒适快乐的时光。”

2

“青岸先生！青岸先生！”

因为和天使的邂逅而睡眠不佳的青岸，被大槻的叫声和恼人的敲门声叫醒了。这时候的不悦丝毫不输入睡那时的心情。

青岸看了一下手表，时间刚好是早上八点——是因为过了早餐的时间，才这么急急忙忙地敲门吗？青岸一边这么想，一边打开了门。

大槻没有穿着他那件软塌的厨师服，而是穿着一件灰色的卫衣。

“怎么了？我睡晚了些……”

“青岸先生——”

大槻的脸色惨白。

“常木先生被杀了。”

“什么？”

“常木先生被杀了。发生了杀人事件啊，青岸先生。”

大槻的声音听起来生硬得已经不像是他的声音。

青岸简单地收拾了一下，便奔向了现场。大槻说，其他人已经全部聚集在房间里了。就连一向早起不了的政崎也被叫了起来，青岸是最后一个到达现场的。作为侦探，却是最后一个出现在现场的人，这真的好吗？就连青岸自己也不免如此自嘲。

青岸的心脏怦怦跳动。“杀人事件”——自天使降临事件发生以来，他听到这个词的次数比见过的人都多。

不过，最近的确有挺长时间没有听到了。“降临”以来的杀人事件，都是可以断定凶手的事件，或是大规模的杀人事件，需要委托侦探的事件已经变得很少。再加上，青岸自己也在避免作为一名侦探参与其中。

却不曾想，来到这常世岛上之后竟然会碰上，真是不可思议。

案发现场是常木王凯所在的顶楼房间。

房间的大小几乎相当于客房的五倍，这已经难以将其称为房间，更像是一个家。从窗口可以将岛上的景色一览无余，也能将盘旋的天使看得清清楚楚。

房间的中央，摆着一张极尽奢华的单人沙发，常木王凯死在了那张沙发上。

他的胸口上深深地插着一把大刀，那里几乎没有血流出来。

“对心脏的那一刺是死因。不知道凶手是否一开始就想让他一刺毙命。毕竟一开始没让他死掉的话，还可以反复地刺。”

承接下尸检工作的宇和岛，淡淡地报告了他的工作结果。

“这把刀是常木先生的私人物品，一直装饰在墙上。本来是狩猎时解剖猎物所用，保养得很好。”

死因已经再清晰不过。不管是谁，被用于解剖野兽的刀物所刺，都必死无疑。

望着这具凄惨的尸体，在场的每一个人都如临刑场一般，表情凝重，感到恐惧不安。

在这些人当中，只有作为侦探的青岸仿佛持有特权的阶级一般，这也更让大家感到了惶恐。

可是，青岸已经别无选择。在众人的希求下，青岸开始问道：

“最开始发现常木先生死掉的人是谁？”

“是我。给主人准备早上的吃穿用度，是我在负责。”

说话的人是小间井。原来他每天早上七点半都会去叫醒他的主人。

“我像往常一样，敲门之后进到屋里，发现主人不在床上。我感到很奇怪，便走去客房，于是看到了主人他……”

失去了常年服侍的主人，此时的小间井看似幽灵，精气神已全无，原来挺拔的脊背此刻也弯了下来。

“死亡推断时间是？”

青岸向一直盯着自己的宇和岛问道。宇和岛的态度依然冷峻，不过他把自己的情绪和眼前的情形做了划分，回答道：

“应该是在凌晨零点到一点。”

“那么，不在场证明……”

“没有，包含我在内，这里的所有人都没有不在场证明。”

宇和岛毫不含糊地说道。

常木被杀害的推断时间里，所有人都回到了自己的房间。

毕竟是那样的时间段，青岸自己也在房间里，对于宇和岛的回答，他无法反驳。

聚集了所有嫌疑人的这间屋子变得静悄悄，这里没有一个人处于清白圈内。若是这时候有谁想要指向谁，必会招致反指。屋子里的所有人都在下意识中牵制住了彼此。

摊上麻烦事了，青岸不由想道。过于简单的桥段，令人完全找不到切入口。

谁都有可能是凶手，现场也没有可疑之处。这样一来，没法缩小嫌疑人的范围。杀人凶器也是常木王凯房间里的东西，也没法分辨这是突发性的犯罪还是事先有所预谋的犯罪。

“这跟我可没有任何关系啊！”

耐不住这股沉默的政崎叫了起来。

“我被招待到常木先生的房间和他交谈之后，就马上回了自己的房间！不仅仅是我，天泽、争场还有报岛！都是直接回房。我们和这没有关系。”

政崎像是没有弄明白“不在场证明”的意思，得意地继续说道。一旁的天泽，表情里现出了微微的扭曲。

这样的人最难应付。因为他不仅会给他人带去无用的恐慌，还语无伦次。怎么看，政崎都是一个抗压能力极低的人。就在青岸想平复一下他的情绪之时，一直保持沉默的争场开口说道：

“很遗憾。政崎先生，我想，您所说的并不在理。”

似乎是对提出反对意见的人感到震惊，政崎怒目圆睁，颤抖着双唇。争场紧接着继续说道：

“那并不能说明我们当时不在场。的确，我们当时暂时回到了各自的房间，但也有可能返回常木先生的房间将他杀掉。那样的话，甚至可以说其实我们才是可疑的。因为只要说我们遗漏东西了，就可以简单地返回常木先生的房间里。”

面对着这一连串的说辞，政崎瞬间脸红了，仿佛在说，你到底站在哪一边啊？

“争场先生，我们都是社会上有头有脸的人，怎么可能撒谎？”

“是的，当然。正因为这样，我们就要按照流程，一步一步地证实自己的清白。没有必要负有压力。真相总会浮出水面的。”

对于政崎那毫无道理的反击，争场冷静地做出了回答。吃了一鼻子灰的政崎，红着脸逼迫自己保持沉默。争场见状，轻轻点了点头之后便看向了青岸。

“这是我的看法。青岸先生，您怎么认为呢？我们每一个人都有同等的嫌疑吧？”

“啊，是啊，谁都没有不在场证明。”

“那就好。看来我没有在真正的侦探面前说错什么。”

争场温和地笑了笑。他不仅没说错什么，反而说得正中靶心。如果争场不说，青岸估计也会说出同样的话。可是，老友争场率先这么一说后，政崎也便冷静了下来。这也使得接下来的事情变得好处理了不少。青岸不知道这是争场在当下的自然举动，还是基于察言观色之后所做的判断。

“不过，我也是个外行。剩下的，就交给专业的侦探青岸先生您了。接下来，我、政崎先生、报岛先生、天泽先生——身正不怕影子斜，我们会一起协助您解决这起案件的，对吧？”

争场那温和的口吻，令几位被点到名的客人都不大情愿地点了点头，毕竟他说得也没错。

尽管不大满意这是争场安排之后的局面，当下青岸还是决定从最起疑的部分着手开始解决。

“各位在会谈时都聊了些什么呢？”

青岸的这个问题，让政崎“咕嘟”地动了下喉咙，他掩饰不住地支吾道：

“也没什么，都是一些闲话。像我们这样的人，能够推心置腹交谈的，也只有在生意场上和私下都能信任的人了。和常木先生的交谈，算是本就少有的乐事之一。”

“这样啊。”

看来政崎并不打算告知详情，他明显藏不住内心的动摇。除他之外，一起参加那场会谈的天泽、报岛看起来也显紧张。青岸想，肯定不是什么好事。不过这些人当中，唯有争场的表情毫无变化，反而令人生疑。

“在会谈时，发生了什么异常的事情吗？那天服务大家的是……”

“是我。”

边说边举起手的，是仓早。

“青岸先生恢复意识之后，他们叫我准备红酒、日本酒等酒类，然后我就一直工作到大家结束交谈。大家离开常木先生房间的时间，是晚上的十一点，并没有发生什么异常的事情。”

“会谈结束之后，您也离开了常木先生的房间？”

“常木先生说他要休息了。于是我便回到了自己的房间，一直休息到早上五点。”

说完之后，仓早鞠了一躬。可惜的是，她的说辞也并不构成她的不在场证明。

“你们之中，有谁在半夜听到什么声音，或是见到谁出去的吗？”

谁都没有说话。因为知道一旦开口，就会招致怀疑。这样一来，便会变成互相揭发，或者就像开启了一场女巫审判。

意料之中的，刚刚才被堵住嘴的政崎开始锁定对象并发起了攻击。

“要说奇怪的话，那个女记者不是吗？”

“什么？”

被指认的伏见，毫不掩饰地皱起了眉头。可是，政崎的攻击力度丝毫不减。

“刚进这个房间的时候，你是不是在到处找东西吗？”

“啊？什么？那……那是记者的习惯！”

“家具都快被你翻个底朝天了。那也算是记者的好奇心？”

“嗯，也不……”

伏见突然语塞。这是最后一个到达房间现场的青岸所不知道的信息，这么一听，的确可疑。

“特意跑到这里来，她一定有什么目的。就算一开始常木先生放过她了，但她已经算是违法入侵，是犯罪了。是她杀了常木先生，这也是最说得过去的。”

“等等！我被禁止出门之后，就一直在房间里老实地待着。再说了，我的目的是这座有很多谜团的常世岛，我怎么可能杀掉常木先生……”

“你看起来根本不像是对天使感兴趣的人。难道你的目的不是杀害常木先生？”

伏见的脸色立马变得惨白。这是作为记者不该有的反应，那股诚实劲连一旁看着的人都不免替她感到深深的担忧。

再加上青岸本来就知道伏见是个可疑人物。毕竟她过去曾对常木进行过跟踪，现在又硬闯到岛上来。她完全有可能在质问常木时，因一时的过激情绪而将常木杀害。甚至可以说，现在动机最明显的只有她。

“我，只对常木先生和常世岛感兴趣……请相信我。”

“既然这样，这次就不再通融。在船到来之前，把她拘禁，以保大家的安全。”

在气势加持之下，政崎摆出夸张的手势并当众说出了这句话。事情的走向越来越不可控。可是，单方面被攻击的伏见，这时也开口说道：

“要这么说的话，青岸先生不也一样可疑吗？”

“什么？”

青岸简直难以置信她会这么说。

“您在昨天的招待晚宴上不是都吓到晕过去了吗？那样的话，您对常木先生怀有杀意也就不奇怪了啊……”

面对这一突如其来的荒谬指控，青岸一时竟不知道该作何反应。没想到竟然在这里被出卖，甚是诡异，这玩笑也开得太大了。被攻击的伏见，估计已经被逼到了绝境。被天使祝福的侦探，一下子沦为杀人犯，真是讽刺至极！

“所以，是你杀的？也是，你一定以为自己作为侦探，不会被怀疑。原来如此！真是披了一件不错的隐身衣呢！”

单纯的政崎边说边瞪眼看向了青岸。率真本不失为一种优点，但放在议员身上，恐怕就不见得了。

正当青岸想要对这荒唐的局面进行反驳的时候，一个意外的人物加入了。

“这么说也太草率了。”

一直沉默着的宇和岛开口说道：

“青岸先生的确是被常木先生的举动吓到了，但他不是那种因此就把对方杀掉的人。”

宇和岛始终保持着冷静。即便如此，他的话语里依然带着审判官那样的坚决。

“就算您拥护他的人品，可那有什么意义呢？”

“政崎先生，您刚才不也说了吗？来到这里的客人都是有头有脸、不可能撒谎的人物，我说的也是同一个意思。我和青岸先生打过一些交道，对他多少有些了解，希望您不要妄下结论。而且，隐身衣这个说法实在不妥。青岸先生是一名专业的侦探，他以他的职业为傲……在没有查出凶手的情况下，随意侮辱他的职业，这不应该。”

被宇和岛这么一说，政崎也变得语塞起来。

“那，看来凶手还是那个女记者了。”

“为，为什么……”

绕了一圈之后，再一次被指控的伏见瞪圆了眼睛。这样一来，大家都只是在原地踏步，没完没了了。青岸不由得对这一无法收拾的局面叹了口气。

也正是在那一时候，局面发生了改变。

伴随着啪沙啪沙的刺耳拍翅声，两只天使飞进了房间里。在室外的时候没有感觉到，天使飞进室内之后，青岸不免被它们的庞大体型给震慑到。若加上细长的手脚，天使的大小和一个成年男性基本无差，老实说，看起来只觉是两只恐怖的野兽。

“啊啊啊啊！”

看到盘旋在天花板的天使，仓早蹲了下来。虽然不知道天使为什么会飞进来，但不赶出去的话，它们又太碍事。于是，飞在空中的天使被突然地打落。掉落下来的天使在地上翻滚，手脚互缠着现出痛苦状。

“这该死的……给我出去！”

边叫边挥舞捣火杆的是天泽。他不停地用手中的捣火杆殴打着滚落在地上的天使。那因恐惧而拼命的样子，令谁都没有办法阻止他。被殴打的天使变得无法动弹，继而便化成了沙子。

就在天泽耸动着双肩喘息之际，报岛将另一只天使赶出了窗外。不知道天使是否能意识到当前的状况，它就那样扑闪着翅膀飞走了。

“是谁打开了窗户！”

天泽一边扔掉捣火杆，一边带着怒气喊道。于是，报岛抖动了一下身子，说道：

“对，对不起！那个，我以为……”

“你以为？你以为什么啊！”

“因为，像常木先生那样的天使信徒死掉的话，如果他和天使能相互吸引，说不定会获得天使的祝福……”

报岛越说越怯，这让天泽更加恼怒。

“又是你那无聊的祝福言论？那简直就是对天使、对神的亵渎！”

“可这就是大众想看到的结局呀！大家已经不再希望听到地狱了，能获得祝福才是现在的大众所想。只要有一点可能性，谁都想要试一下的吧！”

听到报岛的这番话，天泽厌恶地咂了咂嘴，也是在那个时候，他像是才意识到，除了自己和报岛，这里还有其他人。眼前的天泽，不是青岸知道的那个电视明星，只是一个令人生厌的男人罢了。

这到底怎么回事，青岸不由得想到。天泽应该是研究天国的先驱，是这个国度里和天使最亲近的人。可刚才的他，看上去打心底里憎恶或是恐惧天使。回想起来，在地下室里看到会说话的天使的时候，天泽也表现出了拒绝。

不仅青岸，其他看到这样慌乱的天国研究专家的人，内心也都起了疑心。或许是察觉到了周围的反应，天泽补救似的说道：

“啊，抱歉，各位。我一下子太激动了。我认为，刻意地让死者和天使打照面，这一行为并不可取。想凭此而引发天使给予祝福，这无异于在对天使进行试探。最后反而可能会招致神的怨怒。再说了，常木先生的灵魂可能早已升入天国……我们贸然的举动……说不定会妨碍到神迎接他的灵魂，是吧？”

天泽一边寻求旁人给予赞同，一边露出难以名状的笑。然而，不论是对祝福还是天使都不报有希冀的众人，只是尴尬地看了看他。

天泽的话里不无狡辩的成分。在青岸看来，哪有什么真正的祝福啊。

滚落在地的天使尸骸，很快便从指尖开始渐化成沙。争场见状，便又开口说道：

“好了，各位。别再说了。继续这么争论下去，不揪出一个人来，就谁也走不了。”

争场看向了伏见。尽管天使的乱入搅乱了局面，但继续说下去的话，一定会重回到对她进行拘禁的话题上来。为避免这一猜测成真，争场硬是打断了这一走向。

“而且，要找出凶手这一想法也过于天真。常木先生被杀，这的确是场惨剧，但不应该由在场的我们去解决。”

“争场先生。可是——”

“而且，这样的惨剧应该也不会再发生了。”

对着仍想据理力争的政崎，争场直截了当地说道。说完之后，便看向青岸。

“对吧？青岸先生。”

“啊，是的。的确。”

青岸在被催促的情形下做出了回答。顺势承接下说明任务的青岸，继续说道：

“不会发生第二起杀人事件了，不然就有人要下地狱了。不会再出现牺牲者。”

听完青岸所说，争场点了点头，像是自己的说法被青岸做了些补充一般。青岸对此感到不悦。

“当然，凶手并不惧怕地狱，还想再杀掉一个人的可能性也是有的……如果那样的话，应该会干脆杀掉我们所有人。”

争场淡淡的口吻，令政崎的脸唰一下变得惨白。

“不可能！为什么我要被杀！”

“不好意思，我想这里的所有人都是这么认为的。”

对着政崎刚才的那句话，宇和岛分秒不差地紧接着说了这么一句。

“所以，我们现在要做的就是不猜疑，不畏惧，接受眼前的状况。接我们的船会在三天后到来，我们只需要停止胡思乱想即可。”

争场一边气派十足地举起手，一边说出了这段结语。

方式之巧妙，令人佩服。局面终于得以控制，尽管气氛仍然尴尬，但众人也逐渐冷静了下来。争场干的明明不是抛头露面的行当，可刚才的举动却让人觉得在面对众人时，他无比娴熟。

“没事。坏人都会下地狱的。”

争场的这句话，让局面得到了控制。大家纷纷回到了自己的房间。

在离开房间之前，青岸再一次检查了尸体的周围。

沙发附近的圆桌上，放着几瓶已经开瓶的红酒、空了的德利瓶，还有十多个玻璃杯。喝成这样，就算常木睡倒在沙发上也一点儿都不奇怪。这时候，在他的胸口上插一刀便不是什么难事了。

青岸环视着床的周围，看看是否还能发现些什么。为了防止遗漏，青岸对家具的各个角落进行了彻底检查，在检查梳妆台下方的时候，发现那里掉落了一样东西。

一支饰金的深蓝色钢笔。

3

负责联系警察的，是小间井。

听了事情梗概之后，警察虽然表示会尽快赶来常世岛，但没人知道他们的“尽快”是多快。常世岛一直以来就相当于常木王凯的一个小国度，知晓这里的位置的人，本来就少之又少。找到能到达常世岛的航船也不是一件易事。并且，当听到常木王凯的名字的时候，当地的警察就表现出了避之不及的态度。

“这样的话，最快也要到三天后，也就是船来的那一天了。”

小间井苦闷地说道。

已经发生了杀人事件这一事实的重大程度自不必说，接到报警的警察似乎很想追问接下来还会发生些什么……

回到房间之后，青岸一边转动刚才捡到的那支钢笔，一边思考。

这支笔是谁的？是不小心掉在那里的，还是有人故意而为之？

然后，常木王凯为什么会被杀？

缺乏线索之下的推理，只是一种妄想猜测。尽管可以试着去寻找钢笔的主人，但这一定又会像刚才半夜所发生的事情那样，应该没有人会承认是自己的吧。而且，这支钢笔和案件有没有关系都还不知道。

这次的情况更加异常。

通常，这种闭环环境下的杀人，必会导致人际关系破裂、互相猜疑，最后将带来更大的悲剧。

如果凶手就在常世馆内，那自己就有可能成为凶手的下一个目标。在这种猜疑之下，人们便会急于举报凶手，不然下一个被盯上的就是自己。

可是，常世馆里的客人们都知道，这里不会再有人被杀。

在这个连续杀人事件逐渐消失的世界，目前的状况还是令人感到相对安全的，应该不会有人宁愿坠入地狱也要杀死两个人。地狱就是如此的令人恐惧。

大家内心的真实想法，一定是希望再有一个谁死掉就好了。这样一来，凶手自会现身，余下的人也就安全了。不需侦探做任何工作，天使的制裁就能将事件解决。

是的，事情如果可以如此简单就好了。

青岸试图让思绪更接近于事情的核心，却苦于没有任何的线索。

思考毫无进展，青岸把钢笔插进了胸前的口袋里，站了起来。

天使降临以后，青岸难以想象自己竟然还会有此举动。变得孑然一身之后，放弃了正义伙伴这一身份的青岸，再也不是一个积极主动的侦探。可现在，他却极其自然地展开了调查。

明明这时候所有人都应该把自己关在房间里，可餐厅却异常热闹。准确地说，青岸眼前看到的场景，是政崎想要逼近大槻，仓早和小间井则在一旁拼命劝阻。

先前的狼狈状仿佛假象一般，此时的大槻看起来像是无事发生过似的，淡然自若。不愧是大槻，情绪切换得如此快速。面对这样的大槻，政崎情绪激动地喊道：

“臭小子，你有本事就再说一遍！”

“我都说了，常木先生已经死了，我不会再做饭了。”

“这时候罢工，你还算是个厨师吗？”

不知道是否是因为过于震惊，政崎的声音里带着悲痛。于是，大槻冷漠地看向了政崎，说道：

“我的雇主都已经死了，我为什么还要工作？而且，在这里继续干下去的风险太大了。”

的确，青岸也认同他所说的。可是，政崎好像完全没明白大槻的意思，眼睛眨得越发痉挛。

“你的意思是要让我们都饿死吗？”

“有很多不需要烹饪的食材，而且还有那么多红酒。千寿纱也会继续照顾大家，还有小间井先生，对吧？”

“啊，是的，我是这么打算的……”

小间井为难似的咕哝道。

“那我就把钥匙还给你。这把钥匙可以打开厨房和食材仓库的门。啊，还是给千寿纱会比较好吧。”

大槻一边把一串看似沉重的钥匙塞进仓早的手里，一边语速飞快地交代。

“这些钥匙我和小间井先生都有。您继续拿着会比较好。”

仓早略显尴尬地微笑着说道。即便主人已经亡故，仓早也仍然打算打理好这座馆。一旁的小间井不知所措似的，眼神游离。这场景，真让人无法看出究竟谁才是真正的前辈了。

“实在抱歉，政崎先生。我会尽我所能，但即便如此，也无法达到大槻先生那样的水平。我只能提供一些储存的食物，请您谅解。”

被仓早当面这么一说，政崎也说不出什么话来，便发出夸张的脚步声，走出了餐厅。随后，小间井和仓早也走了出去。

“真没想到会变成这样。”

在只剩下两个人的餐厅里，大槻嘟囔道：

“政崎先生因为没饭吃就闹成那样，真是够丢人的。而且，我也只是说了我不做饭而已，他们自己想吃的话还可以自己做啊。”

“真的不打算再做饭了吗？”

“我本来就讨厌做饭。大家不都是这么对待自己的工作的吗？谁都想不劳而获地生活吧？就算我是个天才，这方面跟常人也还是一样的想法。”

“真是遗憾。你做的饭，是我来到这里之后每天最期待的一样东西。”

青岸真诚地说道。大槻听到之后，眼里突然放光似的。

“那，我就只为您做也是可以的。再说了，之前还没报答您让我抽烟之恩呢。”

“话说回来，常木王凯已经死了，这座馆里的禁烟令应该可以解除了吧？”

“啊，您说得对。那，干脆以后就到那个高级的酒窖去抽。”

大槻开心地发出了略带轻浮的笑声。原来雇主的死亡，给人带来的冲击也不过如此。或者，大槻本性就是如此。

“所以，青岸先生会去解决这个案件的吧？毕竟您还是个侦探。”

大槻问得毫无顾虑，青岸一时不知该如何回答。尽管自己自然而然地开始了调查，但实际上，青岸也没弄明白自己为什么想去解决这件事情。天使降临以来，青岸对于这一类的侦探行动一直都是很被动的。思索一番之后，他糊弄着说道：

“争场先生都已经叫我们不要自己解决了。”

“那是他的说法，您应该不甘心吧。啊，这样吧，我来给您当助手？助手只需要跟在侦探身边就好了吧。”

说完这句让全世界的侦探助手都会与他为敌的话之后，大槻又笑了起来。从工作中解脱的大槻，整个人看起来兴致高昂。

“好不好？我想做侦探的助手。调查岛上大富豪的刺杀事件，这绝对比做饭要好玩得多。”

“你喜欢推理吗？看起来不像。”

“别这么说，之前还是有过两三次契机，让我对侦探产生憧憬的。”

可在青岸看来，他也只是单纯地觉得这事好玩而已。

“对了，你昨天晚上都干了些什么？”

“什么？”

“要做助手的话，你得先有不在场证明吧。你昨晚在哪？”

青岸本以为大槻会轻松地做出回复，却没想到他眉头突然抖动了一下，眼神里闪过一丝迟疑。

“啊，我就只是待在房间里啊。您晕倒之后，我回去继续收拾并准备明天要用到的食材之类的，然后晚上九点之后就一直待在房间里。”

“九点之后一直待在房间里吗？一步都没迈出来过？”

“是啊。我只需要负责做好早中晚饭就好，其他的时间就是睡觉了。”

素来随性的大槻，为什么刚才会表现出一丝动摇？而且，特别强调自己没有迈出房间这一举动，也甚是诡异。大槻会吸烟，青岸本以为他会说出门是为了去吸烟塔，或者去到馆外抽烟。

大槻那困倦的眼神里，已读取不出任何情绪。青岸一直盯着他看之后，他得逞似的笑着说道：

“所以？我通过您的助手测试了吗？”

“通过……了吧。不过，我基本上是不用助手的。”

“啊，怎么会？那就从这次开始用啊。我对当季食材什么的很熟悉，说不定能在什么时候帮到您呢。”

也不知道是认真的还是在开玩笑，只见大槻歪着头说道。

左看右看，大槻都像是有所隐瞒。没弄清楚的话，青岸无法相信他。

正当青岸思考着该如何打发大槻的时候，餐厅的门突然被推开了。

门后露出了宇和岛的脸。这样的照面，在昨天的早上也发生了一次。不过这一次，宇和岛关上了门，迅速逃离了。

“抱歉，助手的事情，晚点再聊。”

青岸对大槻留下这句话之后，便跑去追上了宇和岛。可能宇和岛没想到会有人追过来，青岸很快便在楼道的中央追上他了。在手腕被青岸牢牢抓住之后，他厌恶地说道：

“怎么，我们还认识吗？”

“现在已经不是讨论这个的时候了。这里可是发生了杀人事件啊。医生和侦探不共享各自的调查结果，这怎么可以？”

“调查结果什么的，我没有隐瞒，今天早上说的已经是全部。你最好别以为这个世界上，侦探就会被特别对待。”

“我也没想过自己是特别的。”

“那你想怎样，焦？”

宇和岛像从前那样称呼青岸，令青岸感到了些许生怯。上一次听到这个称呼，已经是好几年前了。

4

宇和岛彼方，曾在青岸侦探事务所附近经营着一家诊所，他是诊所的医生。虽然他不是事务所的成员，可当案件调查中需要听取医学意见的时候，大家总会求助于他。

宇和岛也是被赤城的理念所打动的其中一人，也曾想过发挥己力让这个世界变得更加美好。他也曾仰慕青岸，包含事务所的其他人在内，大家一起谈论过各种事情。

青岸和宇和岛之间的分离，发生在那件事情之后的不久。

“没事吧，青岸先生？”

各大媒体的采访让青岸筋疲力尽，他很高兴宇和岛来看他。一进入病房，宇和岛便像是快要哭出来。

“太好了，还好你得救了。如果连你也不在了……”

这或许是宇和岛的真心话。可是，躺在床上的青岸在听到这句话之后，身体却不由得僵硬起来。

“让你担心了……发生了这样的事。”

“没什么……最难受的是你。本来我也想帮你治疗的……你的手，好些了吗？”

“好多了。”

青岸冷淡地回道。手上的烧伤这时候已经好得差不多了。作为医生的宇和岛，应该已经察觉到了治愈速度之快的异样。可是，他还没习惯在两人的对话中提及“天使的祝福”这类荒谬的话题，他只说了一句“太好了”。

两人继续聊了一些住院的情况，事务所接下来的安排等介乎事务性和闲谈之间的话题。即便是在这样不经意的交谈中，赤城、木乃香、嶋野还有石神井的幻化身影也依然挥之不去，明明并不想触碰悼念亡故之人的话题。

青岸本是通过赤城认识宇和岛的。失去了赤城后，两人的对话里透着笨拙。或许是意识到了这一点，宇和岛决意后说道：

“焦，我们一起找出凶手吧。”

他应该就是为此而来的吧。尽管紧张得表情僵硬，但眼睛里却充满了复仇的欲望。

“凶手已经坠入地狱，我看到了。”

“我说的不是这个。我说的是出售‘茴香’炸弹的凶手，延烧力强大的那种小型炸弹。凶手可能已经坠入地狱了，可是出售‘茴香’炸弹的，应该另有其人。这样的话，那个人也应该坠入地狱。我们要找到他，至少要让他接受法律的制裁……求你了。有什么我能做的，请告诉我。”

宇和岛抓住床单恳求着。

宇和岛说得没错。这次事件中所用到的，是泛滥于街头巷尾的那种炸弹——名为“茴香”，是青岸事务所深恶痛绝，并尽力想要止住其流通的炸弹。凶手可以买到这种炸弹，那就应该存在给他炸弹的人。造成事件的凶手固然罪孽深重，但这份罪孽还有另外的人也要承担。

“如此放任下去的话，一定还会有人要遭受同样的灾难。我想，赤城他们也一定不希望看到这些……青岸侦探事务所的每一个人都是正义的伙伴，对吧。既然如此，作为曾经协助过你们的人，我也想要尽我所能。”

宇和岛看似心意已决。不过他本来就是这样的人。对于决定了的事情，绝不让步，某种程度上和赤城很像。不过，要自己独自去做这件事情，毕竟还是有些犯怵，所以才这样拜托青岸的吧。

宇和岛要邀请青岸事务所的最后一位正义的伙伴，和他一起去找出凶手。

青岸其实恨不得立马动身。他想对宇和岛说，好，我们一起。希望安慰因失去了那些伙伴而颤抖着的宇和岛。这也会成为一种对逝去的伙伴们的饯别。如果换作赤城处于青岸现在的立场，他一定会这么做的。

可是，青岸却完全无法将这些都表达出来。

不但如此，他说出了与自己的本意背道而驰的一番话。

“不可能做到的。这样有赚头的地下交易，是不可能凭我的一己之力就能把他们端掉的。如果是从国外进来的话，就更加没法追查了。我什么也做不了。”

宇和岛无法理解青岸在说什么，一时半会只知道圆睁着眼睛。青岸紧接着继续对宇和岛说道：

“而且，就算找出凶手了又怎样，他们又不会回来。”

“什么？焦，你是认真的吗？”

“当然。”

话说出口，青岸才真正意识到，这就是自己内心的真实所想。

就算青岸和宇和岛联手，奇迹般地抓到了贩卖“茴香”炸弹的凶手。赤城他们也不会活过来，不会再回到他们热爱的青岸侦探事务所。这份无力感，已经将青岸的所有气力全数掏空了。

“大家都死了，我做那些事情还有什么意义？而且也不一定就能抓到凶手。这样一直追查‘茴香’，是不是就意味着我这辈子要一直因为他们而痛苦下去？”

“意义？为什么这么说……怎么了，焦，你真的很不正常。”

“可能吧。活在这样的世界，谁都会变不正常吧。”

青岸知道，这是作为一个侦探不该有的言行。赤城所崇敬的那个青岸不在这里，那小子一定感到很失望吧。

可是，所谓的正确，所谓的应该，对于现在的青岸来说，沉重得难以背负。青岸比他自己所想的，要更加猛烈地、切实地沉沦了下去。

为了让赤城他们无憾，去追查“茴香”的幕后凶手，去找出杀害青岸所珍爱之人的凶手。

换作是以前，青岸一定二话不说就这么做了。就算是现在，内心里也有这样的冲动。

可是，身体却无法动弹。青岸只感受到了活着的恐惧和悲伤，他已经和那辆车里的人一同死去了。

他能感觉到眼前的宇和岛对自己越来越失望，就像一直牵着的手被甩开了那样。实际上，青岸是有意而为之，可是现在的宇和岛正需要青岸这个正义的伙伴。突然，青岸手上的烧伤传来了一阵痛感，仿佛给了他一张免罪符以免去他的一些罪孽。

"青岸先生，你可是正义的伙伴啊。那样的事情不能再次发生啊。"

宇和岛的声音里带着哭泣。

"正义的伙伴已经死了。"

这句话深深地伤了宇和岛的心，即便如此，青岸也无法忍住不说。

"正义的伙伴都死了，都不在了。"

如果这里不是医院的病房，青岸这时候一定会挨上几拳。可是，宇和岛只是浑身发抖地站了起来，痛苦地对青岸说道：

"明白了。就这样吧。我不会对你这个侦探再抱任何期望。"

自那之后，宇和岛便再也没有找过青岸。

宇和岛在卖掉自己的诊所之后，便消失了。

青岸听说这事的时候，尽管有不舍，却也非常理解。发生了那样让人心痛的事件，宇和岛应该再难继续待在同一个地方了。加之青岸侦探事务所就在旁边，这或许对他也是一种折磨。像宇和岛那样优秀的医生，去到哪里应该都不会发愁没有活计。能这样想，是青岸唯一的救赎。

可是，青岸却怎么也没有想到，宇和岛竟然成了常木王凯的主治医生。可能从那几个国内屈指可数的富豪身上能赚到的钱，比自己开诊所挣到的要多吧。不过，这也依然让青岸感到意外。

曾经以奉献作为自我人生信条的宇和岛，在变成一个专人医生之前走过了怎样的历程，青岸只能凭借着想象去猜测。不过，宇和岛的眼神里，飘浮着比青岸刚认识他的时候还要暗淡的光。

"事到如今，你还想怎样？你不是早就放弃侦探这个身份了吗？那个时候就振作不起来的一个人，到现在还能指望你什么……”

“那时候我不应该那样对你……我不奢求你的原谅。”

“啊，是啊，我不会原谅你的。到最后，为了知道天国是否存在而来到常世岛。难道你觉得天国要是存在的话，就能解决什么问题吗？”

“啊，天国要是存在的话，就能解决我的问题。我到现在都还没有完全放弃这个想法。”

结果，在一无所获的情况下，常木王凯还死掉了。在宇和岛看来，再没有什么能比这更为加重他对青岸的厌恶了。

“那你就继续寻找那根本就不存在的天国好了。别一天到晚摆出一副自己还是侦探的样子。”

甩开青岸的手之后，宇和岛便走开了。这场景和当年在病房时上演的一模一样。不过这一次，青岸叫住了他。

“你不也是吗？”

“什么？”

“你不也仍然把我当作一个侦探吗？”

“我不明白你在说什么。”

宇和岛变得嘴角僵硬。

当伏见和政崎将青岸指控为凶手的时候，是宇和岛挺身给予了辩护。比起得到的支持，更让当时的青岸感到惊讶的是，在宇和岛的心里，青岸仍然是个侦探。虽然也有可能宇和岛当时只是为了抚平政崎的过激情绪，但不管怎样，宇和岛说的那些话，对青岸来说意义重大。

可能正因为如此，知晓青岸过往的人依然把青岸称为侦探，使得青岸自然而然地以侦探的身份走出了房间，并展开了调查。

赤城他们离开之后，青岸以为那个曾是正义伙伴的名侦探也一同死去了。

可是在这座岛上，在宇和岛的面前，他仍然是个侦探。

“我觉得这事还没有结束。”

青岸的这句话，让宇和岛皱起了眉头。

“凶手要是再杀一个人的话，便要下地狱了。难道说，凶手有好几个，每个人只杀一个人？”

“有这个可能。如果是这样的话，尽管我这侦探并不够格，也总比听之任之要好。你不也感到很疑惑吗？还说什么要揪出凶手来。”

“我只想知道常木王凯为什么被杀，毕竟他是我的雇主。”

“而且，这里所有的人都很奇怪。不仅是客人们，大槻也好像在隐瞒着什么。”

或许太过出乎意料，宇和岛毫不掩饰他的震惊。

“大槻？他为什么……”

“现在只知道他想要隐瞒自己昨天晚上出过房间的事实。这可能跟常木被杀有关。”

“这样啊……原来如此……”

“我不会叫你原谅我。我愿意承担那天的逃避带来的一切后果。只是，如果你也想把事情弄清楚的话，至少在离开这里之前的这段时间里，请给予我协助。”

宇和岛的眼睛里出现了犹疑。他一定也很想知道常木为什么被杀，他一定也认为事情到此还未结束。混杂着叹息声，宇和岛开口说道：

“那天虽然说了那些话，但我仍然认为你也有可能是凶手。”

“你也同样有这个可能。”

“那，我也事先告诉你，我昨天都做了什么。”

尽管宇和岛并没有明确地表达他答应和青岸合作，但刚才的这一句话，可以视作他接受了青岸发出的邀请。

“对于常木先生的召唤，我基本上是随叫随到，所以没有固定的下班时间。你晕倒之后，我给你做了些诊断，之后就一直待在自己的房间里。”

“啊，原来是你啊，多谢了。”

“毕竟那也是我的工作。我昨天也就做了这些而已。”

“之后到早上的这段时间里，没迈出过房间一步吗？”

“没有。需要的东西，房间里都有备着，也没什么事情需要我出门，而且我也不抽烟。”

或许是想到了刚才提及的大概，宇和岛特意强调了自己是不抽烟的。的确，宇和岛应该没有抽烟的习惯。

“青岸先生，你昨天也是一直待在房间里吗？”

“我昨天也没有心情抽烟。”

宇和岛对于这一回答不置可否，只是点了点头。

“我们再这么说下去也只是徒劳。我话说在前头，我已经没有什么可以提供给你的信息了。就算协助你，应该也帮不上什么忙。”

“不会。我现在就有一件事情想要拜托你。我一个人的话，可能对方不会理我。”

“不会理你？就算两个人一起，我不觉得对方就会解除戒备。”

“与其说是对方有戒备，倒不如说，我不知道对方会是什么反应。”

青岸一个人去，对方也有可能因为感到尴尬而不肯见他。即便是青岸，其实也感到很难摸清对方在想什么。

“你要去见谁？”

“伏见二子。那个来到岛上的奇怪记者。”

5

青岸第一次见到“伏见二子”这个名字，是在一篇文章上，这篇文章报道了发生在并木大道十字路口的那起事件，让事务所的四个人丧生的那起事件。

她的文章里，既没有煽情地强调事件是多么悲惨，也没有渲染对天使崇拜的神秘感。她只是轻描淡写地对事件做了整理，并梳理出事件的脉络，全文毫无猜测，只是忠于事实地做了报道。

在伏见的文章里，她讨伐了新型炸弹“茴香”的恶劣，并在文末做出总结，表示此类事件不能再出现，应该查明凶手获得炸弹的途径以及国内还有多少这些炸弹。以这样的观点来撰写的文章，在当时实属少见。

当时的青岸就在想，这篇文章的作者是个值得信任的人。

可现实中的伏见，实际上是个莽撞冒失且率直的一个人，有些地方会让人联想到赤城。正因为如此，青岸对于不考虑后果就跑来岛上的伏见，莫名地产生了些许信任。

“咦？宇和岛先生，怎么了？”

“不好意思，伏见小姐，有事想和你说说。”

“好的！稍等一下，我把门打开……”

和宇和岛交流了几句之后，伏见便把门打开了。青岸想，怎么可以这么轻易地就开门了呢？这里可是一个刚刚发生了杀人事件的地方啊。伏见真是太不小心了。正是因为这样，才中了青岸的圈套。

“啊，青岸先生？啊……”

不出所料的，伏见立马想要把门给关上，青岸用脚顶住了。伏见也终于意识到了抵抗无用，颤抖着嘴唇。

“等等，我有事要问你。”

“对，对不起！刚才真的……我并不是真的觉得你就是凶手的！只是，如果不那样的话，最后很可能我就被当成凶手了……”

“我不是因为这个来责难你的，都忘了吧。要是觉得对不起我，接下来就给我好好配合。”

“好的……”

尽管不情不愿，伏见还是让他们进了房间里。

现在的伏见和今天早上见到的时候相比，明显憔悴了许多。毕竟被卷进了这样的事件当中，现在的她一定感到很无助。某种意义上，可以说没有谁比她更像一个“被卷入杀人事件中的人”了。

伏见的房间和青岸的完全一样，也是一间能满足所有日常所需的豪华房间。

伏见坐在了床上，于是青岸便坐在了搭配书桌的椅子上，而宇和岛似乎打算就这么站着。

桌子上除了放有一台平板电脑，还有几样像是笔记本似的东西。青岸扫了一眼，或许是不想让他人知道笔记的内容，上面记录的文字都不是日文。

“怎么办，我真是太蠢了……这一定都是陷阱。叫我来到这座岛上，都是为了让我当替罪羊的。”

刚一坐下，伏见便低着头说道。

“不是你自己决定要来的吗？”

“我收到了一封信。”

伏见一脸认真。

“信上写着‘想将常木王凯的罪行公之于众吗’。除此之外，还写了青岸先生您将搭乘的那艘船，以及船里的藏身之处。”

青岸回想起来，那艘船的确很大。青岸一个人乘坐的话，实在是过于豪华，没想到船里还藏着另外一个人。

“信上还详细地写了那位女佣会在什么时间段去船上的哪里巡查，所以我才能来到常世岛。”

看来，内部果然有人在协助。

常世馆的这些人里，有人在寻找能揭发常木王凯的罪行的人。

“常木的罪行……指的是？他不就是个有钱人而已吗？”

稍事犹豫之后，伏见开始说道：

“天使降临以来，不是曾经一度流行过大规模的袭击事件吗？”

“啊，是的。”

“光是那样的事件就发生了十多起……常木王凯有可能跟这些事件有关系。”

“什么？”

“和常木王凯有竞争关系的那些公司的高层都遭遇了离奇事件，最后都死了。如果只是一两个人的话，可以解释为偶然，但是死了八人，这也太多了。”

伏见一边说，一边拿出一张列表展示给青岸两人。列表上，令那八个人丧命的对应案件也一并记载着。车站里的持枪杀人事件、某公司的炸弹袭击事件、被安装炸弹的某餐厅爆炸事件。其中有几起是青岸也知道的有名事件。

“这些案件的共同点就是，都使用了机关枪或者是炸弹。特别是炸弹，使用的是当时流行的小型且杀伤力极强的‘茴香’。”

听到这个名字，青岸的喉咙突然收紧。赤城他们就是被这种炸弹夺去性命的。这种炸弹拥有极强的杀伤力，产生的火焰难以扑灭，二次伤害极易发生。没有人比青岸更清楚它的残酷恶毒。

青岸不由得看向了宇和岛，他看上去也是难持平静，靠在墙上的身体已经因为紧张而变得僵硬。

“虽然这个世界，只要有钱就能买到任何东西，但普通人不可能负担得起购买炸弹的费用。特别是‘茴香’这种强力的炸弹，要买到的话，一定要有什么靠山或是帮手才行。”

“怎么可能……”

“现在你们知道我在怀疑什么了吧？诱导这些事情发生的人，有可能是常木，负责调配炸弹枪支的，有可能是争场雪杉。实际上，争场所做的事业背后有靠山，也有人说那些炸弹很有可能是争场自己研究开发的。”

青岸的脑子里浮现出了在这座岛上见到的争场。在所有的客人中，他看起来知书达理且平和，也是最容易沟通的一个人。青岸难以将他和那些凶恶的炸弹联系在一起。

“这也太荒唐了。再说了，根本没什么证据证明那些炸弹是争场开发的。”

不过，争场集团那异常的业绩增长，的确令青岸心生疑惑。光靠集团旗下的事业，真的就能挣到那么多钱吗？

如果是这样的话，宇和岛所寻找的制作“茴香”炸弹并销售的人，也就是他所说的凶手，便是争场雪杉——让青岸放弃寻找，而宇和岛祈求给予公正处决，令青岸和宇和岛分开的真凶。

“媒体几乎都没有报道异常的这部分。尽是报道一些发生在案发现场附近的天使的奇妙举动，还报道了有人看到了祝福的征兆。因为这些文章而一夜成名的，就是那个叫作报岛的臭记者。”

就这样，客人们的关系图像是被巧妙地进行了编织，逐渐变得明朗。

“听说报岛的那篇祝福报告，天泽齐还给他做了宣传。”

经过宇和岛这么一补充，关系图也便多了一份确凿。

“祝福报告？是什么东西？”

“不过一篇无聊的文章而已。什么天使靠近尸体呀，美丽的光芒照射进来呀，尽是一些胡编硬造的内容，还说那些遭遇了不幸的人都去了天国。毕竟当时的人们对天国还有祝福这些东西，实在是太渴望了。”

伏见的这些话，同样击中了青岸。失去至爱的人们，没有谁不渴望天国的存在。即便是报岛的胡编硬造，于青岸而言，或许也会成为一种福音。

“遗憾的是，那篇祝福报告广受好评。报岛的影响力越来越大，发表的文章也越来越多。这些文章全部偏向对常木和争场有利的一方。真是太可恶了……在常木和争场的主导下，这些生意遍布各地。使人丧命的袭击事件，也有他们的参与。这就是常木王凯他们的嫌疑所在。”

青岸一时无法相信。如果伏见所说的都是真的，那用“坏人”来形容常木已经远远不足。他会掌握那些会阻碍自己的人的行为习惯，并在合适的时机引发案件。

就算杀了人，坠入地狱的也是实际杀人的那个人。常木只要花钱雇人就可以让人代替自己下地狱，又或者用别的方式牵制着这一切。

真相不得而知。即便如此，侦探的直觉——虽然这往往不可信——告诉青岸，常木是个罪人。

“所以，我就想靠自己的力量找到常木。没有证据，但有嫌疑。那么，我就亲自去把证据找来。”

“对方可是大公司的老板，就凭你一个人的力量……”

可是，除此之外，伏见还能怎么办呢？作为一介记者，就算她声称常木跟袭击和谋杀有关系，恐怕也没人会当真吧。既然如此，紧盯常木，或许能找到大反转的机会，这么一想，伏见的举动也不难理解了。

这时，青岸突然想到了一种可能性。

为了天使而买下一座岛，对天使的信仰达到了怪异程度的常木王凯，这份狂热可谓病态。为了探寻天国是否存在，不惜圈养会说话的天使，甚至还把传闻中受到天使祝福的侦探请到这座岛上来，让其和天使照面。

如果这些出自常木对操纵了“杀人规则”而引发的愧疚，倒也能理解。

常木想知道天国是否存在，或许是因为他想知道自己能否去往天国。作为一个得以免去了坠入地狱之罚的罪人，常木想知道自己死后会受到怎样的待遇。或许正是对于这份未知的恐惧，常木才一步步地沉溺至此。

“话说回来，你是怎么盯上常木的？是你自己调查出来的？是的话，那可真是挺厉害的啊。”

面对宇和岛的这句话，伏见的脸沉了下来。

“不是的，一开始并不是我在调查，是我跟随的一位前辈记者一直在追查的案件。我只是被桧森前辈托付，代替他揭发常木的罪行而已。”

看起来，之前的调查并不是伏见一个人所为，而是那个资深的记者。这样的话，能锁定常木的优秀能力和眼前这位记者的能力之间的差距，也就让人容易理解了。伏见是在努力承接前辈所托付给她的案件。

“这么说来，你的动机就很明显了。”

宇和岛顺势脱口而出了他的疑惑。不出所料，伏见的脸上现出了不悦。

“可我没有杀常木！要是把他杀了，我就没法揭发他的罪行了。事情变成这样，对我来说是最坏的结局……那个人就那样死了，他没有坠入地狱。”

人不会在死后才受到清算，因为人们已经知道了这个世上存在地狱。常木不会坠入地狱了，除非人在死后要重新接受审判。

人死之后会怎样？

常木的灵魂到底去了哪里？

“我不会放弃的！我一定要把常木所做的恶劣行径揭发出来。进出这里的客人，每一位都很可疑。我要一个不留地都查出来。”

伏见雄心勃勃地握紧了拳头，像是要对那些看不见的敌人发出进攻一样。这个动作青岸很熟悉，过去也曾见过。

“对了，你当时在常木的房间里，是不是在找什么东西？”

被青岸这么一问，伏见明显地现出了狼狈。

“那个，是因为我想要自己查清楚！为什么侦探就可以查这查那，同样一件事，为什么记者却要被指责呢？”

青岸被她的这句话戳中了软肋。毕竟自己也对房间做了搜查，最后还找出了一支不知道跟事件有没有关系的钢笔。

不过同时，青岸注意到，伏见和大槻一样，两人恐怕都有所隐瞒。

“你想问的就这些了吗？”

伏见惶恐地问道。

“啊，是的，就这些了。你自己也小心点。”

说完这些之后，青岸便打算离开房间，这时，伏见说了一声：

“等等。你真的打算去解开这个谜吗？”

“还说不上解开……有太多不清楚的地方了。”

青岸只能先这么回答。

“这样啊。要不我来给你当助手怎么样？我以记者的身份也做过类似的活，一定能帮上你的。”

尽管伏见一脸认真，眼神里还是流露出了遮不住的好奇心。

大槻也好，伏见也罢，面对常世馆里发生的杀人事件以及出现的侦探，即便是当下的这种状况，也依然止不住他们的好奇心啊。

“还没有什么事情需要助手来做的，至少在现在这个阶段。”

“这样啊……不过，你应该也不会相信我。”

伏见淡淡地笑道。青岸以为她只是一时兴起才提出要做自己的助手，原来她是想以此来试探自己被怀疑的程度。

“那个，青岸先生。”

“什么？怎么了？”

“你真的，会去解开这个谜吧？”

“为什么这么问？”

“我虽然也在怀疑争场，也绝对不会喜欢他那样的人……可我觉得他刚才所说的那些话有一定的道理。常木先生被杀，也相当于我们的安全得到了保障。难道真的有人会不顾自己的性命去杀人吗？”

啊，青岸突然意识到——此时的伏见一定感到很不安。只要青岸积极主动地继续调查下去，就意味着凶手的行动还没有结束。争场之所以那么说，是因为他内心里想要给事件画上句号。为了安抚伏见，青岸直视着她的眼睛说道：

“我并不觉得凶手还会继续杀人。只是，如果弄清楚常木王凯为什么被杀，或许你想要知道的一些事情也会水落石出。既然如此，我希望以一个侦探的身份去面对。”

一半是谎言，一半是真话。青岸觉得，凶手并不会就此收手，刚才那么说只是为了安慰伏见。不过，青岸所说的后半句，是真心话。

常世岛上发生的这起杀人事件，不管青岸承认与否，它都与过去有着千丝万缕的关系，和青岸曾经逃避的某种东西联结着。既然如此，他没理由不去面对。可恶的是，受到天使祝福的那双手，直到现在都还是好好的，好像就为了等待这一天的到来。

这时，背后传来一阵尽量忍住的低沉笑声。

“笑什么？有什么好笑的？”

“没什么，我只是在想，或许还有别的可能。”

宇和岛这么说完之后，静静地掰着手指开始数数。

“现在这所馆里有十个人，不考虑出现有人下地狱的情况，那最多还可以杀五个人。我，你，青岸先生，我们每个人都有杀死一个人的机会。”

6

“这下子我的好心都白费了。”

一走出房间，青岸便抱怨起来，宇和岛却对此毫不理会。

“我只是觉得不说出来的话，对她不公平。”

宇和岛的话，在某种程度上很正确。如果凶手是多人作案，那么就算已经出现了死者，也并不意味着剩下的人就可以放心。如他所说，还有五个人有可能死亡。这个馆里的所有人都要面对凶手有可能是多人作案这一噩梦。

神为什么要把坠入地狱的标准设定为两人及以上呢？既然要用地狱之火来惩戒杀人凶手，那为什么只杀一个人的人会被赦免呢？那些神学家可能今天也在激烈讨论着神究竟为什么会这样吧。青岸心想，等自己死了，一定要问问神。

“所以，你真的打算着手解决这起事件吗，名侦探先生？”

宇和岛提出了和伏见同样的问题。如此刻意的问法，想必他想听到的回答，和刚才青岸对伏见所说的并不一样。

“我是为了寻找天国才来到这里的。”

思索片刻之后，青岸冷静地说道：

“你说得没错。如果天国真的存在，死去的他们至少有一些回报——不，不是他们，是我，我会得救。”

宇和岛紧闭着双唇，一动不动地看着青岸。

“可是，最后还是没能知道天国是否存在。这里发生了杀人事件。被杀的人，可能和使用‘茴香’杀人的凶手有关……既然如此，查清楚这起事件，或许可以找出杀害他们的真凶。可能，我也可以因此而从我的地狱中走出来。”

曾有很长一段时间，青岸无法直视路上的车流，每每看到，都会害怕到闭上眼睛。

“我的目的没有变。我只是为了救我自己，我是为了自己才在这里做一个侦探的。”

青岸所说的侦探，不同于赤城他们所追求的正义的伙伴。不过，青岸已经做好了准备，他会以赤城他们的方式看待侦探这一身份。这一次，他必须将自己从那辆熊熊燃烧的车子里拯救出来。

“好。既然这样，在离开这座岛之前，我会协助你。反正也没剩多少天了。”

宇和岛表情不改地说道：

“让我看看曾经逃避过一次的侦探到底能怎样。”

“我尽力。”

青岸费力地吐出了简短的三个字之后，宇和岛整个人也仿佛变得柔和了一些。要是从病房里见面的那天开始就能振作起来的话该多好，宇和岛无奈地想着。不过，如果能回到过去重新开始，要选择的也不会是回到他在病房和青岸见面的那一天。

沉默在空气中流动，或许双方都在估量自己与对方之间已经产生的距离。过去的三年，对于彼此来说都太长了，很难立刻让现在恢复到跟从前那样。

“伏见说的那些，你怎么看？”

青岸决定还是把心思集中于当下，便问道。宇和岛突然恢复了认真的表情，思考片刻之后说道：

“她说的也有可能。这个国家的确存在着大量的武器，一定有人在其中引导协助，那个人完全有可能是常木。不，这个说法不对。我也和伏见一样，认为他就是我一直在寻找的凶手。”

“这就是你成为常木的主治医生的原因？”

青岸单刀直入地问道，宇和岛微微笑了笑。

“看来，我也没什么资格取笑伏见小姐了。”

“所以——你一直都是一个人在战斗吗？”

“对的，从那天以来。”

青岸的脸上现出了复杂的表情，宇和岛见状，于是补充说道：

“我又没有怪你。”

说完这句之后，他继续说道：

“最近，常木的周遭发生了一连串异常的举动。我想，常木一定和这些难脱关系。定期聚集到这座岛上的政崎、争场、报岛也是一样。政崎从常木那里获得援助，帮常木与政界搭建关系，报岛起的作用就如伏见小姐所说的那样。争场就不用我再说了。”

从吸烟塔那里附着的痕迹可以看得出来，这样的集会在过去曾多次举办。

如果集会的目的是选定下一个要杀害的对象，那也实在太令人毛骨悚然。一向谨慎的宇和岛，不可能没有注意到聚会的周期和大规模袭击出现的周期之间的联系。

“你在常木手下干了多久？”

“一年半左右吧。坚持到今天可是很不容易的啊。”

宇和岛是认真的。之所以到现在，常木的恶行还没被暴露出来，原因在于还没找到决定性的证据。如果能找到什么确凿之证，宇和岛应该早就采取行动了。

“不过，这次看起来不大一样。”

“什么意思？”

“常木应该是想从这群人中抽离出来。”

“什么？常木不是主办人吗？他离开是想怎样啊？”

“他应该是想解散这个集会，举动明显到连我都能看得出来。而且这次的常世岛集会，他好像打算把它当成是最后一次。”

“等等，就算常木真的想要抽离……有那么简单吗？至少，其他相关的人会着急，会反对吧。而且，常木自己也会陷入危险之中。”

杀人动机就这么突然出现了。这样的话，那群人中的任何一个人都有可能是凶手。可是，常木不可能没有意识到这些。

“实在是太诡异了。顺便带你去看样东西，跟我来。”

青岸跟着宇和岛，来到了位于常木的房间所在的三楼。由于一直避着和那些名人们照面，青岸没来过这一层。宇和岛带青岸去了一间房，大小仅次于常木的卧室。首先进入视线的，是两扇朝外对开的厚重房门。

“这门可真够夸张的。”

“常木买下整座馆之前，这里曾经好像是个小剧场。”

“小剧场？”

“虽然现在已经看不出来了。”

踏入房间的那一刻，青岸感到了一阵战栗。

“这里或许能找到常木变心的原因。”

这是一间可称为天使展览室的房间。

在房间中央，有一座特意制作的天使石像。石像毫无美化成分，瘦削身体上的筋条栩栩如生。不禁让人觉得，真的有必要做得如此逼真吗？

如果要说它和现实中的天使有什么不同，那就是石像天使持着一根硕大的长矛。装饰豪华的那杆长矛，估计真的可以刺穿有罪之人的血肉之躯。

除了石像之外，房间里放着大量的天使照片、天使的各种模型，甚至还有酷似天使残骸的砂，也被陈列在了展示柜里。除此之外，还有和天使相关的书籍，写有谜一样文字的挂毯。紧靠着房门的内线电话上，也雕刻着天使的模样。

挂在墙上的照片中，有青岸的照片。照片上的青岸对着燃烧的车子极力地伸出双手，而天使则用翅膀遮挡着青岸。另外，不知道是后期的加工还是事实便是如此，天使和青岸之间横亘着一道光，一道与祝福相称的美丽的光。

“还好我不是一个人来。你要是不在的话，我可能早就被这些东西弄得作呕了。”

“常木本来就对天使又爱又憎。或许是看久了，终究还是受不住了。他经常向天泽发问，比如:天国真的存在吗？我会不会坠入地狱？”

“天泽怎么回答？”

“他当然是选择投其所好啦。”

天泽的工作，应该就是负责控制常木的心智。如果他真是因此而被雇用的话，那也就不难理解他为什么在那一团体中看似毫无作为却举止悠然了。控制着这世上乐园的，原来竟是那个天国研究专家。

“说不定，让常木决定抽离出来的正是天泽齐。”

“为什么这么说呢？在某种意义上，常木王凯几乎像是天泽的一个信徒。”

“不，不是的。常木不是天泽的信徒，而是天使的信奉者。他通过天泽见到了天使，现在的天泽并没有获得他的信任。你不也看到了吗？”

“所以，难道……天泽是讨厌天使的？”

青岸的脑子里，浮现出了天泽拿着捣火杆殴打天使的画面。

“与其说是讨厌，不如说是害怕吧。理由应该和常木一样，长期观察天使，使得整个人生都充斥着天使的一切。常木对天使那过剩的爱，使得他得以保持神智的稳定，天泽却走向了极端。”

“这个天国研究专家竟然憎恶天使，看来他的日子也不好过啊。”

“如果我是天泽，也一定会对天使感到恐惧。天泽总是随意地为天使做代言，按照自己的解释创造出神，他要是死了，真不知道会受到怎样的裁决……我个人也很想知道。”

“如果天使真的那么讨厌天泽的话，早就降罚于他了吧。天使不是很擅长把人带去地狱吗？”

“谁知道呢，谁知道天使到底是怎么想的……天泽虽然为所欲为，但他的那些说辞，也有可能得到了天使的认可。”

“不管怎样，天泽厌恶天使，而常木热爱天使，会不会是两种不同的情感僵持之后的恶化，导致两人的关系出现了裂缝呢？”

“是天泽制造了契机，让常木完全迷上了天使。而天泽却厌恶天使，或许这被视为他的一种恶劣的背叛。”

“在天泽的拉扯下，常木变得痴迷于天使，而当天泽发生变化的时候，或许也是常木觉醒的时候。”

“常木王凯在两年前做了一个心脏手术，走了一次鬼门关，或许这对他的影响也很大。人一旦意识到死亡，就会不由自主地开始思考自己死后的世界，这也更让常木改变了他的想法。”

“心脏手术？话说回来，他之前的确说过自己经历了一场大病。”

听完宇和岛所说，青岸随即想到了一种可能。宇和岛从青岸眼前消失是在三年前，他成为常木的主治医生之后已经一年半有余。

“该不会，那次手术是你做的吧……”

宇和岛默默地点了点头。

“正是因为那场手术的成功，我才成了他的主治医生。”

“竟然能让手术成功。”

青岸的话里有话。给常木做手术时的宇和岛，应该已经开始怀疑常木。

“我下不了手杀他，而且还有安乐天使守在旁边。”

宇和岛意会到了青岸话里的意思，便如是答道。

天使的规则被明晰认知之后，医护现场变成了最为混乱的地方。杀死两人便要下地狱，那么那些因为手术失败而死去的人该如何计算？没能成功拯救之罪，是否要接受被判处坠入地狱的惩罚。很多医生拒绝给予病人治疗，也有数位医生带着不惧怕被坠入地狱的觉悟走进了手术室。很难说哪种做法是对的。

本以为这场混乱会持续很久，却意外地早早结束了。

那是因为各大医疗机构里出现了“特殊天使”，这些天使附在墙壁上、天花板上，一动不动。

仅是这一个动作，便让所有的医生重拾镇定，并重返工作。就算没能成功救下病人，医生也不会因此而被问罪。这是所有的医疗从业者达成共识的一个瞬间。就像当初见到天使，意识到“天使带来的规则”的瞬间那样，这一共识很快便得到广泛的认知和接纳。

栖居于医疗机构的天使，由天泽为其命名——“安乐天使”。

此名源于拉丁文，原文意为：从痛苦之中获得的解放。安乐天使比普通的天使手脚更长，头部异常弯曲。就这样，这些天使紧贴在房间里的墙上、天花板上，见证着一个个徘徊于生死线上的生命来去。

正是在这奇妙的天使面前，宇和岛救下了那个可能与自己为敌的男人。

那究竟是怎样的一种心境啊？

“就算伪装成医疗事故杀了常木，我也没法找到我想要的真相。而且，要惩罚的，也不只是常木一个人。”

宇和岛看着沉默的青岸，不由得补充说道。

即便如此，宇和岛还是可以杀掉这个人的，他可以使用他的“第一个人”的机会。

因为包括青岸在内，任何人都有杀死一个人的机会。

“常木的主治医生可不是谁都能当上的。我可是拼尽了全力。真的。”

"我想也是。这才像你。"

青岸再次环视了一遍这间充斥着天使的房间，尽管还有很多的不解，但这房间里的一切，无一不在向人传达着房间主人对于天国的热切渴望。

很难想象一个曾在人世间挥权掌势的男人在生死徘徊之际，究竟发生了怎样的心境变化。

在天泽的驯养之下，常木对天国的渴求日益强烈。青岸不觉同情，只觉可悲。

"常木不顾一切想要金盆洗手的理由，这下我总算明白了。如此彻底的改变，不知道是否真的可以免去坠入地狱的惩罚……啊，可是这样一来，事情就更麻烦了呀。"

"是的。有人被常木的此举激怒而动手杀了他，这完全有可能。杀人动机就是封住其口。"

到此为止，已经出现了多位可疑人物。随着常木王凯衍生出的人物脉络图逐渐清晰，青岸也逐渐意识到这次的集会对于常木来说，实际上有多么危险。伏见的直觉或许是对的。

突然，青岸想到——

"把伏见叫到这里来的，是你吗？"

"怎么可能……我虽然看出了常木想从这个团体里抽离，但没想到他这么明显地开始了忏悔。伏见不是我叫的。"

说得也是，青岸暗暗在内心里表达了认同。而且，安置一个像是伏见这样的第三者来进行协助，也不像是宇和岛的做法。

"不过，你和伏见之间没有任何交集，怎么会同时盯上同一个企业家呢？"

"不，我和伏见小姐的确是没有关系，但是和她上头的人有。"

"上头的人？"

"桧森百生啊……之前伏见小姐提到的，从对方手上接过调查的那个人。"

她的确说过……桧森前辈。

“桧森记者是第一个怀疑常木的人，他细致地做了很多前期的调查和埋伏，终于在出现一些传闻的时候锁定了常木。我曾经有一段时间还协助过他……”

“那为什么要托付给伏见？他现在在干吗？”

“死了。在那次市内的银行爆炸事件中死掉了。为了保护在他旁边的小孩，被火烧死了。”

青岸一下子说不出话来。当听到伏见那故作掩饰的说法时，青岸其实已经猜到发生了什么，此刻被切实地告知之后，内心还是不禁感到有些东西涌了上来。

终于知道了伏见为何如此不顾一切地追查常木了，可青岸却为此感到很难受。

看到沉默不语的青岸，宇和岛像是为了调节气氛似的甩了甩头。

“看来，这里也没什么收获，接下来我们该怎么办呢？”

“我不觉得没有收获……让我整理一下思路。我们现在这样，也不过是在猜测而已。”

“是的。要不我们接下来就分头行动吧。要是查到了什么，就共享给对方。”

“可以吗？”

“在离开这里之前，我都会协助你的。无论是何种方式，我们要寻找的都是同一个东西。”

说完之后，宇和岛像是想起了什么似的继续说道：

“还有，这座馆里，安乐天使没有降临，做不了什么大手术。你要是被刺或是被打，我可没法救你。”

“不会到那种地步的吧。”

“谁知道呢？我也是嫌疑人之一，可能根本就不会有人找我治疗。”

“好。”

“我开玩笑的。”

宇和岛脸上没有丝毫笑意，说完这句之后便走开了。青岸望着他的背影，不由得想道：如果常木真是伏见所说的罪人，宇和岛也就有理由将常木杀掉。不仅如此，和“茴香”有关联的争场，宇和岛也有理由对其下手。

到那时候，青岸该如何阻止？

不过，他会去阻止吗？

7

青岸正在房间里整理着自己的思绪，这时，传来了几声轻轻的敲门声。

“打扰了，青岸先生。您需要来点午餐吗？”

只见仓早携带着三明治站在走廊里，她代替了放弃本职工作的大槻，努力地想要照顾好大家的饮食。她故作精神抖擞的样子，令青岸心疼得不禁打算待会去将大槻劝回他的工作岗位。

“那个，味道虽然不怎么好，不过食材的质量可以保证绝对不输从前，这也是常木先生历来所坚持的。”

“别这么说，这已经很好了，谢谢。”

青岸急忙说道。于是，仓早的脸上现出了开心的笑容。

“您要是方便的话，我们可以聊一会儿吗？您可以边吃边聊。”

“啊，当然可以……不过，我也没有什么可以说的……”

“怎么会，毕竟青岸先生您可是一名侦探啊。您一定能看到一些我们看不到的东西吧？”

进入房间之后，仓早微微地歪了歪头说道：

“没想到，我在船上说的那些话竟然变成了现实，这让我觉得心神有点无法安宁。”

“你不是想给侦探当助手吗？”

仓早看起来情绪低落，青岸想要给她打打气，于是便故作轻松地这么调侃了一句。

“是的呢，如果您愿意的话，可以让我做您的助手吗？我来这里已经一年了，一定能帮上您的。”

或许是为了回应青岸的用心，仓早矜持地微笑着说道。

“不过，老实说，调查本身还没有进展到需要助手的程度。”

“有找到和凶手有关的什么线索了吗？”

不知道是不是意识到交谈的时间有限，仓早突然就这么问道，眼神里流露出对侦探的无限期待。这让青岸想起了初识时候的赤城，随即又感到一阵羞愧，自己和小说里的侦探实在相去甚远。

“没有，还什么都没有。不过我一定会找到真相的。”

“不愧是您。只要有青岸先生在，我们就不必担心了。”

仓早开心地说道。自己的主人被杀，她也一定感到很害怕吧。可她看起来还和往常一样，或许真的是因为有青岸在这里。这样看来，即便是青岸这样的破落侦探，也还是有其存在价值的。

“对了，你知道这支钢笔是谁的吗？我在常木先生的身边捡到的。”

青岸顺便把在常木的房间里捡到的钢笔拿出来给仓早看了一下。

“不知道。不过，我想这不是常木先生的东西。常木先生平时是不用钢笔的。”

“这样啊……”

不过这也算是一个小小的进展。反正总归是参加宴会的其中一人落下的。在去逐个调查他们与常木案件的嫌疑之前，能找到这支笔也算是种幸运。

“大家能这么镇定，果然还是因为天使吗？”

仓早一边目不转睛地看正在吃着三明治的青岸，一边轻声问道。

“毕竟已经知道不会再发生第二起杀人事件，大家也都放心了吧。”

“看来，我们的确应该好好感谢天使。”

仓早的视线转向了窗外盘旋着的天使们。

“悄悄告诉您，我不怎么喜欢天使，也不喜欢差遣它们的神。”

仓早的声音低沉。

“我能理解您的心情。我也一直感到不解，如果神真的存在，为什么这个世界上还会有坏人？如果这些坏人一开始就不存在，也没有会被坠入地狱的人了。”

“的确。”

“而且，除了杀人以外，这个世界上还有很多的悲剧。疾病、贫穷、饥饿——神为何只对杀人给予惩罚，却没对我们伸出援手呢？”

仓早所提出的问题，在天使降临之前就早已出现。如果神真的存在，人类为何要遭遇不幸，为何要被囚禁于无穷的苦难之中呢？尽管人们尝试着用各种方法去与之妥协，却至今仍未找到答案。

“所以，这里没有神。常木先生虽然曾把这里称为乐园，可是，这里不过是一个用来聚集天使的地方，不是真的乐园。”

仓早自言自语似的说道，然后，她像是想起了什么似的，看向了青岸。

“所以我认为，现在守护着这座岛的既不是天使也不是神，而是您，青岸先生。谢谢您。”

青岸本想予以否认，可她的眼睛里饱含着的认真让青岸泛起了踌躇。这时，仓早温柔地眯缝起眼睛并说道：

“就算您不打算让我做助手，有任何其他的需要都可以找我。我一定会协助您的。”

她说得如此用力，青岸也郑重地点了点头。

正当青岸想要逐个与人确认，试图找到钢笔的主人时，钢笔的主人却一下子就出现了。

走上三楼的青岸，突然被跳出来的政崎一把将手中的钢笔夺走了。

“你这个小偷！为什么拿着我的钢笔？果然……你就是凶手！”

政崎一边把那支蓝色的钢笔按在胸口，一边瞪青岸。

老实说，这是青岸最不想与之扯上关系的一个人。不仅看上去无法沟通，也不见得他会对破案起到什么推动作用。

而政崎像是被夺走了幼崽的动物一样，明明是自己把钢笔遗留在了别人的房间里。青岸不由得惊讶地脱口说道：

“什么小偷……”

“你就是个小偷！说，你是在哪里偷的？”

“我可以向神发誓，我是在常木先生的房间里捡到的。谁会去偷这东西啊。”

“捡到的？真的？”

“我撒谎干吗？”

政崎像是还想要说什么似的，顿了一会儿，只吞吐出了一声“这样啊”。

好心归还却连声谢谢都没有，青岸不禁感到不悦。

“你为什么会捡到它？该不会是想在常木先生的房间里趁乱偷点什么吧。”

“你倒不如说我在盗墓好了……我是在调查的时候捡到的。怎么说那里也发生了杀人事件，站在我的立场，总要对现场进行一下搜查。”

“对哦……你是侦探来着。”

“是的，即便是现在这世道，我也姑且还是一名侦探来着。”

“所以你才鬼鬼祟祟地在那里转来转去的吗？原来如此……”

政崎就这样双眼直勾勾地上下打量着青岸。

青岸做好了准备，等着他说那句“那就让我来给你当助手吧”。可是，政崎只是“哼”了一声，并说道：

“你要真想把这事查清楚的话，先处理一下那个吧。”

“那个？”

“常木花了五千万日元买回来的那个恶心的东西啊。那只会说话的天使。”

“啊……”

青岸不由得发出了一声叹息。那样的东西也值得花上五千万日元，想想便心情有些阴郁。

“既然常木先生都已经死了，那东西也应该处理一下了吧。你应该很熟悉啊。毕竟是个受过天使祝福的人，你一定见过了很多对天使感兴趣的人了。”

“我可没有逢人便说我是个受到天使祝福的人。”

“可是，你被邀请到常世岛来，不就是因为这个吗？真是走运。”

政崎的口气里满含嘲讽，他完全看不起青岸。

可是，青岸本就无意要与常木王凯交好，也从来没向往过常世岛，对观赏那样的怪物也毫无兴趣。

——别把我跟你们混为一谈。

青岸差点把内心里的这句台词脱口而出。可是一想到这里刚发生了那样的事件，便决定多一事不如少一事。

“不过，也算是份难得的经历了。常木先生已经死了，也不知道接下来的常世岛会怎样。”

或许看到青岸不再回嘴，政崎的心情好了一些，便如此说道。

这时，报岛走上了楼梯，看到青岸之后，明显地现出了意外和惊讶的神情，并刻意地转移了视线。这副模样，和青岸在吸烟塔那里见到的他判若两人。

“嗨，报岛先生，我一直在等你呢。”

“啊，久等了。咦，青岸先生怎么也在这里呢？”

“啊……没什么。我来给政崎先生还他落下的东西。”

“是的。来，请进吧。”

政崎把报岛招呼到了房间里。没和青岸打任何招呼便关上了门。常木王凯才刚死没多久，他们到底要聊什么？

或许，正是因为作为中心人物的“他”死了，所以他们才要聊聊。

8

为了在晚饭前再抽一支烟，青岸朝吸烟塔走了过去，这时，在吸烟塔的附近碰见了大槻。

“真是巧了。你不是嫌来这里麻烦的吗？”

“是麻烦。不过今天有点特别。”

“特别？”

说完之后，大槻没有马上进入塔内，而是在周围转悠，像是在寻找什么东西似的，旋即他一脸熟络地笑道：

“因为，想着到吸烟塔来就可以见到您了啊。”

“什么啊。”

“实际上也的确见到了啊。光是这样，就有来的意义了。”

尽管此刻是在吞云吐雾的状态，青岸也知道他在说瞎话，应该也不会真有人信他那一套。

不过，青岸已经厌倦去认真思考大槻那无厘头的举动，估计他也只不过是因为失业才如此无聊罢了。

“你连晚饭也不做了啊。”

“小间井先生想办法解决了。而且，千寿纱也很会做饭。”

“那跟你做的不能比。”

“您怎么说了和小间井先生一样的话。他老是让我做饭，烦都烦死了。说什么，你做晚饭的话，大家会很高兴的，这才是待客之道。他这不是废话吗？我当然知道啊。”

“他说得没错，你有那样的实力。在这一点上，我是真的很佩服你。”

“哇，好开心。不过就算您这么说，我还是不会做的。”

大槻开心地笑了起来。这么一看，脱下了厨师服的他看起来就像一名大学生。比起穿厨师服，穿卫衣的他更令人印象深刻。

抽了几口之后，大槻把还很长的烟摁在了烟灰缸里。

“那我就先回去了。”

“这就回去了？你才只抽了一根啊。”

他看上去并没有因那一支烟已经得到满足的样子，那支烟像是他碍于对方的情面才不得不抽一样。

“看来您是个烟鬼啊。我基本上每次只抽一根就行了。”

“我也没抽那么多。”

“那看来我们都差不多，都要好好保护好舌头才行。”

说完之后，大槻便走回了常世馆。青岸目送着大槻的身影消失在吸烟塔的入口处，在听到常世馆依稀传来的关门声的瞬间，青岸从吸烟塔飞奔了出来。

青岸来到了刚才大槻所站立的那片地方。大槻的样子看起来总觉得哪里不自然，他刚才所站的地方一定有什么东西。

就这样，几分钟之后，青岸便找到了目标之物。

树根上散落着烟头，而且烟的牌子正是大槻抽的品牌。青岸和报岛抽的都是不同的牌子，这一定是大槻抽的。

青岸思考着大槻为何特意来这寻找烟头。他应该不会是因为需要这些烟蒂，而是想要处理掉这些，不想让人知道这是自己抽的。

这下子确信无疑了。大槻昨天晚上走出了房间，而且还来到了吸烟塔的附近，并且他不想让人知道这事。要是没做什么亏心事，没有人会想要特意来找自己抽过的烟头吧。虽然他那笨拙的撒谎技巧令人莫名地松了一口气，但怪异的地方总归是怪异的。

常世岛上有很多的谜，每个人都有自己的秘密。可是，在这里发生的那起杀人事件却又是如此简单，经不起任何的推敲。

远处传来天使的振翅声，它们只是随性地绕着屋顶飞上飞下，对于刚刚死去的常木王凯，看上去毫无哀悼之意。

青岸见此，不由想到，或许天国什么的，真的并不存在。

兜兜转转了整整一个下午，最后还是没有什么明显的收获。

就像是为了惩罚青岸的无能一般，常世岛上紧接着又发生了一起事件。

第四章　制裁开始巡回

1

次日清晨，青岸再次被一阵轻轻的敲门声叫醒。

揉着惺忪的睡眼看了看时间，他才发现现在刚过七点半。他在迷糊之中猜测着，正值早餐时间，或许是来叫人起床的。随后又想到，昨天的此时此刻也上演了同一场景，随后却被告知了自己意想之外的事件。

“青岸先生。”

门前站着的是仓早。可她看起来神情怪异。僵硬的面部与清爽的早晨极不协调，她的手在微微地颤抖着。

“很抱歉这么早打扰您。能麻烦您跟我来一下吗？”

“怎么了，发生什么事情了吗？”

青岸一边发问，一边揣测接下来可能发生的事情。她的脸上之所以会出现那样的表情，原因只有一个。

“政崎先生，被杀了。”

仓早如此说道，她的脸色极其惨白。

剧情和昨天早上一模一样，只是角色不同了。

和常木一样，政崎来久遇害的地点也是在他自己的房间。房间大小和房里的摆设用品与青岸他们的并无二致，较之一般的酒店要更宽敞一些。

房间里，政崎面部朝上倒在地板上。质量上乘的灰色绒毯，被血浸染得湿答答的。

政崎的喉咙处插着一根一米左右的长矛，细长且装饰考究。在他的周围漫着大片的血泊，形似天使的翅膀。青岸止不住地与这些恶趣味联想起来。

眼前的景象固然惨烈，不过让青岸更感疑惑的——

为什么杀人事件会连续发生？

天使所在的这个世界，连杀两人的举动竟然会被允许？

“为什么……为什么会这样……”

或许因为见到了血，此时的仓早一副将要晕倒过去的模样。伏见无法直视尸体，俯下了身子，就连争场也变得面部扭曲。至于天泽，他在昨天早上所表现出来的态度在此时想来像是假象一般，嘴巴正一张一合地抖动着。

“这是怎么回事？为什么，政崎先生他……”

争场艰难地从嘴里绞出声音。没有人给予回应。政崎那张脸痛苦地扭曲着，这是一张从心灵深处憎恶命运的人才会有的脸。

青岸环视着房间，只见桌子上摆放着两支年代久远的红酒——已开瓶的和未开瓶的——和玻璃酒杯，以及政崎爱喝的瓶装啤酒，还有芝士块和装着混合坚果的小碟。旁边的垃圾桶里，有被揉过的绿色包装纸和展开着的红色包装纸。

桌子的边缘处，放着一个插着酒塞的看似螺丝刀的物品。平时不爱喝红酒的青岸虽然对此感到陌生，但也知道这多半是一个开瓶器。

政崎是在此处与人交杯换盏时遇袭的。情绪不稳的他，应该需要借助酒精的作用才能安眠。

青岸试图找出是否还有其他可疑之物，却惊奇地发现找不出任何东西。这个房间里要说异样的，也就只有杀死政崎的那件凶器了。

那是一根代替天使来制裁人类，并使人类坠入地狱的长矛。

“太可怕了。为什么会发生这样的事情？”

伏见的这句话，令耳尖的天泽听到之后便开始对她发起责难。

“你只是个外人，所以现在是把自己当客人了吗？你可是头号犯罪嫌疑人啊。”

“不仅是政崎先生，连天泽先生您也怀疑我吗？真是难以相信。而且，就算你们在常木王凯被杀的时候怀疑我，但现在不是已经证实了我的清白吗？我并没有坠入地狱啊！”

伏见摆出了半是胜利者的姿态说道。对此，一旁的小间井茫然地说道：

“这说明你就是杀死主人的凶手了。”

“不，不是啊。咦，我怎么越来越不明白了呢……”

“不过，这下子事件算是解决了。”

宇和岛斜眼看着一旁无助至极的伏见，说道。

“什么意思？”

天泽用锐利的眼神瞪着宇和岛。可是，宇和岛却毫无怯意地回答道：

“刚才，我们分头去找各位，到处都没有看到报岛先生的身影。吸烟塔那里我们也去找过了，他也不在那里。”

宇和岛这么一说，青岸才发现原来报岛不在这里。其他人都到了，唯有报岛缺席。

“报岛为什么没有出现，大家应该都知道了吧？”

天泽像是听不懂似的，表情微妙地窥视着宇和岛。见无人回答，宇和岛便说道：

“他坠入地狱了啊。报岛就是杀死常木先生和政崎先生的凶手。”

宇和岛的这番话，让所有人现出了难以置信的表情。两人死了，一人消失了，又是这个简单至极的方程式。看来，天使的规则里没有例外。

“所以，杀死主人的凶手就是报岛先生吗？”

“有这个可能。”

对着内心开始出现动摇的小间井，宇和岛淡淡地做出了回答：

“此刻不在场的报岛先生如果是被他人杀死的话，杀死两人，杀人者便要下地狱的方程式便无法成立。常木先生已经被杀，凶手还能杀掉的只剩一人。现在，凶手自己也死了……虽然不确定下地狱是否就相当于死了。”

的确，宇和岛所说的不无道理。符合规则，没有矛盾。虽然不明白报岛为何要杀掉两人，但一想到常木只考虑自己全身而退，那杀人动机或许与此有关。

“青岸先生，您怎么看？我的推理怎样？”

这时，宇和岛突然把话题抛了过来。阐述完自己的看法，宇和岛挑衅似的盯着青岸，宛若发出了一张挑战书，挑战曾在宇和岛面前宣示要重拾侦探身份的青岸。

“你说得确实有道理。实际上，只要发生了连续杀人事件，就会有一个人坠入地狱，否则便有蹊跷。”

“看来名侦探并不完全同意我说的。”

宇和岛的言辞里略带嘲讽，青岸点了点头，随后指着仍然插在喉咙处的长矛说道：

“最让我想不明白的，是这把凶器。为什么要使用长矛呢？这么费劲的东西，明明还有其他的可选。”

“这是一起杀人之后便即刻下地狱的事件。凶手可能想要对此赋予宗教的意味。说到天使的武器，的确是长矛。报岛是因一篇报道天使祝福的报告而得名的记者，他已经深受天使的熏陶。或许以他独特的思考回路来看，使用长矛杀人可以免去地狱之罪。”

“真的吗？在我看来，报岛并不是一个会对天使那样依赖的人。对他来说，天使不过是他谋生的工具而已。”

“我们没办法揣测人在坠入地狱之前的心情，报岛现在不在这里，已经说明了一切。”

宇和岛似乎对此并无兴趣。在他看来，事件已经得到了解决。宇和岛知道这些客人之间所发生的纠葛及其原因，目前的状况也更坐实了他的想法。

可是，政崎被杀的动机仍然存疑。想要独自脱身的常木，被杀的理由不难得知。可是，政崎为什么也会被杀？至少，报岛和政崎两人之间看起来并不像是有矛盾。

“怎么会……那，真的是报岛……”

或许是完全相信了宇和岛的推理，天泽不禁发出了悲痛的声音。

见到天泽如此，争场终于忍不住笑了起来。

“怎么了，争场先生，有什么不对劲吗？”

天泽不悦地问道。

“没什么，就是觉得有点好笑。我也是听宇和岛先生这么一说之后才明白过来的，所以也说不了什么大话。可是天泽先生，您的专业不就是研究天国吗？不是应该早一点知道吗？还是说您最近和天使在保持距离，已经感受不到天使的气场了？”

争场的语气里满含嘲讽。不知不觉间，争场和天泽之间已经出现了极大的隔阂。

青岸突然想起，常木王凯的变心，或许原因在于天泽。如果真是因为天泽的助力使得常世岛上的这个团体解散，那也就不难理解争场那冷漠的态度了。天泽如果能控制住常木，这一切本就不会发生。

“争场先生，别这样！现在不是我们闹别扭的时候。”

“这么生气干吗？我只是觉得挺有意思的罢了。还是说，这是你不想被提及的地方？常木先生已经不在，不会有人责难你厌恶天使了。你可以做回你自己了。”

青岸没能听清楚争场最后说的那几句。因为在他说完之前，天泽已经上前一把揪住了争场的衣襟。

“闭嘴！你再给我多说一句看看……你自己不也……”

“请你们别这样！”

小间井上前阻止，硬是把天泽拉开了。

“现在不仅仅是主人，连政崎先生和报岛先生也被杀了。这种情况下，你们这样争吵是怎么回事……请各位都冷静一下。”

小间井用力地恳求着，天泽见状，也开始慢慢地调整起了呼吸。可是，流淌于两人之间的紧张气氛却没能就此散去。争场被刚才那么一弄，此时依然紧紧瞪着天泽。尴尬的沉默气氛再次充斥着整个房间。

“那个……这长矛，要不就把它拔出来吧？”

或许是为了打破沉默，仓早畏怯地提议道。

“不拔出来的话，政崎先生也太可怜了。”

仓早慎重地抓着长矛，纤细的手腕一动不动。

“别，你来拔的话也太危险了。让我来。青岸先生，可以麻烦您帮忙按住政崎先生吗？”

“为什么我是负责按啊……”

青岸一边发牢骚，一边顺从地按压住了尸体。为防止指纹沾在长矛上，大槻从口袋里掏出手帕后一使劲，长矛便被意外轻松地拔了出来。大槻把沾满了血的长矛放在了政崎的旁边。

拔出来后，才知道长矛的锐利，也难怪它能轻松刺破人的喉咙。它居然是意想不到的实用凶器。虽然刚才还以为用它很费劲，但比起杀死常木的那把短剑，长矛的杀伤能力看来远胜几筹。

矛刃的周围附着了大量的装饰物，就连毫无审美素养的青岸也觉得好看，总觉得好似在哪里见到过。

“啊，真是的，怎么想不起来啊？这东西，到底在哪里见过……”

“这是天使长米迦勒的长矛吧……之前放置在展览室里。”

或许是已经恢复了平静，天泽答道。被这么一说，青岸便想起来了，这根长矛，是那座大型石头雕像的所持之物。青岸当时完全被雕像吸引了注意力，全然忽略了长矛的存在。

原来那座石头雕像所刻画的天使是米迦勒。受到“降临”事件的煽动，此时的米迦勒让人见之只觉丑恶。

“常木先生将‘降临’之前就已为人知、源于圣经之中的天使，和‘降临’之后的天使进行了重组。他让人临摹有名的天使们，进而独创了自己的天使之像。其中，勇猛果敢又拥有美丽容姿的米迦勒深得常木先生的喜爱。可我却对这种将已经存在的天使和‘降临’而来的天使视为同一物的想法持谨慎态度。”

或许是受到了争场刚才的言语刺激，天泽滔滔不绝地言论了一番，以显示自己确是一名天国研究者。可是，他所说的并不重要。

“放在展览室的话，拿到这里来应该并不费事。”

争场说得理所当然。

“就算是这样，用那东西也实在是太奇怪了。那可是米迦勒的长矛啊，简直就是在和我唱反调似的。是在显示天使的制裁吗？又不是没有别的选择。该不会凶手就是米迦勒吧？为什么是长矛呢……”

天泽眼神恍惚，看起来一反常态地困惑不已。

不知是因为失去了三位可称之为伙伴的伙伴，还是因为与争场的关系变得紧张。不管怎样，此时的天泽看起来狼狈至极，平日的圣职者姿态已然全无，令人感到可悲。

“天泽先生，放轻松些。我们不是已经知晓了天使的规律吗？不会再发生杀人事件了。”

宇和岛又说了一遍，可天泽却像是完全没有听进去，大幅度地摇着头，声音僵硬地说道：

“不，还是太奇怪了！报岛不可能杀掉这两个人！难道你们就不觉得疑惑吗？一定发生了什么事情。有人宁愿欺骗天使，宁愿冒犯神，也要杀掉我们！这座馆里一定发生了什么……我们都要完蛋，都要被杀死。”

“你也太狼狈了吧。事情没你想的那么糟糕。”

实在看不下去的争场忍不住掺和了一句。

“你以为事情这就解决了？你真的这么以为？我真是受够了。这简直就是对神的亵渎！给我听好了，你们当中要是有谁想对我怎样，我也一样会把你们杀掉！我要亲手让你们下地狱！”

这情况可不妙，青岸不禁在心里泛起了嘀咕。天泽已经完全陷入了恐慌，真不知道他会做出什么事情来。有可能走入极端，杀掉一个人也说不定。

“谁会信啊！常木先生被杀，政崎被杀……犯人就是报岛？谁会信啊？我说什么也要马上离开这个疯掉的地方！”

说完这句话之后，天泽便迅速地离开了。随后传来的粗暴关门声，显示着他已经回到了自己的房间。

“我要代他给各位道歉。可能是因为我刚才说了那些奇怪的话刺激了他。”

糟糕的气氛并没有因为争场的大方道歉而得到改善。一段令人难忍的沉默过后，小间井开口说道：

“各位，请不要再继续这样互相猜忌了……已经死了两个人，还有一个人失踪了。就像宇和岛先生说的那样，凶手已经坠入地狱。事情不是到此结束了吗？”

和昨天一样，大家又因为一个设想的“已解决”而获得了安心。一度背叛过众人的这份“安心”，是否还应该再一次相信？

或是说，除了这句话之外，再没有其他言语能收拾眼前的局面了。

2

青岸一边在休闲室里喝咖啡，一边思考此时此刻作为一名侦探的本分。

刚才的结论，已经最为稳妥且具有建设性。如若再进一步思考，或许会像天泽那样陷入失常。

反正返程的船会在后天到来。坚信杀人事件不会再发生，肃然度过在这里的余下日子才是良策。围绕案件跑来跑去的侦探只会煽动起不安。比起查明真相，此时的有所不为可能会更好。

可是，若天使的职责是予人制裁，侦探的职责应该就是追寻真相吧。

为什么使用的凶器是长矛？为什么报岛会杀掉两个人？而且，凶手真的就是报岛吗？的确，如果不这么想的话，连续杀人事件也就不可能成立，可是尽管如此，还是有很多不解之处。

能够找出答案的，或许只有青岸。

如果赤城在这里，他会说什么？是静观，还是继续调查？他所崇拜的名侦探、正义的伙伴会作何选择？

可是，要是能知晓答案，青岸也不会跑到这座岛上来。

意气消沉之时，青岸的眼前递来一个装着三明治的盘子。

“青岸先生，您还什么都没吃吧？千寿纱可是很担心您呢。”

说完之后，大槻硬是把盘子推了过来。这么说来，仓早的确说过她今天也会给大家准备吃的，青岸完全把这事给忘了。

“所以，我替她给您带过来了。而且，还是我亲手做的。”

“你做的？”

青岸不由得发出了奇怪的声音，大槻坏笑着说道：

“啊，别怕，我没有下毒。”

“要是你已经做好了要下地狱的心理准备，我倒是佩服你。”

青岸抓着三明治，咬了一口。酥脆的面包伴随着浓厚的肉酱香味在嘴里扩散开来。

“这什么味道……里面是……”

“简单来说，就是加了番茄肉酱的三明治。即便是简单的食材，只要是我做的都会很好吃，不是吗？”

大槻的言语里面毫无谦逊，甚至可以说是桀骜不驯。可这话放在大槻身上，便也令人感觉贴切如他本人。

“看来这真的是你做的，能吃得出来。”

“是的。不过你为什么这么说？”

“你不是说过再也不做饭了吗？”

“我也说了可以只给您做啊。”

大槻紧接着立马回嘴笑着说道。

“既然做了一人的份，再多做点的话，有差吗？”

“当然啊，我讨厌一下子做一大堆饭，也讨厌做饭本身……太麻烦了。您知道我就是这么一个怕麻烦的人，我也就这样了。”

今天的大槻和昨天一样，休闲卫衣加牛仔裤。估计他刚才就是穿着这身衣服做的饭。灰色卫衣上，多个地方都溅上了肉酱的污渍。

感觉自己的态度正是大槻想要的，青岸便故意什么也不说了。于是，大槻便像吸烟的时候那样，开心地眯缝起了眼睛。青岸感觉渐渐摸透大槻了。

“啊，不过我本来也想给千寿纱做点什么的，可是她说她在工作间歇时有吃东西，拒绝了我。”

“仓早小姐真是了不起，在这种情况下也仍然辛勤工作。”

“所以我才来到您这里啊。青岸先生，您接下来还会继续调查的吧？我可以帮忙的。”

“你有听到宇和岛说了什么吧？”

“那些都是宇和岛医生为了圆场子说的，毕竟他是一名医生。可是，青岸先生，您不是一名侦探吗？您也可以说些什么的啊。”

“是否是医生，和他说的话是否是为了圆场子，这两者之间没有关系吧。”

“但是和负责调查案件的侦探有关系吧？”

青岸盯着大槻的眼睛看了几秒之后，叹了一口气说道：

“有件事想拜托你一下。”

“好，您尽管说。”

“政崎房间里那个看起来像是螺丝的东西，告诉我它怎么用。”

3

踏入被牢牢锁住的酒窖，一阵独特的空气伴随着独特的温度扑面而来。若能正常度过余生，青岸可能也不会有机会踏足这种地方。标本似的被摆放着的红酒，仅仅几瓶的价格就能抵上青岸好几年挣的。

大槻丝毫不顾忌地走了进去，打开了架子下方的抽屉。

“这里有您想要的东西。”

只见抽屉里整齐摆放着在政崎房间里见到的那种开瓶器。青岸比照着开瓶器的样子和牌子，并从中取出了一个。

“和这个一样，政崎房间里的那个螺丝。”

“什么？螺丝？看来青岸先生您真的是一点都不懂红酒呢。”

“少废话。你可以找个什么东西，用这个来打开给我看看吗？我想知道是怎么用的。”

“要说什么东西的话，这里也只有这些高价的红酒了。”

大槻扫视了一会架上的红酒，从中选出了一支。于是，他将开瓶器的前端插向酒塞，并试着将其拔出。

可是，本应好用的开瓶器却完全无法深插进去，一直在酒塞的前端徒劳地空转。

“怎么了？看起来好像开不了的样子。”

“是的，我犯了个低级错误。这是左撇子用的，我用不了。我是个右撇子。”

“拔酒塞也要看是左撇子和右撇子的吗？”

“主要在于转圈的方向不同，这还挺关键的呢。这种开瓶器的卖点就在于能省力地插进酒塞，所以如果往反方向转的话，阻力也会相应更大。”

说完之后，大槻取出了另外一个类似的开瓶器。像是掌握了方向盘一样，开瓶器在他手里转了几圈之后，伴随着酒塞碎屑的散落，开瓶器的螺旋针便完全没进了酒塞中。只听到瓶口处发出了“嘭”一声爽脆悦耳的声音，酒塞便被拔了出来。

“看，马上就拔出来了吧。一般年份久一点的红酒都很难将螺旋针插到底，这个开瓶器的话就可以。”

“酒塞的碎屑都掉到酒里了，这没问题吗？”

“把浮在表面的取掉就可以了。如果介意的话，还可以用茶滤过一遍之后再喝，这是侍酒师说的。”

“这样啊……”

“红酒的味道不会因此而被破坏的。”

接着，大槻从架子上取出了两个酒杯，给自己倒上一杯之后，便把瓶子递给了青岸。

“机会难得，我们把它喝了吧。虽然不知道您挣了多少钱，但我想这些酒估计您也是买不起的。”

“你老板死了之后，你就这么放肆了吗？”

“他可能在那个世界里不知道气成什么样，不过无所谓，反正我也看不到。”

青岸将瓶子倾斜，刚才掉落的碎屑伴随着深红色的液体一起注入了酒杯之中。即便是在昏暗的酒窖中，这颜色也显得格外鲜艳。青岸不顾浮着的碎屑，喝了一口。

“怎么样？”

“老实说，我不大懂。对我来说，这就是酒的味道。还是啤酒更好喝。”

“哈哈，您和政崎先生说了同样的话。要是被常木先生听到，他一定会很生气。不过话说回来，那帮客人里面，喝红酒的好像就只有报岛先生。”

“那，看来当时在政崎房间里的人应该就是报岛了。”

“应该是的。争场先生喜欢喝日本酒，天泽先生是什么酒都不喝。”

就这样，两人在无意识之中增强了“报岛就是凶手”这一说法的可能性。能让政崎信任到可以邀请至房间里喝红酒的人，除了报岛再也没有别人了。

“我知道了。所以就是报岛先生醉了之后，不小心用长矛杀了政崎先生，是吧？”

“这在推理小说中可以说是最让人扫兴的答案了。和怪癖之类的解释没有什么两样。”

“可是，如果不是因为酒劲之类的，一般人是不会故意使用长矛来作为凶器的吧，那东西也太不好用了。”

听到大槻这么说，青岸突然想到——

“是的，不好用。可是明明不好用，凶手却还是故意用长矛将政崎推倒在地上并杀了他。为什么要这样呢？如果要将事件现场弄成我们看到的那样，政崎就必须先倒地。报岛应该是在政崎死后立刻坠入地狱，他不可能是在政崎死后才让政崎倒在地上，再把长矛刺进去的。”

“也许很简单，有可能政崎先生醉了之后倒在地上睡着了。”

“喝醉了，这真是一个万能的解释。”

“您倒是说些我能听明白的话啊。如果真像您所说的，那到底究竟是怎么一回事呢？”

“用长矛刺死政崎的，有可能不是报岛。”

“什么？”

“报岛用某种方式杀掉政崎的瞬间，自己便也坠入了地狱，留下了政崎的尸体。将长矛插进尸体里，应该挺简单。不过除此之外，政崎喝醉这一说法也是有可能的。”

实际上，青岸并不想在这个时间点说这些。他都已经能猜到接下来会出现的对话。不出所料，大槻很直接地问道：

“啊，也就是说，还有别的嫌疑人，可为什么要用长矛来刺呢？求您快点告诉我啊。”

“啊，果然，你果然会这么问。正是因为这样我才不想说。你们这些人，总是凭着一点点线索就马上想要最终答案。听好了，就算是侦探，也一样不可能直接抵达真相。”

“啊，既然您已经说了还有别的可能，却不告知您的理由，这也太吊人胃口了呀。只告诉我可能还有别人，这也并不会让人感到奇怪啊。”

“所以我说了，侦探也做不了什么。最多就是扫清疑点。你要是崇拜埃勒里·奎因的话，去读他们的书就好了啊。光从一根长矛就能推断出谁是凶手，这怎么可能啊？”

“埃勒里·奎因？什么意思？”

“算了。我的错。”

眼前的人是大槻，不是赤城。青岸必须换一种方式来否定大槻对于侦探所持的憧憬。

“哎，其实我们都没有在想长矛的事情，虽然都在说报岛就是凶手，那是因为我们希望如此罢了。您说的肯定要比我们的靠谱得多。”

“是吗？那还是别推理了。到时候又弄出麻烦事来，可怎么办……”

如果报岛不是凶手，来到常世岛之后的第三天所发生的那种互相猜疑将会再次开始蔓延。弥漫着天国氛围的这座常世岛，再没有比“制裁已经降临”的说法更能息事宁人了。虽然青岸并不是因为来到酒窖之后才有此想法，但这一想法真的是对的吗？

看着青岸，大槻的脸上露出了难得的认真表情，并说道：

“我懂，青岸先生。我常常这样想——反正最后都要被消化，把食物做得好吃的意义在哪里呢？每分每秒我都处于这样的思想斗争中。”

“我明白你的意思，看来这不是我的错，你应该什么都不懂。”

青岸停顿下来并思考了片刻，随即感到一丝沮丧。大槻到底为什么要做厨师？可能这是最适合他，而且也很挣钱的一个职业吧。青岸不由得对这世上的厨师们产生了同情。

“别用那样的眼神看我啊。再怎么样，我在做饭的时候可是很认真的。秉持着作为一名厨师的正义。”

“厨师的正义？”

大槻没有回答，而是继续说道：

“就像不做饭的厨师不是一个真正的厨师那样，不解决事件的侦探也无法称其为侦探。您要是知道了长矛的秘密，请一定告诉我啊。毕竟，我可是您的助手。我不再催您了，只求您告诉我答案就好。”

青岸回过神来，才发现大槻已经喝掉了大半瓶酒。或许是因为喝得太快，他变得满脸通红。

“喂，你少喝点啊。”

“这里平时不是我管理的区域，现在能喝就多喝点啊。虽然我有这里的钥匙，但是随便乱喝的话，一定会被骂，还要赔偿。如果不是今天这样的机会，我平时是喝不到的……你看，这一杯就要数十万日元，想想就令人手抖。”

大槻说着含混不清的话，毫无顾忌地笑着。青岸想，常世岛给他的工资应该很高啊，为什么他还浑身透着一股寒酸？

“不过，也差不多了……再喝下去，就真的会吐了。”

“你要是吐在这里，不被骂才怪。就你这样，还当什么助手啊。”

“事到如今也不瞒您了，我自己的衣服除了这件就没别的了。要是我真的吐了，就要麻烦您把衣服借我一下了。”

“什么？你不是一直住在岛上的吗？”

“平时都穿厨师服……”

这么一说，青岸想起来，大槻连抽烟的时候都穿着厨师服。对于一个彻底厌恶麻烦的人，只穿厨师服这一点倒也很合理。虽然说不上对他完全改观，但青岸觉得这也说得过去。

“那你就去再要一件厨师服好了。我本来也没带几件，不想借给你。”

“厨师服都是小间井先生在管，我打死也不想去找他，还会被他知道我喝酒了。”

“不想被骂的话，就不要做这些坏事啊。”

“这话现在听起来，可够瘆人的。”

喝完了手中的酒，大槻终于坚持不住，坐在了地上。

“青岸先生，我看来是不行了。走不动了，您就别管我了，您先走吧。剩下的我自己看着办好了。”

虽然不知道他要怎么看着办，可已经醉成这样了，青岸也拿他没办法。不管怎样，已经知道了开瓶器的用法，青岸也没必要继续待在这里了。

“青岸先生。”

走出酒窖之前，大槻叫住了青岸。青岸还以为他会叫自己照顾一下他，于是回过头。可是，满脸通红的大槻一本正经地直视着青岸，说道：

“我能做饭的话，我就会做。您能揭开真相的话，也请您去做。侦探是正义的伙伴，不是吗？”

带着时间差的回应从醉酒之人口中说出，听起来无比的真挚。

“如果我是凶手，我会希望是您来教训我。”

“这可不是教训不教训的事，是要下地狱的。”

“那我可绝对不想，一定很热……”

大槻的声音渐渐微弱，几乎听不清他在说什么了。他可能就这样睡过去。不过这样也好。

大槻和青岸不一样，让小间井骂骂，也挺好。

4

“太过分了！您怎么可以在助手的危急时刻袖手旁观？”

一走出酒窖，青岸便碰到伏见，愤懑无助的她瞪着眼睛看向这边。

“要是没有这次的杀人事件，我可就要被指认为凶手了！不过，那个，我也不是在说我很高兴发生了这样的事情。”

生性认真的伏见，特意补充了这么一句。

“我可没有把你当助手。”

“什么？这里没有比我更合适的人选了吧。毕竟，我们有着共同的敌人。作为社会正义的组合，您应该和我一起行动才是。”

伏见情绪激动，她的眼里闪烁着炙热的光。

这份光，现在看起来已和从前不一样了。青岸知道为什么。伏见的身后有一位叫作桧森百生的记者，伏见会出现在这里，是因为继承了他的遗志。在这一点上，伏见和青岸很像。不，比起一度萎靡的青岸，伏见要积极阳光得多。

“唔，您还是不愿意吗？还在生气吗？还是说，您和其他人一样，也在怀疑我就是凶手……”

或许是青岸的沉默引起了伏见的不安，她战战兢兢地如此说道。

这场连续杀人事件，真的能去掉对伏见的猜疑吗？从动机来看，政崎接在常木的后面死掉，未免也太巧合了。再加上报岛也已寻不到身影，对于想要将这些大人物一网打尽的伏见来说，这应该是一个令人满意的结局吧。

问题在于这一切与地狱规则之间的关系。伏见还活着，也就意味着她没有连续杀人，但也有可能杀掉了其中一人。

青岸想象着伏见与人同谋，利用着杀人的机会。朦胧中想到，这样的经典推理小说似乎也是存在的。

“你真的不是凶手吧？”

“我是一名记者。虽然的确无法原谅常木，但我不会用刀杀人，我有文字作为我的武器。”

青岸只把它当成爱做梦之人的呓语。比起用文字改变这个世界，天使的制裁更为强大。在现如今的世道下，认为几篇报道就能将世界改变的想法，真是胆大又天真。可是，伏见的直率散发着耀眼的光芒……往往这样的东西总是会勾起青岸的感伤。

“所以，我是来协助您的。接下来要做的就只有一件事，对吧，青岸先生？”

“要做什么？回到案发现场吗？”

"这也不是不行，不过我现在有另外的想法。我觉得，我们应该巡视一遍常世岛，说不定能找出藏在什么地方的报岛先生！走吧，名侦探！果然只有记者最适合给侦探当助手了！就像约翰·H.华生那样。"

伏见说完之后，不由分说地挽起了青岸的胳膊。力量之大，令青岸一时不知该作何反应，好不容易才挤出一句话：

"笨蛋啊你，约翰·H.华生是个医生。"

今天的常世岛，晴空万里。而这样的天气并不受天使喜爱，盘旋于空的天使较之昨日也少了不少。

不过，这并不意味着天使的总数变少了，一走出常世馆，便可见散于四处的天使，这场景并不会让人感到愉悦。看到仿佛公园里的鸽子般拍着翅膀的天使们，青岸心里想，这些天使就不能少一点吗？

"看啊，青岸先生，这样的天气真是太妙了，太适合波洛侦探（**注：赫尔克里·波洛，是阿加莎·克里斯蒂所著系列侦探小说中的主角，一名比利时侦探**）了。盲探如您，请找出潜伏着的报岛先生吧。"

"你恐怕连波洛姓什么都不知道吧，尽说大话。"

青岸挤出一丝苦涩的表情，可是伏见对此却毫无反应。青岸想，看来我跟这人应该是不怎么合得来。

即便如此，青岸仍然决定跟随伏见一同前往，是因为她的观点有一定的道理。

如果政崎被杀的时候存在第三者，或者是第三者把政崎给杀了的话，此时的报岛可能正隐藏在这座岛上的某个角落里。因为在那样的状况下，报岛只要不现身，便可伪装成他已坠入了地狱。之后，他便作为一个隐形人在暗处活动。

如果能找到活着的报岛，那么刚才的前提以及事件的整个面貌将会被全面改写。既然如此，也就有必要不放过这座岛上的任何一个角落去寻找到他。

"您在这座岛上散过步吗？"

"没，我的活动范围也仅限于常世馆和吸烟塔之间。"

“这座岛状如一座坡度平缓隆起的山，常世馆位于山的上方。从港口到常世馆铺有一条路，除此之外都还是原来的模样。不过有些地方还留有之前的主人欲将其改造，却半途而废的痕迹……”

伏见一边看地图，一边说道。

“岛两端的直线距离，需要的步行时长是多久？”

“二十分钟左右吧。这里很小的。”

“作为私人岛屿来说，已经算很大了。可是，这也不好找啊……”

就算要找人，可在这常世岛上，能供人潜伏的地方实在是太多了。岛的外围有延伸进来的水湾、洞窟，若是想要深居不出也是完全可行的。当然，饮食饮水可能会有问题，但如果有人协助，潜伏起来也就不是什么难事了。如果要动真格去抓报岛，看来也只能趁他睡着或是大意的时候。

再加上，并没有确凿的证据表明报岛真的已经隐藏起来了。从某种意义上来说，这无异于恶魔的证明。报岛有可能正潜伏于某处，也有可能如料想中的那样已经坠入地狱。

“说不定，报岛他已经被杀掉，扔进大海里了。”

青岸像是自言自语似的，说完之后缓缓地摇了摇头，再继续这么推测下去也无济于事。

伏见并没有顾及此时的青岸，接着刚才的介绍朗声说了下去——

“岛上有三口井，可是好像都是枯的。如果井里有水的话，我当初也不会那么草率地闯进常世馆里了。”

“所以，你当时决定不再隐藏，来到常世馆之后是不是很舒服？”

“舒服是舒服……可也觉得很生气……不过，在常世馆里工作的大家都对我很好。就连当初抓我的小间井先生，接触之后才知道他是个很好的人。”

正义凛然如她，却看起来像是个易被人情左右的人。不过，闯入敌方阵营却被热情款待，由此生出些许感慨倒也不难理解。

“我们还是先定个目的地吧，总比现在这样盲目地走来走去好。先去最远的那口井吧？”

伏见敲着地图，提出了她的建议。不一会儿，青岸点了点头，伏见见状，脸上便绽放出了花儿一般的笑容。

“真的太好了。那我们走吧。说不定这下子能让我们往真相靠近一大步呢！”

两人花了十五分钟左右的时间，走到了井边。看来伏见刚才说，岛两端的直线距离步行需时为二十分钟，非常准确。

“这就是最远的一口井了。不知道是不是因为紧临着山崖，这口井特别深……”

尽管已有年月，水井仍然有模有样。不管是石造的水井本身，还是连着辘轳的滑轮，看起来都还没有遭到损坏。青岸摸了摸井绳，也比预料之中更为坚硬。最让人惊讶的，是井绳的长度。

因为，水井本就相当深。

水井上端的遮篷遮住了光线，使得要看清井底变得无比吃力。浑浊的空气加上微微的光亮，告知人眼前所见并非虚无，如若不是这样，可能只会让人觉得水井里怕是关住了一片黑暗。

这里之前应该有一定的水位。不过，即便是失去了泉涌之水，其深度也依然足以使其成为一件可以夺人性命的凶器。一旦掉落其中，必死无疑—— 一想到这，青岸便不由得心生胆怯。

“这，看起来是口没用的井吧。真叫人失望。”

伏见丝毫没有察觉出青岸所感受到的莫名恐惧，悠闲地说道。

“失望？掉下去可是会死人的啊。”

“不把身子探进去不就好了，比起这个，从山崖上掉下去还更让人感觉可怕呢。”

这次轮到伏见走近了山崖边。明明嘴上说着害怕，身体却还是不由自主地靠近，这究竟是为什么呢？想着她不会就这么掉下去吧，青岸不由得担惊害怕起来，却无意中听到一声欢快的叫唤。

“青岸先生！这里有一处凹陷，像是蓝色洞穴一样。”

“这里怎么可能会有那种花哨的东西？”

“您先别管它花哨不花哨，先下来看看——啊——”

这时，先行一步走下斜坡的伏见，突然像是静止一般。她不会真的发现了隐藏着的报岛吧？

青岸一边注意脚下，一边往下走，眼前出现了意想不到的场景。

“青岸先生，那里！那里有船啊！之前一直说这里没有船的！”

只见那里停放着的，是一艘看似极为昂贵的摩托艇。和水井不同，摩托艇看起来崭新如初，性能似乎很高端，足以满足有钱人的出海钓鱼之需。不过，应该是很久没有人使用，驾驶席上积攒着灰尘。

从直线距离来看的话，摩托艇和水井之间只有数米之遥。可是却没被发现，或许是因为没有人会特意到此瞧一瞧吧。

“太厉害了，看看我们都发现了什么东西啊！青岸先生，青岸先生，这样一来，我们就可以从这座岛上逃离了吧？这可是我们的功劳啊。”

伏见已经完全地兴奋起来，眼里闪着期待的光。

“青岸先生。不能只有我们两个人就这么离开！我们告诉大家吧！这样的话——”

“喂，等一下。”

“怎么了？您看起来好像一点都没有感到开心呢。我们可是能从这里逃出去了呀！”

“从座位来看，这艘艇只能供两人乘坐。再怎么挤也不能挤出一个位子了。这样的话，你觉得接下来会发生什么？”

听完青岸这么一说，伏见的眼珠子转动了起来。她应该是想到了什么，微微点了点头。

而且，这么一艘摩托艇，应该回不了本岛，估计最多也只能跑到距离常世岛不远的海中，或是附近的观光岛。

不过，尽管如此，这起码能让人与现在的周遭拉开距离。互相猜忌的一群人关在一个闭环的空间里，很有可能因为这艘摩托艇能带来的距离而引发一场互相厮杀。尤其是在见识过天泽的狂乱之后，很难断言这场厮杀不会发生。

“而且，小间井先生或是仓早小姐不可能不知道这辆摩托艇的存在。也有可能他们明明知道却故意隐瞒，以防发生什么事端。”

从驾驶席上堆积着的尘埃厚度来看，很容易判断出这艘艇一直被搁置着。估计从常木对天使的兴趣开始恶化时起，这艘艇就已经退役了。如果是这样的话，这座岛上会备着这么一艘艇也不正常。

“话说，你有摩托艇的驾照吗？”

“啊，我没有……不过，我乘坐摩托艇出海钓过鱼，然后因为桧森前辈喜欢钓鱼，我也见他开过。”

“那这些也不可能让你学会怎么开啊……这种开不好，那可是会整个翻过来的。”

“怎么会……那，就找人来开。”

“我记得岛上的这群人里面，好像就只有争场有驾照。他在一次吃早餐的时候有说过。你觉得他会给你开吗？怎么想我都觉得你到时候连坐都坐不上来。”

“那，看来这艘摩托艇也没什么用了。不过，好像根本就没有油，就算想悄悄走掉也走不了了。”

方才还很精神的伏见，眼见着失去了兴致。

“你本来是想离开这里的吗？”

“我实际上……不过，也有点。难道您不觉得害怕吗？”

没想到伏见这么老实地承认了自己的恐惧。她嘴里的那声“害怕”，令青岸的眼前出现了一个剪影——坐在青岸事务所沙发上的木乃香。

“这种情况下，有人被杀，已经少了三个人了……虽是我自己要来的，但现在我感到害怕了。我来这里的目的，明明是要揭露那些卑劣的杀人行径，可当这些真的发生在我眼前的时候，我却腿脚发软了。”

“谁都会这样啊，毕竟是杀人。”

“之前我以为不管怎样，只要有天使在就不会有事。自己是为了调查大规模袭击事件，所以才接触到了杀人和制裁，却没想到，我也有可能会被杀掉。这种感觉已经很久没有了。习惯真是种可怕的东西。”

天使降临以来，杀人这件事和人类之间，仿佛拉开了一层薄薄的膜。这层膜虽然无法感知，但应该有很多人从中获得了些许的心安。

这时，盘旋在离岸不远处的天使朝向这边飞了过来。伴随着刺耳的拍翅声聚集而来的天使，依然让人感受到了压迫感。正向摩托艇走近的伏见，突然发出了一声尖叫，夸张地跳着避开了天使。

“哇，怎么就突然飞过来了？是因为我们在说它们吧……啊，它们在看着我们。”

“天使是没有眼睛的。”

“它们那扁平的脸，还真是挺吓人的。如果带有一点表情的话……不过，应该也挺恐怖的。”

尽管天使的样貌令人生厌，但比起有五官、会叫的天使，还是现在的天使更好一些。

“如果天泽现在在这里，肯定又会拿出捣火杆了。”

“那场景应该很激烈。”

“我当时真是被他吓到了。他在电视节目上绝对不会靠近活着的天使，视线也总是躲避着，我曾怀疑他其实是讨厌天使的，没想到真的是这样。”

“怎么说呢，就好像种瓜的人不喜欢瓜那样。”

“不过，我也能理解他讨厌天使的理由。这个世上的天使，比起天国，更接近地狱。”

没有人见到过天使把人带往天国。人们见到的只是把人拖下地狱时，天使那细瘦的手腕。对此，人们做出了各式各样的解读。

不管是常木还是天泽，他们都沦陷到了天使的蛊惑之中。

这样长期面对天使，难免不受其影响。就连青岸，若仍然继续执着地追寻天国，对天使的爱与恨总有一边会失衡。可不管是爱还是恨，最后的结局都是地狱。

“这是什么？这些岩石上面，被打进了一些看似船桩的东西。”

青岸看向伏见所指，只见摩托艇旁边的一块岩石堆积的地带上面，等间距地插着几根像是搭帐篷时会使用的木桩。

“应该是供船停泊时候用的吧。这艘艇又不大，有必要用这么多船桩吗？”

放眼望去，能看到十根以上的船桩。这对于一艘小摩托艇来说，怎么想都觉多余。

“这艘艇还有船锚，而且可以自动把抛出去的船锚收回来，这可花费不少啊……”

伏见一边抚摸摩托艇，嘴里一边呢喃。她的眼睛里流露着对摩托艇的不舍，过了一会儿，伏见才把手从摩托艇上拿开。

“好吧，青岸先生。摩托艇这事，就当作只有我们两个人知道的秘密吧……至少在常世馆的人提起之前，我们都应该装作不知情，对吧？”

“看来你很清楚该怎么做啊。”

“决定来到常世岛的是我自己，我可不能当逃兵。这还是知道的。”

伏见仰着一张像是迷途小孩的脸，说话却毫不含糊。

两人继续向前，去看其他的水井。其中一口水井，一旦探出身体，手便可触底，还有一口水井和摩托艇附近的那口一样深，但不管怎样，两口水井都是枯的。没有在里面发现报岛的尸体，或许可以说是一件幸事。

“话说回来，你和我是坐同一艘船过来的吧。”

回到常世馆以后，青岸把伏见送到了她的房间。伏见在道谢的同时想把门给关上，于是青岸便像昨天那样用脚顶住了将要关上的房门。被阻止关门的伏见，眼睛一动不动地看向青岸，不情不愿地回答道：

“是啊。所以我见到您的时候真是吓了一跳。因为之前已经被您撞见过一次了。谢谢您那时候没有在常木面前提到我……”

伏见似乎有些尴尬，估计在她看来，那也是她该去反省的一件事。虽然青岸直到现在才觉得，那时候放过伏见是一个正确的判断。

“没必要向他报告那么蹩脚的跟踪。”

“怎么可以这么说?!啊，不过那也好。我求之不得……可是，您作为一名侦探，居然没有发现我和您在同一艘船上，这是不是说明我进步了呢？”

“胡说什么。人在工作和私人生活时候的注意力是不一样的。”

青岸的这句话看来并没有起到什么作用，伏见歪着头哧哧冷笑。

的确，青岸确实没有注意到。即便抹掉船很大和船上的工作人员只有仓早这两个事实，伏见也可以说是隐藏得极好。

“我想和你说的不是这些。把你叫来常世岛的人，有没有给你写信或是其他什么的，我想看看。”

“啊，有！我有带来。请等一下。”

青岸做了个小小的得胜手势，只见伏见从房间里拿出了一个看似极为朴素的信封。想要用这样一个毫无特色的信封来推断出谁是写信人，看来并不是一件容易的事。地址都是用打字机打出来的，工工整整，毫无破绽。

“信封里只有这两张纸和船内的地图。”

只见一张纸上用打字机打了这样一行字“想揭露常木的罪行吗”，另一张纸上的内容则是仓早在船上的时间安排。当然，这样的做法虽然无法完全保证写信人不会被发现，但起码也算是加强了一道防卫。

“还有别的吗？能成为发现写信人线索的东西。”

“您别开玩笑了。不过，写信人一定是这次来到常世岛的十个人里的其中一个。而且，知道这座岛上要办招待宴的就只有这十个人。”

“这说得也不是没有道理……”

可是，会因伏见的到来而获利的人是谁，青岸毫无头绪。对那帮人来说，记者是他们唯恐避之而不及的……要说伏见来到这里之后都做了些什么，估计也就是常木被杀时，她成了可被怀疑的对象。

这时，青岸突然冒出了一个想法。

万一那正是伏见被期许所要发挥的作用呢？

青岸想起了最先被投以怀疑眼光的伏见。

杀掉常木之后，如果趁机将伏见当成凶手的替罪羊的话——

“总之，这封信可以给您。请您继续加油找出真相！就这样。”

“喂，你的助手就当到这了啊？”

眼看伏见就要把房门关上，青岸不禁叫住了她。

“我在我的房间里整理我的思绪。没事的，青岸先生，您就算没有我，也完全可以尽一个侦探的所能……我相信您。”

“你这是在跟谁说话呢？”

“不是，唔，那个……”

伏见一副欲言又止的样子。至少在青岸看来确实如此。

可最终，话还是没有说出口，她用不明所以的笑容搪塞了过去。

最后，门还是被无情地关上了。虽然青岸也并没有那么想要一名助手，伏见不愿与自己同行也罢，但是总觉得有些东西无法释怀。往往那些硬是要出现在你生命里的人，总会有些不常之处。这是青岸从过往里习得的经验。

5

报岛的防范意识很强，他的房间是上着锁的。

在这次的事件中，信息密度仅次于案发现场的应该就是这里了。可是，常世岛的钥匙像酒店的那样，是卡式的，即便想撬门而入也无从入手。

正在青岸打算索性踹门的时候，传来了一声响亮的招呼声——

“请问您有什么需要帮助的吗？这里是报岛先生的房间……啊，不过青岸先生，您不可能弄错的……您是想进房间里面做调查吗？”

仓早面露难色地问道。站在她的立场，即便是在无法确定客人的安否的情况下，随意让他人进入，估计她也仍然觉得是不妥的。

“如果可以的话，我想进去看看……或许能找到什么东西，弄明白报岛为什么会做出那样的事情。”

“也就是说，或许能知道常木先生和政崎先生为什么会被杀害，对吧？”

“嗯，或许至少能弄清楚事情的动机。”

虽然青岸在说这句话的时候没有任何的依据，但此时如果不故作一些声势，看来是进不了房间的。

“唔，我知道这会让你为难，你可以帮我把门打开吗？如果不放心的话，你可以在旁边看着我。拜托了……”

青岸再三恳求，仓早苦恼了一阵之后，最终还是妥协了。

“好吧。我去把万能钥匙拿来。”

“可以吗？”

虽然是自己提出的请求，但青岸还是被仓早惊讶到了。

“我知道您这是为了调查……而且，为了确认报岛先生的安否，我和小间井先生已经进去过一次了……连我们这种对案件的解决没有任何想法的人，都已经侵犯了报岛先生的隐私。”

说完，仓早稍稍停顿了一下，然后便满脸笑容地补充说道：

“再说了，我可是您的助手。”

这已经是第三个自称为青岸助手的人了。老实说，这也是到目前为止，让青岸感到最可信赖的一位。

报岛的房间基本上和别的客人一样，没什么不同。不过，不知道是不是因为他已经习惯了住在这里，房间的使用状况看起来杂乱无比。脱下来的衣服散落于房间各处，家具也被大胆地变换了位置。地上还有倒下的空红酒瓶，简直就像是被当成自己家一样在使用。

“行李基本没有整理过，一直就那样放着，所以我们也基本上不会进里面来。报岛先生来过好几次常世岛，久而久之，就在这里住了下来。”

“就算是久而久之……可是东西乱成这样子，也是对房间的一种糟蹋啊。”

房间里充斥着报岛留下的各种痕迹，青岸一时之间不知道该从哪开始着手。可此时的仓早却不知为何看上去精神抖擞，她回过头说道：

“来吧，青岸先生。您想查些什么，请尽管交给我吧。别看我这样，对于打扫房间，我还是有我的一技之长的。说不定能找出什么线索呢。”

“啊……真的？”

“是的，青岸先生，请您尽管吩咐我这个助手。”

仓早面带笑容地说完这句之后，表情突然转为了严肃认真。

“常世馆里发生的这些事情，事态严重。在大家居住在这里的这段时间里，我希望能在照顾大家的同时，作为您的助手给您帮忙。如果我一个人不够的话，小间井也可以协助您。”

“小间井先生啊……”

常世馆的三个工作人员里，对于青岸来说，可能最捉摸不透的就是小间井了。和仓早一样，他看起来没有什么动机，也没有什么可疑之处。青岸和他的交集实在太少，很有可能漏掉了一些重要的东西。

青岸这略长的思考，被仓早视为了他对于小间井的怀疑，于是她脸上带着毅然的表情说道：

“您放心。我、大概还有小间井，我们都不是凶手。”

“有什么证据吗？”

“有啊，推理小说的二十个法则就是证据。根据法则所说，奴仆之辈不得是凶手，所以我从来没有像现在这样感谢我的身份。”

“你在开玩笑吧？”

“可能是因为我希望如此吧。”

仓早那完美的职业微笑和她的笑话实在不搭。不过，她想要缓和气氛的心情却是能真切感受到的。

“那，仓早小姐，你要是发现什么不对劲的就告诉我。可以理解成这是展开正式的推理工作前的调查。”

“了解！我会全力以赴的。”

欠了欠身之后，仓早便走向了洗手间，青岸感叹她对要害之处的判断如此果断，同时自己也走向了床的周围。

杂乱无章的床铺旁边，遗留着报岛的行李。软皱的双肩包里塞着香烟和手提电脑，除此之外，还有手账和一些换洗的衣物。

青岸随手打开了手账，只见上面详细地写着各种采访的日程安排，看起来并没有什么重大或特别的信息。啪啦啪啦地快速翻看之后，有什么东西从手账的封皮处掉落。

是一支钢笔。深蓝色的笔身加上金色的线，和政崎的那支很像。不过，细节处的高级感，却完全不是一个等级的，而且最重要的是，这支钢笔具有一些不必要的功能。

青岸再次检查了一下笔帽，并往左转动。于是，指尖像是转到了拨号盘一样，传来了咔嚓咔嚓的声音。青岸继续扭转笔帽，并将其抽了出来。

于是，钢笔里传出了报岛的声音。

“这个我来处理就好……我们还是说回刚才的吧。”

果然，青岸没猜错。这不是一支钢笔，而是一支形如钢笔的录音笔。一般这种东西都不会被用在正道上，老实说，看起来略显俗气。想罢，青岸便把耳朵凑向了录音笔。

“也就是说，政崎先生，您是真的打算从同盟这个组织里面抽身，对吧？”

“是的，离开这座岛之后，我一定……和常木之间的生意往来，我也会停止的。反正常木都已经死了，可以趁此做了断了。”

尽管青岸被“同盟”这个字眼模糊了注意力，但整段录音听下来，政崎说的“同盟”，有可能指的就是他们自己这帮人。

“让我一个一个地跟您确认一下，政崎先生，和您组成同盟的，有丹代先生、津木先生……”

就这样，报岛说名字，政崎对这些名字或是表示肯定，或是表示否认。

他们在说什么啊？青岸感到疑惑，突然听到录音里的报岛说——

“用不着后悔啊。要是没杀掉常木，不仅仅是我们，可能连争场他们也会没命的。常木简直就是被天使冲昏了头脑，这一点您可别忘了。”

“是啊……竟然会为那不明所以的怪物花费重金……常木他……”

“不仅如此，万一他醒悟之后变心了，然后把至今的所有事都坦白也说不定。那样的话，就全完了。”

“啊，说得也对。真是的……为什么会变成这样？那家伙还真有可能做得出来的……”

“要是他真那样的话，最先被出卖的一定是我，甚至我还有可能会被当成替罪羊。与其等着被宰，还不如先把他杀了，这也是理所当然的了。”

政崎回应着说了些什么。报岛的声音里夹杂着谄媚，说的都是些无聊的客套话。

“那今天晚上我们再详细地聊聊吧。没事的，政崎先生，我和你是同一个阵营的。”

录音到此结束。青岸检查了一下，看看是否还有别的录音，但看来也就只有这一段了。

没想到报岛竟然会说他和政崎是同一个阵营的。想到报岛在那之后的所作所为，青岸不禁感到一阵战栗。说出那句话的报岛，在之后用米迦勒的长矛杀死了政崎。

青岸对于录音的内容不甚清楚。不过，一开始的那句“这个我来处理就好”，青岸知道是什么意思。“这个”应该指的就是这支录音笔。借此一言，报岛成功从政崎那里获得这支录音笔。

在听到钢笔被调换成了录音笔后，想必政崎就已经失去了冷静，这种状态下的他，应该很容易被说服。就这样，报岛拿到笔的时候，就悄悄地启动了录音模式。

报岛为什么要这样做？恐怕是录音后半段的内容，可以用来威胁别人。和政崎联手的那些名人的名字，悉数在录音中被记录了下来。只要拿出这些，就算离开这座岛，政崎也无法违抗报岛。

“仓早小姐……”

“怎么了？”

“我要出去一会儿。这里就交给你了，可以吗？”

“好的，没问题。”

“谢谢。”

青岸带走了钢笔和手账，向走廊走去。

青岸要去的是楼下，刚刚才去过的伏见的房间。

6

或许是察觉到了空气中的异样，即使青岸按了门铃，伏见也没有开门。已经没有时间像上次宇和岛在的时候那样慢慢地磨了，青岸在情急之下，像是催债似的使劲地敲起了门。

“喂，这位助手！你是我的助手吧？给我把门打开！”

“别喊啊，别喊啊！被别人听到，您也会被指认为凶手的啊……”

伏见一边抱怨，一边把门打开了。于是，青岸朝她伸出了那支钢笔形状的录音笔。

“我就不拐弯抹角了。这是你的吧？”

“咦……这个，您在哪里找到的？”

“夹在报岛的手账里。”

“怪不得我一直找不到……真是的，那个臭记者……”

伏见咒骂着说道。

“所以，你当时看起来可疑的行动，就是为了找这个？”

“是的。前天，我在常世馆被抓到的那天，吃完午饭之后被叫到了常木的房间里。他问了我一些问题……或者说，他盘问了我一些问题？让我把在合作的那些媒体都告诉他。”

这一定是仓早所说的“制裁”了。

“我那时候很紧张，在包里乱翻。录音笔应该就是那时候掉的……要是被人看到这东西，有人要来调查常木这事，一定会暴露的。所以我就想着把它拿回来。”

“就你这样，还当什么记者啊？”

“翻包和记者的资质之间没有关系。这么看来，是报岛偷拿了我的录音笔了吗？看来真是不能粗心大意啊。”

“不，应该是政崎。他有一支类似的钢笔，应该是他拿错了。”

“是吗？不管怎样，反正没有什么差别。”

或许是吧，青岸有那么一瞬同意了伏见的这句话。可是，他现在想问的并不是这个。

“问题是这里面的录音。你听听，特别注意听后半段的那些名字。”

青岸开始播放录音，在报岛说完那些名字之后按了暂停，只见伏见睁大了眼睛。

“这些，都是和政崎有着不当金钱往来关系的企业的重要人物。而且，也是从袭击自杀事件里能够间接获益的人。”

“和常木结为同盟的这些人，看起来并没有意见不合的样子啊。”

“看来，那应该是真的了……”

“什么是真的？”

“听说常木打算取消他对政崎的支援。实际上，常木王凯接二连三地取消了对政崎经营的公司的资金援助。即便如此，他这次还是招待了政崎，我一直以为他们仍然打算维护彼此之间的关系……”

也有可能，这次的聚会是常木发出的最后通牒。如果他的想法无法如愿，即无法从同盟中全身而退的话，那么他将加大经济制裁的力度。

“报岛也说了他会被出卖……原来，就算没有我，有杀死常木动机的人还是有的啊，而且这动机更为强烈……”

“从这录音来看，政崎应该是已经被逼到绝境了。”

被取消支援是一回事，更让报岛他们感到危急的，应该是常木对天使日益加深的倾慕。如若常木对天使的信仰继续加深，很有可能会对他至今的所作所为生出悔恨，继而隆重地进行忏悔。这么想也不无道理。如若要在天使面前自问无愧，则要直面自己的罪孽。

“或许他们认为，只要杀掉常木的话，这一切就都解决了。”

“现在的人，谁都有杀死一个人的机会……估计他们就是滥用了这一点。”

“太可恶了。一群狼心狗肺的东西。”

伏见痛苦地说道，突然，她像是想到了什么似的。

“话说回来，这算不算是我的功劳？要不是我把录音笔忘在了房间里，我们也就不可能听到这段对话，也就不可能知道这些人对常木不怀好意了，对吧？这是我的功劳啊！”

青岸一时不知道该说什么。可能她说得没错，这么直接地被她说出来，让青岸感到有些不甘。拜伏见的录音笔所赐，漏掉的信息得以串联了起来，可是伏见本身其实并没有做什么。

“要不是我，报岛的动机可就一直被隐藏着了啊！这么一想，您不觉得我很厉害吗？对吧，青岸先生！对吧？”

“可是，这样就更弄不明白报岛为什么要杀掉政崎了。光听这段录音的话，两人的利害关系是一致的，他们不可能闹僵。报岛为什么要用长矛刺政崎的喉咙呢？”

“最后又回到这里来了吗？”

“至少明白了这些有钱人的杀人同盟之间出现了内讧。”

线索明显多了很多，可青岸却完全没有感到自己在接近真相。无论是报岛还是政崎，这两人无疑都是希望常木死掉的。在那间屋子里，到底发生了什么？

到最后，无从得出结论。唯一能说的就是，存活下来的争场和天泽，一定会因为常木王凯的死而感到开心。

在回到自己的房间之前，青岸再次走进了展示天使的那间屋子。

最显眼之处放着的那尊雕像的手上，长矛已经消失。

失去了长矛的天使雕像，不甚美观。本来的造型就如一只驼背的猴子，异常弯曲的手臂显露出了制作的粗糙。长矛原本只是挂靠在天使雕像的手臂上，这也就意味着谁都可以取下它。

除此之外，失去了长矛的天使雕像也全然失去了神圣的神之感，不知那位夺走长矛的人见到此状会作何感想。

7

走出天使展览室时，天已经快要黑了。

伴随着太阳的西沉，天使变得活跃起来，盘旋于窗外的身影也格外引人注目。尽管这座岛上发生了杀人事件，天使却不受其所动，依然只是盘旋于空，未曾想过将真相告知人类。

在知晓了有同盟这一事实之后，常木的罪行轮廓逐渐变得清晰起来。被邀请到这座岛上来的人们围绕着常木，不当地运用着天使带来的规则，将很多人卷入到了不幸的漩涡之中。

伏见仰慕的桧森百生所遭遇的，事到如今，除了认为是常木他们的所为，再无其他的可能。对于挺身与罪恶团伙抗争的桧森，常木和他的盟友们只不过是用当时的惯常手法解决了他。

杀死赤城他们的，应该也是这些盟友吧。一群为了阻止恐怖性自杀袭击的人，于这个同盟而言总是碍眼的，杀掉即可？赤城他们可能没想到，自己追求正义的所为，到头来却成了自己的死因。

不，不应该是这样的。如果赤城他们是有意被杀的话，常木不可能把青岸叫到这里来。那次事件，是一次真正的恐怖性自杀袭击。

因为正义而殉身，和因为不公不正而丧命，到底哪一个更让人容易接受？

这时，青岸的脑子里突然涌现出一个奇妙的想法。

赤城他们的死只是偶然，只要不是常木他们的所作所为就好。

青岸之所以会产生这样的想法，理由只有一个——常木已经死了，已经无法让他接受制裁，也无法对他进行复仇了。

意识到这一点的时候，青岸冲动到对着旁边的墙壁捶打了下去。到最后，他竟然希望从这样的想法中获得救赎。如果他在常木还活着的时候就知道这个同盟——那么刺在常木身上的那把刀，有可能出自自己的手。这一想法闪过之后，青岸急忙地摇了摇头。这不会是赤城想要看到的正义。身为侦探，青岸应该用正当的法律来施以制裁。

可是，青岸的心里面，怀抱着足以化身为那把短剑的念想，这份念想至今仍然在炙热沸腾着。本应以侦探之身来对事件展开调查，青岸却有了“常木王凯是个该死之人”的想法，甚至巴不得政崎和报岛在内讧之后双双坠入地狱。持有如此想法的自己到底算什么，还能算一名侦探吗？

如果仅是这样烦闷而已的话，那倒还好。

可当青岸进一步深思之后，总觉得那个同盟中还有一个人必须要接受制裁。

缘分真是个可怕的东西。青岸本想平复一下心情，进到休闲室之后，却碰到了自己现在最不想见到的人。

“争场先生……”

争场雪杉的身子陷在一张一人座的沙发里，他只是在眺望着窗外。在他的旁边放着一大杯咖啡，没有热气冒出，应该是放了很久一直没喝吧。

“啊，青岸先生。”

“你怎么会在这里？”

“我不想撞见在三楼走来走去的天泽先生。他整个人都变得很奇怪。在他眼里，除了他熟悉的小间井先生、仓早小姐，其他人都是敌人。尤其是我，备受厌恶。再这么下去，我被他杀掉也是有可能的。所以，我就来这里避难了，而且还可以喝到好喝的咖啡。”

尽管争场的语气里带着玩笑，却完全无法让人觉得他只是在说说而已。青岸只能希望小间井或是仓早能好好抚慰他。

望着冷静的争场，青岸心里想道——

确凿的证据的确没有。

可是，从到目前为止所获得的间接证据来看，争场并不清白。毕竟，他也是同盟中的一员。负责为恐怖性自杀袭击事件调动武器，并在最后开发出“茴香”炸弹的，应该就是争场，他在同盟中担当的就是这一角色。所以，“降临”事件发生以后，他的事业也依然保持兴旺。

半蒙半骗地做到现在，在这样的世道里实在是不简单。倒不如说，正是因为这样的世界，才成就了争场集团的兴盛。

争场就是青岸一直在寻找的“凶手”。

问题是，接下来该怎么办？离开了这座岛之后，有证据能证明争场的罪行吗？常木王凯的死，会将争场的恶事迹给暴露出来吗？能用法律手段来制裁他，给赤城他们报仇雪恨吗？

这些事情非做不可，但青岸也自知其难度极大。

能走到现在，本身就表明了争场是个不会留下丝毫破绽的人，他一定能够巧妙地躲过法律的追查。加之在常世岛上已经发生的事件，争场只会越发谨慎。所幸的是，同盟之中的主要关系人，除了天泽以外都死掉了，争场几乎可以为所欲为。这样一来，他便可以将自己的罪行隐匿，轻松逃过罪责。

若事情真的变成那样，留给青岸的将只有无尽的悔恨。

可是现在，青岸还有别的选择，那就是将此时毫无防备的争场，当场杀掉。

即便发生对抗，青岸也自认能够赢过争场这一对手，毕竟较之对方，青岸还有满满杀气的加持。如果此时不采取行动，离开常世岛之后，恐怕再也没有能够杀掉争场的机会。争场身居企业最重要的职位，少有这样独身一人的时候。

青岸的心脏跳动加速，开始出现耳鸣。杀掉他，这一念头毫不纠结地跳进了青岸的脑海里，青岸不由得对自己心生厌恶，尽管如此，想要杀掉争场的冲动却无法抑制。

“怎么了，青岸先生？”

“你……”

青岸开口说道：

“你曾经说过，天使是荒谬的象征，对吧……那么天国呢，你觉得这世上有天国吗？”

“不知道，我不清楚。”

争场毫不迟疑地说道，青岸继续问道：

“你不害怕天国或是地狱吗？我……我知道你们做的那些事情，你就没有罪恶感吗？”

此时不需要具体的描述，争场应该也知道青岸在说什么。因为先前还停在争场脸上的柔和微笑，此时已经消失了八成，本就严肃的样貌也因此而更显迫力。但即便如此，争场的语调依然平稳如常。

“我们做的那些事情吗？”

“是的。”

青岸在心里期望着争场会出于对过往所为的懊悔而主动供认。那样的话……那样的话，会发生什么呢？青岸会原谅争场吗？对于现在的青岸来说，“原谅”一词的意义，早已经变得模糊不清。

可是，有悖于青岸的期望，争场像是歌唱一般开始说道：

“我以前去过国外一个治安很差的街道。那里有一群跋扈的街头混混。这些混混每次撞见与他们敌对的另一群混混的时候，就会发生争端，场面极度吓人。”

青岸不知他话里的意图，便默不作声地继续往下听。

“毕竟这样逢见必起争端的情况不能一直持续下去，于是双方的代表便在街上划了一条分界线，往前一步或往后一步，即为彼此各自的领地。就像小孩子玩的划分阵营的游戏那样。这个做法意外地起到了稳固的作用。”

“争端消失了吗？”

“减少了。混混们对那条分界线保持着强烈的意识，并将其视为律令一般遵守。只要双方不照面，也就少了很多争端。之前都是因为没有什么基准，才生出了那么多无谓的争端。不过与此同时，有些东西也增多了。”

“什么？”

“惨不忍睹地凌迟杀人。有了分界线，双方便有了遵守的准绳，争端也随之减少。取而代之的，是一些消极且暴力的规矩，也就是，凡是越过那条分界线的人，无论遭受何种惩罚都不为过。听闻过详细的人，无一不对其中的荒谬感到难以置信。可是，分界线使得这一切变成可能。只要在自己的领地之内，便可为所欲为。他们的踌躇和罪恶感这些东西，在分界线的保护下都消失了。”

争场的口吻像是在授课一般，他继续往下说道：

“对我来说，天使就是这条分界线。”

“莫名其妙……你到底在说什么？”

“青岸先生，你不是问我吗？问我怕不怕天国或是地狱。你简直就像被常木先生附体了一样。或者说，就像被过度惧怕天使的天泽老师附体了。可是，我和他们都不一样。天使降临的时候，我没有坠入地狱，现在也依然。既然如此，我也就没必要去介意。”

“你知道你在说什么吗？”

“从前的我，应该可以说是一个会对天国或是地狱有所感应的人。

虽然是继承家业，但你也知道我们在做的业务都是与什么在打交道。我也曾一度感到惶恐，惶恐自己是否会让不幸在这个世上的某处发生。害怕一直做这样的事业，是否有一天会因此而遭受惩罚。”

争场的眼神出奇的平静。

“如果天使没出现，说不定在我身上会发生些什么。可是，我现在在分界线的这端安守着我的本分，所以不必负有罪恶感，也不必为死后的制裁感到恐惧。意识到这些后，我整个人便感到毫无束缚了。”

争场的话音刚落，青岸的身体便不受控制地朝争场扑了过去，他抓住争场的肩膀，力气大到足以在其身上留痕。争场虽然痛到面部出现扭曲，但眼神里的从容却丝毫没有动摇。

“你就是那个做出了‘茴香’炸弹的人吧？”

“你不觉得这个名字很好听吗？普罗修斯之火在‘茴香’炸弹的摇篮搬运下，改变了这个世界。那团火焰不会熄灭，如同神话一般。”

青岸继续抓着争场的肩膀，顺势将其按压在墙上，此时扼杀他的喉咙是一件轻而易举的事情。如此一来，青岸的复仇也便可以画上句号了。

“你要把我杀掉吗？仅有一次的杀人机会，你要用在我身上吗？”

在命都可能不保的情况下，争场却依旧淡然。话语的背后，其实是对青岸不可能下得了手的嘲弄。言外之意便是：我倒要看看你敢不敢杀掉我。

青岸想，或许真应该杀了他。就算杀了他，这也是属于在“分界线内的行为”。在争场所说的会获得神原谅的领域里，青岸还没有杀过人，不会因为杀掉争场而受到天使的制裁。这么一想，杀掉争场这事便变成了一件正确的事。只因不会受到制裁，便觉得获得了宽恕。青岸没想到能在这么短的时间里便理解了争场的方才所言。

可是，青岸的力气在渐渐变弱。明明心里是想杀掉争场的，没有半点犹豫，可手却无法动弹。

争场不由得笑了起来，这一切如他所料。于是，像是弹走一只虫子那样，争场用手推开了青岸的身体。浑身无力的青岸，顺势跌倒在地上。

“我会用正确的方式让你承受你犯下的罪孽。不管是花上几年，还是几十年，定会让你受到你该受的制裁。”

青岸一字一句地挤出了这些话。

“那还真是挺可怕的呢。不过，也总比你这样扑过来要好。”

“就算不是我，你也一定会受到惩罚，一定，一定会有那么一天的。”

“无能的人总是喜欢寄希望于神或是天使。没想到青岸先生也不过如此，真是令人失望。”

争场看似很开心，似乎很乐于看到处于绝境之中的人对于祈念的依赖。

“反正常木先生也已经死了。对于我们这帮人的嫌疑也到此终结。我从今往后也会收手，我已经回本了。”

争场边说边拿起了休闲室里的内线电话，打给了小间井，说他不想碰到天泽，让小间井派人来接他。

“啊——天泽先生，要是就那样自杀了的话就好了，不过千万别把我牵连进去。我还不想死，也不想去天国。我想活着离开这座岛。”

青岸还依然无法站起来，只是脸朝下地听着争场说着这些。他已经无法看向争场，可恨的是，无力和不甘让他几乎想要哭出来。

争场见到这样的青岸，不由得发出了轻蔑的一叹。此时，仓早刚好出现，她是来接争场的。看到坐在地上的青岸，仓早脸上虽然显出了担忧，但她什么也没有说，和争场一起走了出去。

被独自留下来的青岸，手上还清晰残留着刚才抓着争场的强烈触感。可是，就算时间倒退回到刚才，青岸可能也依然无法杀掉争场。

是怯懦，还是放不下作为正义伙伴的侦探之身？不管怎样，青岸都是无力的。

若要用一句话来形容那天晚上的感受，便是:那是一场比拼消化的比赛。

争场和天泽待在房间里闭门不出，剩下的包括青岸在内的一群人，在一片无法言喻的气氛中茫茫然地聚集到了餐厅，没有人说话，大家只是默默地吃着小间井端出来的速食食品。不知为何，大槻也毫无顾忌地混在其中。不过，或许是因为已经极度疲累，小间井对此没有发出一声指责。

争场和天泽若是一直就这么把自己关在房间里的话，倒不如说是件好事。这两人总是莫名地给人制造出紧张感。

“希望明天是好天气。”

唯有仓早说的这句话，让人感受到了些许振奋。

“天使应该不会这么希望。”

第二天早上，天泽齐从常世馆消失了。

第五章　乐园的天使不歌唱

1

“神到底是个什么东西？布下了这么多天使，自己却不现身。”

“降临”发生以来，曾有一次青岸在事务所不由得如此说道。那时候，待在一起的人是嶋野，青岸莫名地感到有些尴尬。嶋野在事务所的所有人里面属于理论型的一类人，即使“降临”发生的时候，也依然非常冷静。

可是，嶋野似笑非笑地“唔”了一声，思考片刻之后，开始说道：

“我想说件事。”

“嗯。”

“我以前看过一本小说。与其说是小说，不如说是一个很短小的故事。在一个地方，有一个无法映照在照片里的男人。虽然男人决定了不和任何人合照，可是他的好友们却并不当真，对男人的忠告不听不理，拍了很多他的照片。因为好友们注意到，他其实很想拍照。可是，和男人分开之后，好友们终于明白了男人的忠告的真正用意。”

“真正用意？”

“男人的忠告，其实是对好友们的良苦用心。好友们每拍一次照片，就会感知一次男人的虚无。照片里的身影缺失，便是男人的虚无证明，此处只会令人生出懊恼。虚无变成了照片上最浓墨重彩的一笔。我想，这世上的神或许也是如此。知其存在，却不见其身，也正因为如此，才可以无处不在吧。”

“也就是说——”

铺垫完之后，嶋野继续说道：

“神具有极强的自我表现欲。”

“哇哈。”

青岸不由得被他的直言不讳给逗笑了。嶋野像是一个恶作剧得逞的小孩，眯缝着圆形眼镜后的眼睛。

“我还真想见见这个神，看看他到底长什么样。如果是个像我这样不起眼的大叔，那倒说不定我会有点喜欢。”

“肯定不是什么好东西。啊，不过，听你刚才那么一说，感觉应该是个对外表很挑剔的人。”

“不然的话，也不会把这个世界和人类弄成现在这样。啊，本来还打算在赤城他们回来之前把这份资料弄好的，现在却什么也不想干了。”

“别想了，我们喝一杯去吧。今天的工作就到此为止。”

“会被石神井小姐骂的。到时候您又该不高兴了。”

“我才不会呢。”

“好吧，那我就陪您一起挨骂吧。我刚好弄到了一瓶好酒。您喝了它一定也会爱上葡萄酒的。”

嶋野很开心地拿出一瓶白葡萄酒。青岸记得，那天喝的那瓶酒的确很好喝。

2

吃完早餐，青岸正在吸烟塔处吸烟，这时，脸上掠过一道暗影。他抬起头，透过天窗看到了天使的翅膀，看起来天使像是正附在塔上。虽说并不会就此袭来，但被这般俯视，手里的烟好像也没有那么香了。

天使全然不顾上升的烟雾，围在塔的周围飞来飞去。

青岸无奈地从口袋里掏出方糖，从窗口扔了几颗出去。只见天使立刻飞离吸烟塔，朝方糖追逐而去。或许是因为嗅到了那股味道，其他几只天使也聚集了过去。这么一看，天使和那些大鸽子没什么两样。

虽然青岸对喂天使并不感兴趣，但这样一撒方糖，便可以将天使引诱到别的地方。不想看到天使的时候，这是最为简单的方法。只要准备几颗方糖，就可以获得三十分钟左右的清净。

青岸斜眼看了看用脸与方糖磨蹭着的天使，再一次回到了吸烟塔。

像是临摹报岛留下的烟草痕迹一样，青岸也在上面按下了抽完的烟。伴随着“吱”的一声，吸烟塔的门被打开了。

进来的人是小间井。一个不吸烟的人出现在这里，这可不大寻常。他那端正的脸，被烟味熏得现出了一丝扭曲。某种意义上，青岸已经大概能猜出接下来事情的走向。不出所料，小间井开口说道：

“抱歉，打扰您休息了。青岸先生，能麻烦您现在跟我来一下吗？”

“又是尸体吗？”青岸本想这么说，但还是只说了一句“怎么了”，并把烟头扔进了烟灰缸。

“天泽先生的房间，我敲门之后……没有反应。”

“应该还在睡觉吧？”

“如果是的话那就好了，可是按照平时，天泽先生在这时候应该已经起床了。”

这么一说，青岸想起来，他刚来到常世岛的时候曾在休闲室碰到过天泽。从早上开始就精力充沛的他，与之对比，现在的状况的确异常。

青岸想起争场昨天说的那些乱七八糟的话——被逼无奈的天泽要是自杀的话就好了。天泽所背负的过重压力，如果在不知不觉中崩坏的话……

“我们接下来会检查天泽先生的房间，希望您也能一起到场。”

连小间井这样的人都愿意如此直接地求助于侦探了，看来事态要比预想中的更为紧迫。于是，青岸匆忙地赶到了天泽的房间，只见仓早和伏见早已经在那里，还有宇和岛。

“早上好，青岸先生。”

“青岸先生，不得了啦，这会不会是……”

“你来这里做什么，快回去。”

青岸对伏见冷冷地这么说了一句，伏见的脸上明显地现出了受伤的表情。

“太过分了！您怎么不对仓早小姐和宇和岛先生也这么说呢？我昨天不是已经正式成为了您的助手了吗？”

“啊，比起自称为助手，现在却连个人影也不见的大槻，你倒是好很多……”

“好了，赶紧开始检查吧，事不宜迟。”

说这话的，是携带着诊疗包的宇和岛。青岸已经做好了面对最坏情况的准备，不由得屏住了呼吸。

在万能钥匙打开门的瞬间，仿佛传来了房间里空荡荡的气息。空无一人的房间，飘散着虚无的空气。像是对此进行证实一般，天泽的房间人走屋空，只剩下一个空壳。这是一间和其他的客房一样大的房间。

和那时候看到的报岛的房间相比，天泽的房间里几乎没有什么他的个人物品。桌子上，孤零零地放着那天在休闲室里看到的那本外文书。床铺也被收拾得整整齐齐。看起来天泽应该是自己离开的。

“看这样子，他不会是自己一个人回去了吧？不过这也倒像是他会做的。”

伏见茫茫然地说道。对此，小间井表达了不赞成。

“不会的，要到明天下午才会有船到这座岛上来。在那之前，谁都无法离开这里。”

“就算您这么说，可现在看起来，天泽先生把房间收拾得这么干净，他一定不会再回到常世馆了。”

伏见顶嘴说道，脸上的表情变得越发紧张僵硬。

“还是先把房间的各个角落都搜查一下吧。”

在宇和岛的催促下，小间井和其他人开始了对房间的搜查。这时候，伏见依然表情僵硬地朝着青岸靠了过来。犹如电波一样，青岸能够感知到她脑子里现在想的是什么。

“那艘摩托艇，摩托艇啊。”

伏见确信无疑地说道：

“一定是的。现在摩托艇一定不见了，天泽开着它逃走了。”

“的确，要逃出这座岛，除了靠那艘摩托艇也没有别的了。不过，天泽他有摩托艇驾照吗？”

“不知道，不过如果摩托艇已经不见了的话，说明他应该是有的吧。一定是的。”

“别这么武断。”

“我们悄悄地离开这里去看看吧，不确认清楚的话……”

伏见拉住青岸的手，青岸就那样跟着她走出了房间。反正天泽也不在这间房间里，去确认摩托艇是否还在，这个主意也不算坏。

伏见走在前面，青岸和她一起朝着西南方向的水井走去，并注意着脚下，以防掉下岩崖。

眼前看到的情况并非伏见说的那样，摩托艇依然停放在和昨天相同的位置。

更准确的说法应该是，摩托艇看起来虽然稍微有移位，但它依然在那里，并没有消失。

“怎么会？”

伏见一脸的不相信，但还是认真地对摩托艇开始了搜查。可是，狭小的驾驶席根本不足以藏匿一个人。

摩托艇的内部，看起来明显和昨天不一样。驾驶席附近的仪表盘上，有一小块被擦拭掉了尘埃，看起来很不自然。看来当时的情境还足以使得人有余力去注意到这个地方，又或许是出于某种洁癖。不管怎样，确实有人来过这里。

“有油了，有人给它加了油。”

伏见一边钻进驾驶席，一边喃喃说道。

“也就是说，想要逃走的那个人，最后还是决定不走了？为什么？”

“可能不是决定不走了，应该是走不了吧。”

说这话的，是小间井。或许是因为跑得匆忙，他上气不接下气。远处还看到了宇和岛和仓早的身影。什么悄悄啊，这不都被大家看到了嘛，青岸内心里不由得埋怨起来。

“两位突然跑出房间，我们以为发生什么事情了……为什么你们会到这里来……啊，不过这也不奇怪，你们发现这艘摩托艇了。”

看来小间井的确知道这艘摩托艇的存在。

“走不了？这是什么意思？”

“这艘艇无法远行。主人把常世岛买下之后，为了方便在小范围内走动，便买下了它……不过，天使也会跟着摩托艇一起走动。自从发现这个之后，为了让谁都用不了，这艘摩托艇的锚就被人为弄坏了。”

“人为弄坏了？为什么要这样……”

“为了确保在任何情况下，这艘艇都动不了。”

青岸无法对这句话付之一笑。这很符合常木王凯的做事风格。在他死了以后，他的形象反而更清晰。既然能对一只会说话的天使挥掷五千万日元，那让一艘摩托艇沦为摆设也就不足为奇了。

“本来一按下这个按钮，就会启动锚的起吊装置，但现在按下去之后，它只是在空转而已。就算开走，最多可能也就几十米吧。”

像是接替青岸还有伏见一样，小间井进到了驾驶席，认真地补充说道。

如果真如他所说，那么这艘摩托艇是无论如何也无法助人逃出这座岛的。从这里到附近的观光岛，就已经是十千米左右的距离了。给摩托艇加油的人，应该是在启动的时候才发觉锚的起吊装置已经坏掉了吧。

“不管怎样，如果起锚装置没有坏掉，他应该早就已经逃走了吧？真是难以置信。”

“他都已经变成那样了，就别这么说他了吧。昨天，天泽先生流着眼泪拜托我们，说他愿意做任何事情，只要我们能让他离开常世岛。他说再这么下去，自己会疯掉。从个人的角度，尽管我很想帮他……但我也实在没有办法……”

“那就让他疯掉好了。”

伏见愤愤地说道。

“抱歉打断各位……但我想现在应该不是讨论这些的时候。”

追赶上来的宇和岛没好气地说道。

“青岸先生，您也是的，一直待在这里做什么呢？”

“别这么说，这艘艇的驾驶席——啊——”

这时，青岸突然明白了宇和岛如此焦急的理由，他仍然拿着看似很重的诊疗包。摩托艇还在，天泽没有利用它逃出这座岛，那么天泽到底去了哪里？

“摩托艇要是开不动，大不了扫兴地回到常世馆就好了。可是，天泽先生却没有回来，还是说他回不来了？”

宇和岛表情严肃，他一定再也无法接受又有一个人丧命的事实。可是，这周围看上去没有留下什么踪迹。就算展开搜寻，常世岛之大，也会使得搜寻的收效甚微。这时，众人注意到，一群天使正围绕在枯井的周围。

天使在绝大多数情况下都是随性的，除了方糖以外，几乎没有什么能令其感兴趣。飞在枯井周围，很有可能只是它们无常的一种表现而已。

可是，这却引起了青岸内心的骚乱。

他想起了昨天俯视枯井时，看到的那团类似固体一般的黑暗。虽然井里没有火焰，但他却对此联想到了地狱。

昨天还在的水桶已经不见了。长长的绳索两端都断掉了，只留下几圈缠在绕线装置上。和摩托艇的驾驶席一样，水井较之昨日也发生了改变。改变，在现在看来真是一件可怕的事情。

“我们去那里看看吧？”

宇和岛指着水井的方向，坚定地说道。

即便是在走向水井的途中，青岸也几欲想要逃走，他真切地希望自己的预感不要成真。可是，宇和岛冷静得近乎无情地往井里探视，并用手电筒照着井底。紧接着，他轻声地说了一句：

“太惨了。”

青岸听闻之后，也朝井中看去。一股潮湿的恶臭袭向了鼻腔。腥臭味和甜味混杂着的奇妙味道。

“啊啊……”

青岸也不由得发出了声音。

井底有一具烧焦的尸体。

尸体的面部虽然已被烧烂，但从轮廓依然能够辨别得出来这是天泽齐的尸体。

一同朝向井里看去的仓早，险些要掉进井里，青岸赶忙抓住她的身体并把她拉了回来，只听到她用几乎无法听到的声音微弱地说了声“谢谢”。

“怎么会这样？为什么会出现第四个人？”

伏见抱着颤抖的肩膀说道。

“喂，宇和岛，这——”

“应该就是天泽先生了。虽然衣服和身体的表面被烧掉了，但体型和天泽先生是一样的。”

宇和岛说得没错，天泽比争场矮一些，烧得再焦，也还是能辨别出是他。

“不过我事先声明，我认为他不是被烧死的。仅是那种程度的烧灼，应该死不了。很明显那不是让他致死的原因。”

“那他的死因是？”

“隔得这么远，我也无法说出个详细。这口井的深度大概是十五米，掉下去就会丧命。不过，天泽先生有神的保护，就算掉下去，应该也只是骨折而已吧。”

宇和岛的语气里不无讽刺，表情里却没有霸气。被扔在一旁的诊疗包，仿佛散发着一股落寞之意。

青岸本想说“那你就靠近一点看啊”，但突然想到要怎样才能把天泽的尸体打捞上来。

这不是伸手就能够到的距离。把绳子绑在身上下到井里，倒是一个办法，但也有可能再也上不来。即便有可能会成为另外一具尸体，也应该下去吗？既然是一名侦探，那样做或许也是本分，青岸的脑子里瞬间闪过了这么一个念头。于是，青岸往水井靠近了一步，身体往里一探，顿时被一股不合时宜的甜臭味弄得头晕目眩。

换作赤城，他此时一定会下去吧。木乃香也会赞成他下去。嶋野可能会表达反对，但最后应该还是会由着青岸吧。这种时候，能想出犹如特技般的解决方案的是石神井，可是她不在这里。

青岸将身体的重心向着水井前移了些许。水井像地狱，被烧得半焦的天泽的尸体充分演绎了这一比喻。恍惚之中，青岸仿佛听到了赤城在说："下去吧——焦哥，您可是一名侦探啊，已经出现了四个受害者了啊。"

"您不能下去，青岸先生。"

这时，青岸感到自己被从后面抱住，身体被拉了回来。

"没有必要让您也置身于这样的危险之中。事件还没有结束，若是这时候连侦探也牺牲了的话，那可怎么办？"

仓早的声音虽然温和，眼神里却透露出与她反常的紧张，紧闭的双唇之间仿佛随时还会说出责备的话来。

"啊，抱歉……我只是不小心而已。这下换作是你来拉我了。"

"可能这话我不当说，可是您要是不多加小心的话，我会替您感到担心的。"

"没事，你说得对，我的确应该……"

"天泽先生的死，不是您造成的。"

仓早的话语里饱含的体贴和诚挚，让青岸脑子里出现的幻听瞬间消散。

"请不要为了获得线索而去冒险。这不是青岸先生您要去承担的。"

青岸松开了抓着水井边缘的双手，直视着仓早的视线。

"当然，前提是青岸先生您不是凶手。"

仓早轻声笑了，这次能马上知道她是在说笑。

"嗯，是啊……我既不是凶手，也不需要负什么责任。"

"对吧。"

青岸再次回头看向了水井，只见伏见并没有因为其他人的反应而感到害怕，大胆地往井里探出了身体。有那么一瞬间，青岸在想或许她就那样进到井里也未为不可。不过，就算伏见自己不害怕，以她的身躯而言，客观上也是难以把井下的那具尸体扛上来的。

"不过，为什么会掉进那里面呢？摩托艇不是在岩崖下面吗？为什么会掉进井里面呢？"

伏见像是对着尸体问话一般喃喃说道。

“或许有另外一个也想坐上摩托艇的人，两人为了谁能坐上去而发生争执。然后，凶手不小心把天泽先生推到了井里。”

小间井说出了他的推测。

“那也就意味着，这次的凶手其实并没打算杀掉天泽先生，只是偶然把他给杀了……”

“我认为是这样的……”

“总觉得哪里不对劲。如果是因为摩托艇发生争执，那也应该是在岩崖下面吧？为什么要跑到这口瘆人的水井周围来呢？”

青岸这么说了之后，伏见和小间井两人都沉默了。

“没有必要把摩托艇关联进来吧？”

插话的人，是宇和岛。

“也有可能他们并不是因为摩托艇而起争执。也有可能以摩托艇为诱饵，而引到水井这里来的。”

“为什么……”

仓早满脸疑惑，于是，宇和岛严肃地说道：

“凶手有可能一开始就预谋杀害天泽先生。可是，体格上的劣势让他想到了采用落井谋杀的方法。我并不是在怀疑在场的女同胞，只是做一个纯粹的猜测。”

“一开始就有预谋……”

“如果是那样的话，那么我认为，这第四起杀人事件的凶手和之前的谋杀没有任何关系。争场先生今天早上在他的房间里吧？”

“嗯，是的。争场先生在自己的房间里用了早餐……不过我没确认大槻是否在他房间里……”

“如果大槻先生还在的话，那就说明这次的凶手是初犯，还在神的慈悲保护范围之内。”

对于仓早的证言，宇和岛直截了当地说出了自己的想法。他刚从发生杀人事件的震惊中缓过神来，又要面对一起新的杀人事件，似乎让他有些生气。

“真的只是因为要杀掉的对手比自己体型大，所以才把对方叫到井边来吗？”

“我明白您的意思，青岸先生。的确，这种做法听起来很没效率，可是除此之外，我想不到还有什么理由需要特意利用这口井来杀人。”

宇和岛所说的不无道理，青岸却怎么也无法全然接受。常世馆里，难道就没有什么工具可供一个人杀掉与自己体格悬殊的人吗？

对这一疑问做出回答的，是小间井。

“遗憾的是，常世馆里，用于家畜的电击棒、射击枪、猎枪，应有尽有。有很多凶器足以弥补体格上的劣势。”

“这些东西都放在哪里？凶手有没有可能根本就不知道这里有这些东西？”

“摩托艇里加的油是放在常世馆外面的。如果能找到油，找到那些凶器也就不是什么难事了。”

对于青岸的提问，小间井冷静地予以了说明，并继续说道：

“而且，仓库的挂锁是坏的。”

“那仓库里的东西呢？应该把那些可以用作凶器的东西扔掉吧？”

伏见歇斯底里地喊道。

“所幸的是，仓库里的东西没有丢失。如果您想要扔掉那些会成为凶器的东西，我不阻止。”

“那当然啊！我当然觉得应该扔掉啊。青岸先生也会赞成这么做的，对吧？”

“你不会是以为接下来还会有人被杀吧？”

“您不也是吗？”

伏见的这句话，让青岸一时不知如何回应。真的还会有人被杀吗？

“不管怎样，我们还是先回常世馆吧。争场先生和大槻还在那里呢。”

宇和岛如此提议了之后，大家都点了点头。

“争场先生那边由我来说明。我会告诉他，天泽先生已经掉下井里死掉了。”

仓早面色阴郁地说道：

“不告诉他这是杀人事件吗？”

“那么说的话，他不就更加把自己关起来不出门了吗？”

宇和岛一边叹气，一边说道。

争场应该不打算再打开门出来了吧。回程的船在明天下午到来，不出门或许是最稳妥的。争场最警戒的天泽已经死了，倒不如说，事情的发展正如他所期。

“那，回去之前我想说句让大家安心的话。”

“安心？”

“这次是一具被烧了的尸体。所以，这既不是事故，也不是自杀。不过，这或许反而更让人安心一些。毕竟，凶手如果继续杀人，便要下地狱了。”

宇和岛说完了这些之前好像也说过的话，但是，没有人因此而感到安心。

已经死了四个人了。原来这个世上依然存在着连续杀人啊，在场的每一个人都亲历见证了这一事实。

3

被众人担心去向的大槻，此时又出现在了玄关处吸着烟。

“大槻！这里不能吸烟！要我说多少遍你才会听？”

“呜哇，怎么大家都在一起？小间井先生，您说的是不能在穿着厨师服的时候吸，可我现在穿的是便服啊。”

“和你穿什么没有关系！要抽烟的话，请到吸烟塔去抽，而且请穿着便服去！”

“我刚才是因为突然发现大家都不见了，担心得不得了，还以为大家都死了，所以才抽起烟来的。”

大槻低垂着眉头，说出了这些极不得体的话。虽然很不正经，但却切实地让人感受到了他的不安。

“天泽先生死了。作为常世馆的一员，你能不能有点自觉？”

“什么？天泽先生也？原来如此，怎么会……”

“如果你还有点同情心的话，那就去换身衣服，给大家做点好吃的吧。拿出你当初展示给主人的才能。”

“知道了。可是——”

大槻边说边急忙溜走了。被小间井这么训斥一通之后，他恐怕一时半会不会再从自己的房间里出来了吧。

回到馆里之后，仓早如她刚才当众所说的那样，走向了争场的房间。争场会是什么反应呢？

“那么，青岸先生，我们各自回到自己的工作岗位上吧。伏见小姐、宇和岛医生，虽然不知道你们接下来有什么打算，不过如果你们有什么需求，请随时吩咐。”

鞠了一躬之后，小间井便走开了。青岸从背后叫住了他。

“那个，常世岛接下来怎么办？”

“这个问题，我很难回答。”

任何时候看上去都绷着紧张神经的小间井，在经历了一连串事件的打击之后，仿佛一下子衰老了许多。

“我没有听主人说过，若是他不在世了，这座岛打算如何处置……或许他曾经考虑过把岛送给他的老朋友们，比如政崎先生，或者天泽先生……”

那两个人都已经死了。不过，常木和他们的关系本来就已经恶化。就算常木现在还活着，他也不一定真的想要把常世岛让给那两个人。

“或许常世岛会被卖掉，不过，我不确定是否会有人愿意买下这样一座充斥着天使的岛。”

“我相信会有很多人对天使感兴趣的。”

“如果能找到一个既对天使感兴趣，又能买下这座岛的人，那当然再好不过。再说了，吸烟塔那里烟臭味还那么重……啊，我开玩笑的。”

小间井脸上浮现出了与他不相称的微笑，他继续说道，语气里开始透露出颓丧：

“主人总是过分担心天使会离开这座岛，可是，天使真的会离开吗？我只觉得这座岛将会永远囚禁这些天使。就算主人不在……不，正是因为主人不在了，天使才更加不会离开这里。又有谁会想要拥有这样的岛啊？”

“你对这座岛没有留恋吗？”

“怎么说呢……我在这里只是为了伺候主人而已。”

小间井苦涩地说了这么一句。

“主人之所以变得那样倾倒于天使，是有缘由的。”

“缘由？”

青岸虽然这么问，但内心里其实是知道答案的。毕竟，小间井在这座常世岛上一直跟随着常木。

“主人本来就是一个做事情不择手段的人。正因如此，他才能从他这一代开始把事业做到如此之大。可是，我知道有一个东西可以将这一切都摧毁。主人对其深感恐惧，竟向天使谋求起了救赎。”

小间井所说的，应该和“茴香炸弹”有关吧，聚集到这座岛上的那五个人所犯下的不可饶恕之罪。

“我曾经有机会对主人进行劝阻，可我没有那样做。没想到最后主人却被杀死了……我没机会弥补我的过错了。”

“不会的。你现在不是已经在忏悔了吗？还有机会……”

“没有了，一切都完了。主人离世之后，常世岛、天使都会被抛弃，我再也没有机会……”

小间井缓缓地摇着头，脸上透着一股微妙的郁结情绪。仿佛常世岛的终结，等同于他人生的终结一般。

“你还在照顾那只会说话的天使吗？”

“谈不上，天使根本就不需要怎么照顾，没有什么我们可以做的。”

小间井在说到天使的时候，视其为一项工作，从他的话语里感知不到一丝热度。

4

休闲室里空无一人。青岸突然有点怀念曾经在这里优雅放松的天泽。虽然并非希望时光倒退回到那一天，但也并不希望是目前这样的一个局面。

青岸泡了一杯高级的咖啡，故意往里面扔了几颗方糖来糟蹋它。飘上来的甜美味道让人想到了那口水井，青岸不由得感到泛起了一阵恶心。越看越觉得咖啡的黑和井里的黑很像。他嘬了一口，旋即便后悔了。这种东西，也只有天使会喜欢。

烟也抽了，咖啡也喝了。可是，青岸却觉得眼皮越来越沉，不由得想道，自己还没解决掉任何问题，已经眼睁睁地看着四个人在自己的眼皮底下丧命了，可自己却什么用处都没派上。

青岸感到身体越发沉重，逐渐陷进了沙发中。或许咖啡里被加入了安眠药，可是此时的困意又是如此自然。

所以，青岸只能将其理解为这是自己在逃避现实，并越发自嘲地觉得自己不配为一名侦探。

青岸做了一个梦，一个很适合用来逃避现实的梦。

他梦到了青岸事务所，赤诚不知道在那里读着什么书，木乃香在床椅上睡着，嶋野和石神井不知道去了哪里，应该很快就会回来的吧。

“焦哥，我明白了。”

赤城突然说道。

“明白什么？”

“即便有天使，那也并不意味着就不需要侦探了。”

明明应该是个美梦，为什么会出现天使？或许，天使也是美梦的一部分吧。赤城的话，听起来实在让人振奋。青岸甚至忘记了挖苦他，只是追问道“你在说什么啊”。

“连续杀人事件不再发生之后，杀人变得不再有条件的限制，坏人会自动地受到天使的制裁。这样一来，的确没有侦探什么事了。”

“对啊。”

“可是仔细想想，侦探的工作，是要让那些遭遇到不幸的人获得幸福。也就是说，不管有没有天使，侦探的工作一直都在那里。”

赤城合上书本，看向青岸。

“天使有给谁带去过幸福吗？回答不上来吧？既然如此，这个世上就算有天使，最好也应该还有侦探，至少我是这么认为的。”

充满着理想主义色彩的一番言论，让青岸从梦中醒了过来。

侦探本来就没有制裁他人的权利。侦探就算指认出凶手，也是由司法来进行制裁，就算后来司法被天使取代，侦探的本质作用也并没有发生改变。毕竟，侦探是一个解决案件，并指引人们走向幸福的角色。

不对，这一前提就已经过于理想化了。再说了，赤城本来就对侦探这一职业持有偏袒，他说得不免有失偏颇。

青岸长叹一口气，举起手上的手机看了下时间，才发现已经睡了差不多一个小时。

“还没听说过有哪个侦探在办案过程中打瞌睡的。”

青岸把视线斜往一边看去，看到了一脸无奈的宇和岛。真是的，竟然碰到了现在最不想碰到的人。

“为什么没有侦探在办案过程中睡着呢？办案的时候不是比平时更累吗？应该更容易打瞌睡啊。”

“首先，侦探是认真且诚实的，所以不会打瞌睡。其次，侦探是完美且超能的，所以不会打瞌睡。最后，在休闲室里打瞌睡，有可能会被凶手杀掉。这样的话，青岸先生，您能在这里睡了一觉，看来都应该是拜天使所赐。”

“如果不会发生连续杀人的话……”

“对，毕竟也有可能有人愿意即便会坠入地狱，也要把您给杀掉。”

“你别开玩笑。”

“我是认真的。”

宇和岛的声音里渗着怒气，他应该是在责怪青岸竟能如此大意。眼皮底下已经有那么多人丧命，不把话说重一些的话，青岸或许不会感受到他在生气。青岸越来越觉得自己给宇和岛添了很多麻烦。

“我做了一个美梦。”

“是吗？是得到什么启发，让您可以轻易指出谁是凶手的美梦吗？”

“那怎么会是美梦啊……”

“那，您的美梦是指什么呢？”

“一个否认侦探在这个世界上是没有意义的梦……梦里的人说，侦探是给人带去幸福的，说这是天使无法做到的……”

青岸知道，和宇和岛说他做了一个好梦之后，一定会更加激怒宇和岛。可是，他却没能忍住。

说完之后，宇和岛不知为何笑了一笑。

“你笑什么啊？”

“没什么，就是突然想到了以前。这是赤城说的吧。”

“什么意思？”

“赤城也说过同样的话。您应该是记住了，所以才会在梦里想起来的吧。”

青岸一时思绪混乱。宇和岛究竟在说什么，赤城说过和刚才梦里一样的话？不可能。青岸从来没有听他说过。

“‘降临’发生之后，不知道过了多久，赤城在调查离奇死亡事件的时候说过同样的话。他没和您说过吗？”

“不知道，没听他说过。”

青岸只记得，那段时期无比忙碌，都没怎么和赤城好好说过几次话，不可能听过赤城和他说过这些。

宇和岛的脸上现出了少许疑惑，没过一会儿便点了点头。

“也有可能他的确没和您说过。毕竟还有天使。”

死了的人不会通过梦来传递什么，梦，只是人们的一厢情愿而已。至少青岸是这么认为的。

青岸不可能听说过的那些话，通过梦境告知了他，但他并不认为这就证明了天国是存在的。这次或许只是一个偶然，也或许他真的在什么地方听说过这些话。不可能存在一个死后的世界，让赤城可以把他关于侦探的一些思考传递出来。

这个世界不会如此温柔待人。

尽管如此，青岸还是站了起来，沉默着走出了休闲室，去做天使无法做到的事。

5

小间井提到的仓库，位于常世馆外面，与吸烟塔相对。

仓库是一间狭长的小屋，或许是为了防潮，整个被涂上了干净的清漆。如小间井所说，锁是坏的，谁都可以进去。

只见里面有绳子数捆、铲子、水桶、一支猎枪和一根用于牲畜的电击棒。

比如那根电击棒，看起来可以使得体格即使不如天泽的人，也能用它令天泽落入井中。

室内的墙壁因为年久已经褪色，只有一块A4纸大小的地方还保留着原来的乳白色。像是直到不久前，这里还贴着什么东西。

即便是少了什么东西，作为外人的青岸是看不出来的。而且，也没有东西可以告知仓库里本来都有些什么，说不定连小间井他们也不清楚。

所以，青岸现在要做的，便是从这里借出他的所需之物。

青岸拿走了仓库里最长且最结实的一整捆绳子，然后便朝着摩托艇所在的位置走去。在暮色笼罩下，白色的摩托艇披上了橙色的外衣。驾驶席看上去并无异常。

青岸的目标物，是船附近的那些船桩。他放下了扛在肩上的绳子，将其逐个绕过那些船桩。

船桩之间的距离，于泊船而言明显过近。将绳子穿过这些船桩之后，绳子便被完全拉长了。船桩总共有十个，全部穿过的话，绳子的长度应该会有十二米左右。这么实际操作一番后，青岸却越发不明白这些船桩的用途了。

最后一根船桩几乎是垂直打在岩崖上的。抬头仰望，甚至能够看到水井的遮篷。

正是这时，青岸注意到岩崖上有两个同样的船桩，这两个船桩比岩石堆那里的船桩还要粗一些。将绳子穿过它们之后，绳子便像是沿着岩崖往上爬着一般。

看到这般景象，青岸突然萌生了一个奇妙的想法。他拿起刚刚穿过船桩的绳子一端，沿着岩崖往上爬。于是便看见远处也出现了绵延排开的船桩，就像小孩子玩的翻花绳游戏那样，长长的绳子蜿蜒在船桩之间并将它们连了起来。

如青岸的直觉那样，水井的附近也有六个船桩。或许是为了尽量避人耳目，这几个船桩的位置被安排得较为隐蔽。青岸慎重地将绳子穿过它们，连接着水井和摩托艇之间的绳子便画出了半圆状的轨道。

这到底是怎么回事？青岸把浮上来的疑问打消之后，新的疑问又浮上来，他不断地修正着自己的想法。可是现在要思考的重点是，这些绳子到底可以做什么用？

青岸想到了掉落井底之后破碎的吊水桶。如果沿着这些船桩将绳子展开，便可以将吊水桶和摩托艇连接起来，那么，操纵摩托艇的人便可以将绳子从水井处拉开。有了这个装置，到底会怎样呢？

青岸看向摩托艇。公然宣称自己持有船舶驾照的是争场，会不会昨天移动这辆摩托艇的正是他？看到开始逐渐失去冷静的天泽，争场感受到了危险，所以无论如何都想从常世岛逃出去。如果那个时候，争场知道岛上还有这艘摩托艇的话，他会采取什么行动呢？

既然今天的天气如此晴朗，那么昨天晚上的月亮应该很皎洁吧。正是在那样的月色之下，争场悄悄地前进，只为了不让任何人知道他要逃离常世岛。

可是，争场在没有注意到别人利用船桩而精心布下绳索的情况下，发动了摩托艇。如果连接着吊水桶那一方的绳子被做成了断头绳，并挂在被电击棒击晕的天泽的脖子上……

凶手能让争场杀掉天泽。

青岸旋即又对这一想法予以了否定。如果那样的话，天泽的身体便必须暴露在水井外头才行。就算连接着绳索的吊水桶没被人注意到，天泽那么大的一个人倒在水井附近，肯定会被人发现。那么冒险的事情，不可能成功。

或者，水井的作用正在于此。事先将脖子上挂着绳索的天泽放入水井里的话，便不会被争场发现。这样一来，水井的用途便一清二楚了。

“啊，不对。那不可能。”

青岸故意发出声音来否定自己的想法。

这口水井的深度就有十五米。若是将脖子上挂着绳索的天泽放进水井，在进入水井的时候，天泽就已经死了。这是毋庸置疑的。如若井深是人的脚可以够得着的深度，刚才的那个计划倒还可能行得通。

青岸知道自己快要触达谜底，却全然没有感受到作为一名侦探的成就感，仿佛觉得自己只是解了一个谜。可是，依然还差最后那一步。

以前，他完全没有猜到赤城的出身。从细微的线索，犹如魔法一般将全部的事实真相呈现出来，直到现在他都还觉得不可思议，那只能是一个美丽的童话而已。可是，现在的他却是如此地渴望那份魔法。任何一种形式都行，他只想知道答案。

青岸带着一种祈祷的心情，再一次看向了水井里头。有别于早上的是，这一次，青岸闻到了一股飘上来的腐臭味。被放置于这样一个地方，更是加快了天泽的尸体的腐败速度。

没有吊唁，葬身于黑暗之中的天泽，如同坠入了由这一切构筑起来的地狱一般。明明是那般抵触、畏惧天使的一个人。一想到天泽在天国研究领域是那样的随欲而为，青岸便觉得如今的结局，或许真的就是对他的一种报应。

过深的水井、跌落的尸体。葬身于连尸体都无法回收之地的天泽齐。

这时，青岸的脑子里突然浮现出了一幅奇妙的景象。

他感受到了手心里慢慢传来的热量，他知道这股兴奋的一反常态，但依然跃跃欲试并认为那个方法可行。

突然间，天使停靠在了水井的遮挡蓬上面，脸朝向夕阳的方向，细细的脖颈频频地弯向一边。映无他物的瘦削脸庞上，被夕阳的余晖照耀着。

几秒钟的沉默过后，青岸听到了仿佛能将空气撕裂一般的通透叫声，和在地下室里听到的叫声一样。或许这只是青岸的幻觉，也或许是海那边传来的声音。

即便如此，青岸感觉这才算是祝福。

6

“你这是在当门卫吗？”

“是啊。不做厨师之后，总得找个替代的工作来做才行。”

返回常世馆之后，青岸又看到大槻在玄关前抽烟。抽成这样，先不说对他舌头的影响，光是健康状况就足以令人担心。明明说过为了遇见青岸所以才到吸烟塔吸烟的这个人，真是什么时候都是满嘴胡言。

不过，这些都已经不重要了。青岸知道他那时候说的也不过是客套话。

“算了。我找你有事。”

“怎么了，是想吃什么东西吗？”

“你拒绝做饭，是在常木王凯死了之后。因为你知道，在凶手仍然潜伏着的情况下，继续做饭是有风险的。”

“是的，没错。之前不是发生过牧师制药杀人事件吗？那次事件在厨师之间传得沸沸扬扬，也因此食材仓库的门才上起了锁。再没有比这更麻烦的事了。”

“你最后把钥匙还给仓早小姐他们了吗？”

“还没。千寿纱叫我先拿着。我不是还给您做了三明治吗？”

“是啊。很好吃。”

尽管卫衣上还沾着黏稠的污渍，大槻还是给青岸拿来了三明治，青岸清晰地记得当时所感受到的开心。

“常木王凯一死，你便完全不在公众场合做饭了。你说过，你不喜欢这些烦琐的工作，所以不再做饭也并不让人觉得奇怪。可事实并不是这样。因为你就算想做饭也做不了。”

大槻把手里的烟踩在了脚下。软皱的球鞋踩上去之后，发出了轻轻的“呲”一声。

“哈，您在说什么啊？什么叫我想做饭却做不了？您刚才不是说了好吃吗？”

“准确地说，应该是你在小间井先生面前做不了。你做饭的话，小间井先生和仓早小姐便需要服务大家用餐。如果那时你没有穿厨师服，便会遭到责备。”

大槻的视线极其自然地看向了自己身上穿着的卫衣，他在常木死后的第二天开始便一直穿着。那是一件毫无设计感的卫衣，应该洗过几次，肉酱的污渍看起来变淡了许多。

“我就不拐弯抹角了。常木死的那天晚上，你是不是弄脏了你的厨师服？而且是那种难以洗掉的污渍。”

“难以除掉的污渍？”

“是的，比如血迹之类的。”

大槻的圆眼睛迅速地眯了起来，他的喉咙在轻微地抽搐，这一切都没能逃过青岸的眼睛。

“如果穿着沾血的衣服，那怎么看你都会被认为是杀死常木的凶手。所以，你只能脱掉一直穿着不换的那件厨师服。”

“太过分了，我可是每天都有洗的，晚上洗好，睡一觉就干了。”

“这么节俭的啊。”

“不过厨师服这种东西，常世馆里很多。我换一件新的不就好了？”

“不，你不能穿新的。那件软皱的厨师服，你从来没换过。如果在杀人事件发生之后的第二天就换上一件新的，这一定会让人起疑，让人觉得你一定做了什么会把衣服弄脏的事情。”

如果真是那样的话，说不定就连青岸也会怀疑大槻。

可是，他如此彻底地不再穿上那件常穿的衣服，也一样显得不自然。之前在酒窖时，他想跟青岸借换洗衣服的举动也很奇怪。因为他就算弄脏了自己的衣服，还有厨师服可以穿。

“我在吸烟塔附近找到了你吸的烟的烟蒂。常木死后的第二天，你在找的就是它吧？为什么要找那东西？”

“当然是因为觉得把垃圾扔在吸烟塔那边会有罪恶感啊。”

“怎么可能……是因为如果烟蒂被找到的话，你那天没有出门的说法就变成了谎言。老实给我说清楚。”

“啊，别这样啊。被您找到的话，那我也无话可说了。我还以为那个时候没有找到，是因为已经被风吹到海里了呢。”

大槻咂嘴嘟囔了几句。看来，他当时的确是在找烟蒂。青岸当时还真的以为他是为了去那里找他的，真是可笑。深吐一口气让自己冷静下来之后，大槻终于承认。

“是的，没错。我的确弄脏了厨师服，也的确因此而不能继续做饭。如果光明正大地穿着卫衣出现在厨房里，小间井先生一定会问我理由的。啊，不过我说做饭太麻烦所以不喜欢做，这是真的。”

大槻认真地补充说道：

“另外，厨师服上洗不掉的污渍是血，这也是真的。没想到这也会被发现。”

“所以，真的是你——”

“不，不是我！我就、就是怕会引起这样的猜测，所以才想瞒着。我没有杀常木先生，衣服上的血也不是他的。我只是……想帮帮您。”

“什么？”

这出乎意料的回答，令青岸忍不住发出了不经意的一声。

“正好，我给您再现一下我那天晚上都做了什么。刚好我的口袋里有方糖。”

“等等，你要干什么？”

没等青岸说完，大槻便撒了一把方糖。嗅到了味道的天使，立即往大槻的身旁飞了过来。

“来，看好了。”

说完之后，大槻抓住一只飞到他身边的天使的肩膀，使劲地把它朝地上摁了下去。天使的翅膀意外地带有弹力，大槻软软地再次按压了下去，不过看起来并没有什么大的变化。

或许是出于对方糖的贪恋，天使使劲地把手伸长，却没试图逃脱，而是任由大槻抓着。大槻将天使翻来覆去之后，突然按住了天使的喉咙，然后拿出一把瑞士军刀插了进去。

“天啊！”

“没事的。小心一点的话，天使是不会流太多血的。”

要小心的不是这个吧——青岸的话还没来得及说出口，大槻早已迅速地继续干起了手上的活。没一会儿工夫，大槻便放开了天使。

也正是在那一瞬间，滚落在地上的天使发出了低声鸣叫。

“呜呜呜——”

这和当时在地下室里听到的叫声一模一样。

“人也会这样。就算死了，当空气穿过喉咙的时候还是会发声的。当时在地下室里看到的那只天使，我注意到了它喉咙上那奇怪的伤痕。当时我就产生了怀疑，结果果然没有猜错。一定是哪个骗子割破了天使的喉咙，天使才发出了那样的声音。”

天使一边用脸摩擦散在地上的方糖，一边不知疲倦地通过喉咙发出声音。每发一次声，喉咙伤口处的血便进一步渗了出来，可是天使看起来却毫不在意，恐怕它们是没有痛觉，也不会自主发声。没过一会儿，天使便飞走了，也不知它们将飞去何处。这些天使一飞走，被割破喉咙的天使的叫声便越发让人感到回荡于四周。

“可恶，我们都被彻底地骗了。”

“被骗得最彻底的应该是常木先生吧，小间井先生曾经也这么说过。你知道那只天使是花了多少钱买来的吗？五千万日元啊，五千万。仅仅割一下天使就能挣到五千万，实在是太荒谬了。”

大槻耸了耸肩，开心地笑着。他的卫衣上，沾上了一抹淡淡的血迹。

“我那天不知道下手的轻重，衣服上沾了一摊血。试了五只，有三只叫了，这种成就感，让我觉得那天的烟抽起来都特别香。”

“傻啊你，竟然把自己的谋生工具都弄脏了。”

“我知道，可是换衣服太麻烦了，常世馆里有很多备用的厨师服……

如果那时的第二天没发生那件事，我肯定就换一件新的穿上了。”

“你是为了我才去做这个实验的吗？”

大槻默默地予以了肯定。

“为什么？”

“因为我觉得青岸先生您不应该活在那些假象之中。”

大槻一反常态地直截了当。

“那天在地下室里看到的青岸先生，实在是太狼狈了。什么祝福，真是让人不知所云。您所遭受的伤痛，那些人根本就不会懂。一直这样下去，您今后就都要活在那个怪物带来的困惑之中了。”

即使只看到了大槻的侧脸，青岸也能感受到他因为此前那件事而受到了伤害。看到青岸因为一只会说话的天使而震惊，大槻也与他感同身受。

“为什么要这样帮我，我们是在这座岛上第一次见到的吧？”

“是的，我们之前也没说过话。那件事发生的时候，我还因为觉得危险躲了起来。不过，我一直很感谢你们，虽然已经过去了很久。”

大槻的这些话，唤回了青岸的记忆。

那是真矢木乃香接手的第一个案子。

一家米其林三星餐厅的主厨在收到数次死亡威胁留言之后，餐厅不得不暂停营业。犯人是个老手，若不是木乃香，恐怕很难精准地找出发出留言的源头。

那家餐厅里被瞄上的人，是一个年轻有为，具有独创精神和精湛厨艺的天才厨师，犯人从各种媒体上听闻了对这位天才厨师的报道之后心生妒忌，由此引发了罪行。

“我那时候也不大会处事，人们说我太骄傲。那时候的我就在想，不管我再怎么认真努力，只要稍微出一点差错就会被诟病。本来自以为是个内心足够强大的人，可是弄到餐厅都被迫停业了，这让我很难受，甚至想过放弃。”

“这是肯定的，没有人会不在意别人投来的恶意。”

“可是，我找到了你们，最后犯人被抓，事情得到圆满解决。这让当时的我觉得很心安，很开心。因为之前真不知道那样的状况会持续到什么时候。事情解决之后，青岸先生，你们事务所的真矢小姐给我发来了一封邮件。”

“木乃香吗？”

青岸的脑海里浮现出了那个桀骜不驯的白帽黑客。

“是的。不过，邮件很短。”

“都写了些什么？”

“正义必胜。”

“啊。”

“所以，别放弃。”

青岸想起了当时破案后，在事务所里兴高采烈的木乃香。

那个时候，青岸仍然不相信木乃香真的是为了正义而来到青岸侦探事务所的，一直以为是赤城看到木乃香无处可去，顺势收她进来的。或许，她从一开始就是冲着正义而来的吧。对黑心公司的招聘广告动手脚、态度冷漠的木乃香，或许从一开始就是赤城的同类。

“最后，我也不再有意开店了，从那时候开始辗转各处。不过，我没有放弃做饭，可以说是青岸先生你们的功劳。尽管这个世界很糟糕，但是一想到这个世界还有正义，便也就坚持了下来。好不容易被你们拯救下来的才能，就这么扔掉的话，我也实在做不到。”

“我们，真的……帮到你了吗？”

“当然了……你们……当我听说真矢小姐的遭遇的时候，却没能站出来说些什么，一直沉默着。”

大槻略显尴尬似的避开了青岸的视线。

“所以，这次——看到您的心情被那样蹂躏，我想那一定不是正义。我要把真相揭露出来，要让大家看到原来也就那么一回事，那有多么的可笑。”

“是啊，的确很可笑。”

“要是知道常木先生被杀了，我一定不会干那种事的，真是太不走运了。”

大槻说得没错。要是那时候常木没有被杀，他便可自然而然地亮出那件沾了血的厨师服，并要求拿一件新的。他纯粹是运气太差了。

而且，大槻的这一举动，其背后的起源与青岸侦探事务所也有因果关系。这层关系和大槻嘴里所言的正义，都令青岸心情沉重。

“你当时把实话告诉我就好了啊。”

“我要是说这是在割破天使的喉咙时沾上的血，您会相信吗？一想到自己有可能会被冤枉，我就害怕得什么也说不出来。而且，被我割破喉咙的那几只天使，我还把它们放走了。”

青岸想起了刚才在水井那里听到的鸣声。那既不是幻听也不是别的什么，应该是一种切切实实存在于现实中的声音。

“你这小子，这些话是可以对一名侦探说的吗？你要相信我啊。”

“是啊，所以是我的错。对不起，青岸先生。”

大槻笑了笑，笑容里透着几丝莫名的苦涩。

至此，留下的其中一个疑问算是解开了。水井之谜也算是解开了，为各个片段找到其适宜的顺序之后，应该能够讲述一个完整的故事了。

这时，青岸突然注意到了一件事情。

“你在做这个实验的时候，在常世馆的外面有没有碰到什么人？”

“怎么了？没有……我本来也是悄悄出来的，没有碰到什么奇怪的人。再说了，我房间所在的那一层，和案发现场所在的房间不是同一层。”

看来事情不会那么巧，青岸心里想到。不过，大槻那天晚上外出了这一事实，是个重要线索。青岸无论如何都想从这里找到破案的切入口，于是紧追不舍地问道：

“那外面呢？从外面看常世馆，你有没有注意到什么，有吗？”

“这么一问，我当时也是偷偷摸摸的……啊——”

这时，大槻像是想起了什么似的，没过一会儿，又说道：

“这么说起来，常木先生被杀这事……有一个地方我觉得很奇怪。”

大槻跑向吸烟塔，刚好跑到了青岸捡到烟蒂的地方。

“我是在这个地方做了天使实验的。这个位置，就是三楼的客人们所在的房间的旁边，对吧？”

“啊，是的。那些窗户就是他们各自房间的窗户……从左开始，依次是报岛、政崎、争场、天泽的房间。”

“那四位客人，都说喝完酒之后就回了自己的房间，对吧？可是，这间房当时是黑的。”

大槻指向了从左边数过来的第二间房间的窗户。

“别的房间都是亮着灯的。那也就是说，这间房间的人没有回来……也可以说，这间房间的人比别的客人晚回了。可是，这不是报岛先生的房间，而是政崎先生的。您不觉得奇怪吗？”

“确实。”

不管怎样，如果大槻所说的都属实，那么，那天晚上回到常木房间里的——也就是杀掉常木的，便是政崎来久。

可是，这不可能。如果是那样的话，第二起案件里的重要出场人物便有误。因为继常木之后被杀的，是被用长矛杀死的政崎。如果报岛没有在这之后坠入地狱，那便不符合“规则”。

“啊，天啊，这到底是怎么回事？我要重新整理我的想法才行。”

青岸控制不住地表现出了焦躁。明明弄清楚了一个决定性的事实，却也因此冒出了更多谜团。

大槻不顾青岸的焦躁，兀自感到莫名的开心。

“您不觉得这真是一出好戏吗？要是您没问，我也都忘了，不过我本来也不知道这到底是怎么一回事。”

“算是吧……算是一出好戏吧……要不是你那样折腾天使，这么重要的一个线索可能就被漏掉了。”

“太好了。所以，就算我在常世馆丢掉了工作，也可以去您那里给您当助手了吧？”

“怎么还想着助手的事情啊？”

“当然啊！好了，这下子不用再怀疑我，可以让我当您的助手了？”

大槻脸上带着讨人喜欢的微笑说道。助手，这个曾经半开玩笑的一个词，现在听起来却感到莫名的亲切。

“要是请我当了助手，好处可大了。我是一个天才厨师，不管去到哪里，都能保证您能吃到美味的饭菜。能吃到使用所到之处的当地食材做出的美味，这不是很好吗？”

“你可真是会挑重点的说啊。”

“对吧，那一定会很有意思的。”

现在想来，伏见、仓早还有大槻，应该都知道青岸侦探事务所发生的那件事，所以才自发地要给青岸当助手。或许他们希望以这样的方式，来给仍然没有助手的青岸侦探事务所尽一些力。

可是，青岸应该是不会雇佣大槻的。因为他自认自己并不是大槻所崇拜的优秀侦探，而且如果再次发生那样的事情而失去这个助手，青岸恐怕再也无法承受。

不同于青岸，大槻更加欢快地说道：

“青岸先生负责侦探，我负责做饭，我们就这么分工吧。”

若真那样，的确可算一个崭新的做法。对方如果是一个天才厨师，到时候谁是谁的助手还说不定。就那样，把能委托的事情全权委托于他。青岸侦探事务所实际上也是这么做的。各自负责自己擅长的领域——

“分工……”

青岸不由得重复说了一遍。这两个字和大槻的证言，还有那天早上发生的事情联系在一起之后，青岸的脑袋深处突然像被点燃了一样。

“怎么了？”

大槻一脸怪异地看向抓着自己的肩膀大叫的青岸。

“我明白了！我明白了！那天晚上直到现在所发生的一切，我似乎都明白了！”

“什么？啊？不会吧?!真的吗?!”

“啊，是的。我们要赶紧回到常世馆里！不管接下来会发生什么，我们都要阻止！”

大槻虽然完全不明白青岸在说什么，但也随着青岸使劲地点头。在由于兴奋和焦灼而变得扭曲的视线中，大槻和青岸跑回了常世馆。

就在踏入大厅入口的瞬间，传来了“啊……啊啊啊啊啊啊啊啊啊啊啊……”的声音。

只见争场脚步踉跄地从走廊处往这边走了过来，他的眼神恍惚，手像是凭空抓着什么似的胡乱朝上空挥动着。

“怎，怎么了？啊，是争场先生——”

大槻发出了尖叫，与此同时，传来了同样不输于此的尖叫——是争场的临终惨叫，回荡在大厅里。

争场的双脚被黑色的火焰所覆盖。肉被烧焦的味道四散开来，争场半是疯狂地试图驱走火焰，却被其毫不留情地烧焦了。

火焰之中不断冒出一只又一只天使，天使用那细细的手抓住争场的身体。骨关节突出的手指一根根地插进了他的身体，更是让处于烈焰焚烧中的他无法逃脱。与此同时，他发出的刺耳惨叫声，一刻也没有停下来过。

“天啊，这是怎么了？”

听到骚动之后，从休闲室里出来的伏见看到眼前的惨状，不由得跌坐在了地上。至此的状态，任何人都已无能为力。地狱是人类无法触及的领域。

天使逐渐用火焰包围住争场的身体，并将他往地狱拖拽。争场的叫声早已不成声音，即便如此，他也仍不放弃求救。可是，就在接下来的数秒之间，他的身体便已完全化成了虚无。

大厅恢复了令人彻骨的沉默。刚才所发生的一切，此时已找不到任何的痕迹。大厅里铺着的绒毯完好无损，没有一处烧焦。

“争场，下地狱了。”

青岸喃喃自语，脸上露出惊愕的表情。

那个曾经说过分界线、说过自己从身居的高位带来的罪恶感中获得解放的争场，那个没有被青岸抓住把柄、自信地宣称自己要全身而退的争场，被地狱之火烧死了。天使的规则里没有例外，杀死两人便要下地狱，争场正是这一规则下的被制裁者。

青岸昨天没有杀掉的那个男人，受到了天使的制裁。

这时，青岸终于意识到了一件重要的事情。争场坠入地狱，意味着常世馆里还有一个人死了。

争场是从入口大厅里面的走廊下面过来的，那里恐怕还有一位让争场坠入地狱的牺牲者。青岸向走廊走去，最先朝向的是地下室的大门。大门是开着的，仿佛是在褒奖青岸的敏锐洞察力。

还没下到楼梯的一半，青岸就已经发现了那位牺牲者。

“是小间井先生啊。”

只见小间井倒在地上，脖子上插着一把刀。地上的血滩很大，一看就知道他已经死了。追上来的伏见和宇和岛，见到眼前的景象都震惊得说不出话来。

还是没来得及，没来得及啊。

当青岸弄明白一切的时候，就已经预想过这样的结局。而这一结局，本来是可以阻止它发生的。

青岸摇摇晃晃地走向小间井的尸体，确认他身上是否有携带着什么东西。如果青岸的推理没错，那小间井身上一定有留下什么痕迹。

于是，他在小间井的制服的胸前口袋里找到了那个东西。

估计是情急之下塞进去的，东西仍保持着原样。青岸小心地将其抽出，以防弄破。

抽出来的是一张皱巴巴的纸，经年累月，纸张已经变得极为干燥。映入眼帘的是青岸正在追寻的信息——那间仓库里的某份清单。看来，仓库的墙壁上被剥落下来的就是这张纸。

“小间井……先生。”

青岸的身后传来了细微的声音，柔弱到无法想象这就是平时的她会发出来的声音。像是一种信号似的，所有人在听到之后都让开了道。

“怎么会……为什么……小间井先生他……”

仓早一走下楼梯，便整个人跌倒并紧抓住小间井，四周回荡着她的抽泣声。

“明天早上九点。”

这时，青岸冷静地说道。所有人的目光，都聚集在眼前的这位侦探身上。

“明天早上九点，请各位到休闲室集合。来接我们的船是下午一点到吧？在船来之前的这段时间，请大家把它空出来给我。”

“这是打算做什么呢？”

宇和岛声音僵硬地问道。对此，青岸毫不含糊地做出了回答。

“我将揭开这次案件的真相。”

7

青岸那本几乎不怎么用的手账上，写着六个人的名字。

·常木（心脏被刺而亡）

·政崎（喉咙被插而亡）

·报岛（行踪不明、已坠入地狱？）

·天泽（掉入井里而亡？）

·小间井（脖子被刺而亡）

·争场（被天使制裁，已坠入地狱）

前面的四个人，青岸是在理清推理之后写上的。事到如今，这些记录已经毫无意义。后面的两个人，青岸是在刚才决定公开自己的推理之后写上的。

死了六个人，还有五个人活着。

稍微想一想，也能知道这已经不符合“规则”了。

除了青岸之外，剩下四个人。这四个人就算每人各杀了一个人，也无法对现状做出合理解释。

但即便如此，可怕的某种执念仍然促成了六个人的死亡。

青岸用指尖逐个划过这些名字，合上了手账。有些地方还待确认。

正在这时，大槻按响了门铃，青岸委托他去做了一些事情。只见他脸上浮现着难以掩饰的笑容。

“怎样？”

“都查到了。我去查了内线的通话记录，费了好大工夫。刚来常世馆的时候，有人教过我怎么操作，不过还是会忘。而且之前有什么不懂的，只要问问小间井先生就好了。”

说完之后，大槻尴尬地垂下了眼皮。像是为了抹去这份尴尬一样，青岸问道：

“这回可以算是你的功劳了。所以，找到了吗？”

“您说得一点没错。小间井先生死之前的那一小会儿，有一个内线打给了争场先生，是从——”

“天使展览室打来的？”

没等大槻说完，青岸就已迫不及待地急于进行确认。

“对。竟然被您猜到了。”

“我就知道……不然一切就说不通了。”

青岸已经去过一趟天使展览室，确认了自己的推理是否成立。结合内线电话这一事实，之前发生了什么，或者说会发生什么，青岸已经能够推理出一个大概。

这一切都意味着什么，青岸也已经了然于心。

“宇和岛先生他们把小间井先生的尸体搬到了别处。”

大槻突然不经意地冒出了这么一句。

“不过也只是搬到了小间井先生的房间而已，这总比地下室要好。”

“嗯，是的。”

“千寿纱，虽然嘴上说她已经没事了，可是看起来精神上受到了很大的打击，像是她自己也已经死掉了那样。听宇和岛医生说，伏见小姐也是精神上产生了很大的创伤。她们两个当时待在休闲室里，好像是宇和岛医生在给伏见小姐做心理咨询。没想到，一从休闲室里出来，第一眼见到的就是坠入地狱的争场，太残酷了。”

看着脸上带着抽搐笑容的大槻，青岸确信，不仅仅是伏见，大槻也受到了伤害。青岸自己又何尝不是呢？目睹了一个人坠入地狱的过程，试问有谁还能够保持镇定？

直到现在，争场在临终前的惨叫还回荡在耳边。虽然坠入地狱这事已经不再让人奇怪，但实际看到人被烈焰焚烧的模样，实在令人无法直视。

“青岸先生……怎么会变成这样了呢，您真的明白了吗？”

“嗯，听完你的汇报，所有的东西都串联起来了。”

“是……吗……”

大槻的眼神里混杂着期待和恐惧。期待是因为这一几乎不可解的杀人事件将得到解决。

“凶手……是在……我们这些人之中吗？”

恐惧是因为对于真相被揭开之后的未知。

“是的，凶手就在我们这些人里面。”

“可是争场不是已经坠入地狱了吗？凶手，到底是？那个人还没有坠入地狱吧。如果是这样的话，算是一种罪恶吗？凶手——”

像是已经察觉到了什么似的，大槻的语气几近于恳求。可是，青岸却无法对他报以回应。

“我是一名侦探。我要做的不是制裁，而是找出真相。我能做的，仅此而已。”

对于此时的青岸而言，身为“侦探”的他并不是正义的伙伴。也许以前曾希望成为正义的伙伴，但现在那只不过是一种憧憬罢了。所有的一切，都被搁置在了那场烈焰之中。

青岸也并不认为，真相大白之后会有人因此而变得幸福。赤城在梦里所说的那些话，不过是梦话。“降临”发生以后，世人渴望见到的那种侦探，青岸焦可能终其一生都无法成为。

“如果你不想听，可以不听。反正你也会离开这座岛，这里发生的一切最好还是都忘掉吧。”

“不，我要听。我要知道都发生了什么。”

大槻坚定地说道。

“好，正是因为这样，这世上才会有侦探。”

8

小间井曾经说过，这只天使由他来照顾，事到如今，应该没有人在照顾了。干脆就把它放了吧，天使会因此而感到欣喜吗？毕竟它们看起来没有思想也没有感情，它们只是通过把人类拖入地狱来显示神的旨意而已。这间地下室和室外，对天使来说又有多少区别呢？

“呜呜呜呜呜呜呜呜……”

天使的声音，和大概当时让青岸听到的声音一样。对于能发出这样的声音，天使应该是不自知的吧。眼前的景象，唯有银色的笼子看起来是美观的，剩下的都是怪诞离奇。青岸就在这些事物前坐了下来。

“告诉我，这世上有天国吗？”

青岸向着笼子里的天使发问。

不同于那天晚上的招待晚宴，天使没有看向青岸，只是一边在笼子里蠢动，一边左右摇晃没有五官的脑袋。

“有吗？”

青岸再问了一遍。此时，天使刚好发出了“呜呜呜呜呜呜呜呜”的声音，这一声音并不是在表达着什么，只是不断回响着。即使青岸用手摇晃着笼子，天使也毫无反应。于是，他继续说道：

“赤城去往天国了吗？木乃香呢？还有嶋野、石神井都还好吗？天国里有车吗？那家伙的梦想就是买车啊。那台车她只开了几十公里而已啊。”

青岸每摇晃一次，天使的身体便也随之晃动，喉咙里还发出声音。可是，那声音里面没有任何青岸想听到的回答。人死后，是不是就只能归为尘土？即使向神献上虔诚的祈祷，发誓在天国再会，也无济于事？如果是这样的话，那祈祷和发誓还有什么意义呢？

“回答我啊。人类到底还有救吗？为什么要创造出人类啊？是为了玩弄愚蠢的我们吗？”

天使没有做出任何的回应。如果赤城就是神，他会将这世上的一切不幸都给带走吧。兴许他还会创造出一个没有人会受苦受难的乐园。

明明神是存在的，可这个世界为何如此残缺？人类要在这样的世界里生存下去，实在是一件太残酷的事情。若只能如此，那就不要告诉人类这个世界上还存在着地狱。只需要让人类的灵魂被上天召唤之后，再另外坠入地狱就好。

“混蛋，这算什么啊，这到底算什么啊……到底要我怎么做啊？”

话语的尾声几近于哭声。地下室的水泥地上，现出了灰色的斑点。可是，天使对于哭泣的青岸并未置以一顾，独自在笼子中追着自己的翅膀并再次发出了叫声。是的，这就是天使。

待在常世岛的这段漫长日子将要结束。破案之后，青岸也将会回到日常里去。直到最后，也没能知晓天国是否存在。不仅如此，此时的青岸已经不知道究竟是为了谁才想要揭发真相。他没有获得想要的救赎，救赎根本就不存在。

独自哭了一阵之后，青岸终于打开了笼子的门锁。天使像是没有注意到门已打开似的，仍然在笼子里徘徊了一会。二十分钟之后，天使离开了笼子。

看不出一丝高兴的模样，天使像只虫子般爬出了笼子。看到天使甚至并未投过来任何视线，青岸不禁感到十分可笑。什么啊，所谓的祝福，难道真的只是个谎言吗？

青岸本想打开通往地上的大门，把天使放出去，可是此时正在地下室爬行的天使并未将身体朝向那扇大门，于是他决定不采取任何举动。天使有着类似于人类的手，还有可以去往任何地方的翅膀。青岸先于天使离开了地下室，对着明亮的光线眯缝起了眼睛。

青岸在这座岛上获得的切实感受，只有一个。和赤城的对话，此时重现于他的脑海之中——

乐园是侦探不在的地方。

第六章 乐园是侦探不在的地方

1

到了约定的时间，幸存下来的五个人全部集中在了休闲室。

出席率堪称完美。一开始的十一个人，到现在只剩下不到一半。“杀死两人及以上便要下地狱”的规则存在的这个世界，没想到人数会减至如此之少。

“好，接下来，我将揭开这次案件的真相。”

天使降临之前，从说完这句话之后便进入真相说明环节的场景，青岸很熟悉，也因此在此刻感到莫名的亲切。

“事先声明，我之所以要找出真正的凶手，要破这次的案件，是因为我是一名侦探。真正的凶手没有坠入地狱，还活着，逃过了神之眼。负责制裁凶手的是天使，不是我。”

“所以，您想表达的是什么呢？”

问话的人是宇和岛。

青岸随后答道：

“我想说的是，各位可以不必听我接下来要说的。在推理小说里面，不管是谁，最后都得听侦探的，很多人对此表示不理解。我曾经认为，那是侦探在为司法做代理，可如今这个世上有了天使。所以，谁要是不想听我的推理的，可以离开。”

听完青岸的这番话，没有一个人从休闲室里走出去，似乎都想听听青岸会说些什么。

“可是啊，青岸先生，杀死常木和政崎的凶手是报岛，杀死天泽和小间井的凶手是争场，之前不是已经这么断定了吗？”

伏见突然插嘴说道。

“不，我所说的凶手，是操纵了这一切的那个人。”

“操纵的人？”

“是的，既是教唆犯又是实行犯，即使在这个世界上犯下了连续杀害六人的罪行，也依然没有坠入地狱的那个家伙。”

按照天使制裁的规则，这次罪行的深重程度已经远远超乎规则之外。可是，凶手没有坠入地狱，依然活着。万能的神不可能没有看到凶手都做了些什么。

所以，事态越发让人不明白。放过了借刀杀人的常木王凯、争场雪杉，还有这次的凶手，神所持的正义到底还有多少价值可言？分界线的这端所发生的罪行，神一直默许着。

关于这一点，青岸很想听听那位真凶会如何看待，可从那位完全无意离开休闲室的真凶的脸上，青岸却无法读出其任何的内心想法。或者也有可能，青岸之所以为了这次案件担任侦探，目的是想更理解凶手，不过这也仅是青岸的私心罢了。

案件的凶手在主动提出要给青岸当助手时，到底在想些什么呢？

“我会按照顺序来说。首先是常木王凯被杀的案件。从结论来说，杀死常木的不是报岛，而是政崎来久。”

“政崎先生？怎么可能……”

宇和岛一脸震惊。

“那天晚上，大槻因为一些事情，在常世馆外边待了一阵。他看到当时只有政崎的房间没有亮着灯。而与他的房间相邻的报岛和争场的房间，还有天泽的房间，灯都是亮着的。也就是说，政崎当时没有回到他的房间。”

关于大槻当时为什么外出，青岸打算稍后再说。

“然后，我在常木的房间里捡到了一支钢笔。”

“您问过我的那支笔，是吧？”

青岸对仓早点了点头，继续说道：

“我一度疑惑，为什么那里会有政崎的钢笔。不过最后看来，没有为什么，钢笔只是一个制造借口的道具而已。政崎等到周围人都离开之后，故意说他的钢笔掉了，以此为由回到了常木的房间。就这样，当房间里只剩下他们两人的时候，政崎便杀了常木。”

“人们常说，怪人一般都是凶手，看来是真的啊。”

大槻讽刺地笑着说道。

没错。不过，常木的尸体被发现的那个早上，政崎的狼狈状也因此得到了解释。支离破碎的说辞，反而避开了大家当时对他产生怀疑，现在看来，那只不过是他太不会说谎罢了。而且，被他用作道具的钢笔，还被忘在了房间里。

“政崎之所以会杀掉常木，难不成和之前提到的撤销资金援助一事有关？”

伏见像是想起了什么似的问道。

“应该是的，不过这也只是我的猜测，常木接二连三地停掉对政崎的资金援助。如果常木还活着，他甚至还有可能和政崎断绝来往。失去了常木这一靠山，政崎的日子一定会很不好过。”

实际可能不至于那么残酷激烈，可是，青岸想起了伏见的录音笔里面，政崎说的那一番话。如果执念升级到了不可扭转的程度，的确很有可能因此而杀人。

“政崎有杀掉常木王凯的理由。仔细想想，那很有可能。”

“可是，如果那样，在那之后发生的事件就说不通了。”

对着已经向青岸表示认同的伏见，宇和岛冷静地说道：

“关键就在这里。如果常木王凯是政崎来久杀的，那么报岛坠入地狱的理由也就消失了。所以，倒推的话，报岛就被指认成了凶手。”

“如果是那样的话，报岛先生究竟去哪里了呢？”

仓早声音凌厉地问道。

“这个嘛，有可能报岛在之前杀过一个人，在杀了政崎之后便坠入了地狱。可是，报岛最后也是被杀了，尸体可能被扔到了海里。”

“也就是说，杀了政崎和报岛的是同一个人？这就奇怪了。杀死两人便要下地狱，可他们两个人被杀掉之后并没有人马上坠入地狱吧。那个时候，常世馆里总共还有八个人。”

大槻抿着嘴巴，毫不掩饰他对于不解之处的焦急。

“是的，正是因为那一规则的存在，才使得消失的报岛被认定为杀死常木的凶手。可是，这里存在着例外，有人可以做到即使杀掉那两个人，也不会坠入地狱。”

说完这番话之后，青岸轻轻地叹了一口气。在形成自己的这番推理之前，青岸数次地想起曾经的那个场景，看着凶手坠入地狱，确信自己的两个伙伴已经死在了熊熊燃烧的车子里的那个场景。停顿了一会儿之后，青岸继续说道：

“杀掉报岛的，也是政崎来久。只不过，政崎逃过了被坠入地狱这一劫。”

“逃过了……怎么做到的？”

“比如说，报岛是被毒死的？政崎在他被毒死之前，自杀，这样一来就不会坠入地狱了。”

所有人都震惊了。为什么没有想到这个呢？原来还有方法将规则糊弄过去。在坠入地狱之前自行了结自己的生命，就可免去坠入地狱。就算第二起事件的杀人凶手也是政崎，他只要在报岛死之前自杀的话，便可逃过天使的制裁。

“实际上，常木想要与之断绝关系的不只是政崎，而是被叫到这座岛上的那几个大人物。我想在场的各位应该都已察觉，或者都已知道，那帮家伙都干了些什么。”

讽刺的是，还活着的这几个人都知道常木王凯的那些劣迹——拉帮结派，在这个世上肆行着带特权性质的杀人。

“另外，我还要先说的是……伏见，把你叫到这座岛上来的恐怕是报岛。”

“什么？怎么会呢？对于常木王凯——还有那帮客人来说，我不是一个不受欢迎的人吗？把我叫来，对他们有什么好处呢？”

“是的。你不受欢迎，所以才选中了你。你的作用就是当个替罪羊。他必须找一个可以轻易被指认为凶手的人，不然自己会很容易被怀疑。如果没有你，就要从我、宇和岛、大槻、小间井先生、仓早小姐这些人里面指认出凶手。”

政崎应该是想避免将常世馆的人指认为凶手。那么，剩下的可以指认为凶手的人选就只有青岸了，让一个侦探来当替罪羊，不难理解他当时的犹豫。毕竟，在一般的世人眼里，侦探无异于警察。

所以才需要伏见。本来，政崎杀掉常木就可收手，剩下的就只等返程的船来即可。在船来之前，为使得对于伏见的指认成立，只需捏造一些证据。毕竟船是在四天之后才会来。

却没想到，事情的进展与计划发生了偏离。

本应只发生一次的杀人事件却再次发生了，并将政崎也卷入其中。

“接下来，我要说一下政崎被杀那天所发生的事情。那天，借由讨论今后的计划，政崎把报岛叫到了他的房间，并借此让人准备了一些下酒用的餐食。政崎喝的是他日常喝的瓶装啤酒，给报岛喝的是红酒。对于凶手来说，此时是给政崎下套的绝佳时机。凶手利用这一时机，让政崎毒死了报岛。当然，是在报岛的不知不觉中将其毒死的。”

“这到底是怎么回事……”

伏见嘀咕道。

“应该是红酒的酒塞事先被下了毒，那样的话才说得过去。当时查看事发现场的时候，我就已经感到奇怪。那个时候没有意识到，红酒开瓶器是给左撇子设计的，喝红酒的报岛是个右撇子。”

报岛是个右撇子这件事情，青岸已经在吸烟塔那里也获得了证实。报岛在给青岸递纸条的时候，是用右手拿的笔。一想到这，青岸便不免对自己的后知后觉感到一阵气恼。本来在看到那张桌子的模样时就应该察觉到的。与此相对，政崎的右手戴着手表，左手使用叉子。他是个左撇子。

“报岛转不动红酒开瓶器。这样的话，会发生什么呢？应该会让左撇子的政崎来给他开吧。”

“的确，那东西挺费事。就算这样，也不至于特意因此而去换一个开瓶器。”

看到大槻频频点头，青岸继续说道：

“左撇子政崎用红酒开瓶器打开了红酒。带毒的酒塞碎片掉落瓶中，使得红酒变成了有毒的酒，政崎在无意之中给报岛下了毒。就这样，当报岛开始出现痛苦的时候，政崎一定很慌张。尽管他是无意的，可罪行已经酿成。”

这和牧师制药杀人事件是一样的。

给孩子们喝下从神父处拿来的药，使得孩子因此而死掉的母亲坠入了地狱。被制裁的，是直接促成死亡的人类。直接让孩子喝下含有水银之药的母亲，在毫无杀意也并不知道自己已经给人投毒的情况下就被置入了烈焰之中。

世界各地的食材仓库开始上锁，也是因为受到了“降临”事件的影响。万一食材里被混入什么毒物，即使是无意的，总有人因此而不得不下地狱。之所以没有引起恐慌，是因为世人知道有地狱的存在，因此持有着畏惧。尽管如此，与过往相比，食材的管理变得更为严格慎重了。

“看着眼前的报岛先生开始变得难受，政崎先生一定感到不妙吧。”

仓早面容不改地冷静说道。

“这只是我的想象——凶手应该是算好了时机，并在那个时候走进了房间。因为，在那样的场景下，政崎不可能想出该如何应对接下来将发生的事情。”

政崎不是一个能冷静处理突发性危机的人。所以，那时候应该有人给他做了引导。没等青岸继续开口，宇和岛先说道：

“原来如此。如果报岛因为政崎下的毒而死掉的话，政崎就会坠入地狱。”

“嗯，是的。凶手向政崎指出了这一点，政崎必须做出最后的决定。是就这样等着坠入地狱，还是在报岛被毒死之前自杀。政崎会选哪一个，答案应该很明显。”

所有人都沉默了。大家应该都想起了之前目睹的那场地狱之火。改变世人的价值观，使世界发生变革的烈焰和临终惨叫。面对同样的状况，换作是青岸，应该也会选择自杀。

“也就是说，政崎先生的自杀是真的？”

伏见震惊地呢喃着。

“是的。政崎用凶手准备的短刀刺穿了自己的喉咙，他是自杀的。在那之后，报岛身亡，由此政崎得以逃过‘杀死两人便要下地狱’这一劫。”

2

“接下来，我要开始阐述凶手都做了些什么。确认过报岛和政崎都已经死亡之后，凶手先是从天使展览室里借来那支长矛，将其插入已经身亡的政崎的喉咙里。此举的目的很明显，是为了粉饰政崎自杀时在喉咙上留下的伤口。”

“为什么要粉饰喉咙上的伤口呢？”

大槻问道。

“因为，如果不做任何处理，就很有可能会被宇和岛看出来这是自杀所致。所以，为使其不被识别出来，必须对伤口进行一定的处理。”

就算宇和岛作为一名医生再怎么优秀，对于已经变形成那样的伤口，也不可能识别得出来这是自杀所致。比起使用长矛作为凶器的怪异会招致的猜疑，凶手更在意的是如何掩饰伤口本来的模样。

“在此基础之上，只要把报岛的尸体投入海里，案发现场的状况就可以这样解释——用长矛杀死政崎的报岛已经坠入地狱。”

“可是，凶手为什么要这样大费周折呢？为什么要让报岛看起来是真正的凶手？我不明白。”

大槻再次抛出了他的疑问。对此，青岸冷静地回答道：

“如果没有‘报岛杀了政崎和常木，已坠入地狱’这条故事线，只留下他们两人的尸体，会怎样呢？凶手促成的强制性自杀应该会很轻易就败露了吧。而且，报岛的尸体上留有他是被毒死的痕迹。这样一来，凶手其实已经可以断定是谁了。那就是给大家提供服务，不会招致丝毫怀疑的小间井先生和仓早小姐。”

青岸的话音刚落，所有人的目光都看向了那位女佣。

小间井已经不在了。

活着的嫌疑人只有一个。

“是啊。如果是那样的话，我，或是小间井，的确会被人怀疑。”

汇聚所有人的目光于一身的仓早，不见丝毫的惊慌，脸上绽放着温和的微笑。青岸见状，虽然不免产生些许犹疑，但仍然继续说道：

“所以，凶手必须藏起报岛的尸体，并将罪名加之于他。实际上，我们也差点相信了这一说法。明明死亡的顺序，政崎和报岛是反过来的，可是我们的注意力却被转移到了凶手为什么会使用长矛作为凶器这件事情上。”

“原来如此，我和小间井的嫌疑真是越来越重了……小间井如果还活着，说不定他早就已经做出反驳了。”

“千寿纱，现在可不是开玩笑的时候啊……不会，真的是你？”

大槻的脸色苍白，看起来甚至比被指认为凶手的千寿纱还要狼狈。

即便如此，仓早千寿纱仍然注视着青岸。

对于一个要对自己进行制裁的侦探，她用几乎可以射穿青岸的目光凝视着他，傲气地站着。没过一会儿，她开口说道：

“请您继续往下说，青岸先生。您应该还没有说完吧？”

“对，还没说完。接下来要说的是天泽齐是怎么死的。”

青岸如是宣称，眼睛紧紧注视着仓早。

“杀死天泽的凶手……不是已经坠入地狱的争场吗？”

伏见插嘴说道。

“是的，可是问题在于‘为什么会变成那样’。各位试着站在争场的立场来想想，再杀一个人便要下地狱了，他会去杀小间井先生吗？”

“如果是那样的话，说明他已经做好了要下地狱的心理准备了。”

“争场怎么可能想下地狱呢？这又跟刚才是一样的。争场并不知道自己杀了天泽，所以他在不惧怕下地狱的情况下杀了人。”

“不可能，人都掉进井里了，他不可能没有注意到。”

宇和岛一脸惊讶地提出了反对意见。可是，青岸淡淡地回道：

“的确，他不可能没有注意到。所以，天泽的直接死因，并不是掉落井里。”

“那您认为是什么呢？”

“实际上，我和伏见在案发之前，曾经去过摩托艇附近的那口枯井。那个时候，井口处吊着连着轱辘的滑轮和水桶。我也有想过，或许是天泽在情急之下一把抓住绳子而导致断裂，但其实井绳足够强韧也足够长，不可能会断成那样。那是凶器，天泽是被绞死的。”

说完之后，青岸再次看向了仓早。

“仓早小姐，接下来关于凶手的名字，我将用你的来对号入座。如果你有异议的话，请随时指出来。”

“好的。悉听尊便。”

仓早没有表现出丝毫的异样，和平时接到服务需求时的回复调子没有什么不同。

“仓早小姐先是把天泽那家伙叫到了水井那里。”

“天泽先生平日事务繁忙，不可能轻易接受我的邀请。”

“不，他还是去了。毕竟，水井那里有摩托艇。”

常木被杀之后，政崎也死了，加之报岛又消失无踪，此时的天泽在精神上已经处于极度恐慌的状态。听说他还跟小间井哭求过让他离开这里。这时候，如果跟他说这个岛上有摩托艇，他一定会二话不说便飞奔而去吧。

“于是，把天泽叫到水井那里之后，仓早小姐用电击棒击晕了天泽。在那样的情况下，如此出其不意的举动应该不难做出。天泽发自内心地厌恶着天使，然后常世岛上有着大量的天使。在将目光避开天使的时候，他是没有防备的。”

“天国专家对天使的厌恶竟遭到了报应。”

伏见痛苦地说道。她说得没错。

“然后，仓早小姐把晕过去的天泽搬到了水井边，在他的脖子上挂上了绳子，将他放到了水井里面。绳子的另一端，利用船桩铺在了地面上，并使其与摩托艇连在一起。绳子不够长的话，只要将其与水井的井绳绑在一起即可。就这样，只要谁发动了摩托艇，天泽的脖子就会被吊起来。”

那艘摩托艇，因为锚的关系虽然只能开出不过数十米，但对于刚才所说的杀人装置来说正好合适。铺在地上的绳子，即便只是被稍稍拉紧，也可结束一个人的性命。

“这样的话，启动摩托艇的应该就是争场先生了吧？因为他杀掉小间井先生之后就坠入了地狱。”

“是的，没错。别看争场那样，他也说过无论如何也要马上离开这里。而且，他持有船舶的驾照，摩托艇对他来说也是一种诱惑。”

“可是，这就不正常了。天泽先生在被放入水井的时候，必须还是活着的。不然的话，就变成是我把他杀了。”

仓早依旧冷静地予以了反驳。

“可是，水井的深度有十五米。落入井里的瞬间，天泽先生就会死掉。而且，按照青岸先生您的说法，天泽先生的脖子上是挂着绳子的吧。这就更奇怪了。”

这次进行反驳的，是大槻。

“那……天泽先生是不是就那样被放在了水井的外面？如果会被摩托艇拉紧绳子，其实也没必要一定要放进水井里？比如让他坐在水井旁边。”

“坐在水井旁边的话，不就会被发动摩托艇的那个人看到了吗？虽然发动摩托艇的那个人也处于惊慌之中，但看到水井这边的景象，他应该立马就明白是怎么回事了……”

伏见的脸上现出了微妙的表情，她继续说道：

“那样的话，天泽的身体必须在水井里才行……不对，还有井深的问题，这该怎么解释呢？”

“要解决井深的问题，方法只有一个，那就是在那个时候把深度变浅即可。”

“这是什么意思？不会是水位只在那个时候突然涨高了很多吧？”

伏见对青岸所说的非常在意。与此相对的，大槻再次提出了异议。

“不可能的。那是一口实打实的枯井。千寿纱不也说了吗？”

“是的。至少我也认为，那口井不可能在一夜之间突然又有水了。”

“这我也知道。所以，一定是用别的东西填上了。而且，是在一定的时点就会消失的东西。”

“这样的话，就不会是沙子或者石头之类的了。它们不会随意消失，而且还会留下痕迹。所以，到底是什么东西啊？”

宇和岛惊讶地问道。随后，青岸开口说道：

“是天使。那口水井里聚集了一堆天使。”

说完之后，青岸打开了窗户。突然一阵风刮了进来，摇晃着窗帘。青岸从口袋里取出几颗方糖，扔向了地面。

不过几秒，天使便聚集过来。扁平的身体和瘦削的身段，它们究竟是如何嗅到方糖的味道的？青岸一直不明白。天使聚集在地上，用脸摩擦着方糖。

在聚集而来的天使上方，青岸再次撒了一些方糖，于是，天使们便堆叠起来，互相在各自的身体上寻找着方糖，看起来像是一整块物体一般。

所有人都一会儿瞄向窗外，一会儿又看着地上，一言不发，大家都明白青岸的意思了。人类唯一知道的关于天使的贪婪习性，此刻正在眼前上演着。为了不再将怪诞和神圣混同，青岸关上了窗户。

“操作顺序是这样的。先往井底投掷方糖，引来天使。等到聚集了若干只天使之后，再追加扔入更多的方糖。只需十多只天使，井底应该就被填得差不多了。当把井深弄到差不多四米左右的时候，就把脖子上挂着绳子的天泽下放到天使身上。剩下的，就是等待争场过来发动摩托艇了。”

把争场叫出来的方法，青岸可以预想得到。仓早只需要悄悄地递上一张纸条即可。纸条上会告知争场这座岛上有摩托艇，持有驾照的争场可以用上。另外，深夜一点的时候会加好油，请趁人不注意的时候逃走，之类的。

然后，水井当中的天泽会被吊住脖子，继而身亡。摩托艇会在行使到一定距离的时候停住，争场会折返，因为锚无法提上来。接下来，争场会返回常世馆，而这期间，水井里的天泽已经死了。

“天使大概会在三四十分钟吃完那些方糖，然后离开。不会留下任何痕迹。”

天使离开之后，仓早便弄断天泽脖子上的绳子，让他落入井中。藏于地下十五米之深的尸体，要将其打捞上来几乎是不可能的。

“之所以焚烧尸体，应该是出于保险起见。虽然估计尸体应该不会被打捞上来，但万一有人指出天泽脖子上的绳印怎么办，并且他的表情也暴露了被绞脖的特征，比如舌头外伸、眼珠暴突。”

可是，正是因为焚烧，水井中才留下了那股独特的味道。未被天使吃掉的少量方糖，在被烧掉之后释放出了闻似焦香的味道。

“接下来被杀的——也是最后一个被杀的，小间井先生。”

青岸的表情不由自主地变得扭曲起来。接下来要说的内容，青岸的内心是抗拒的，但此时不能在这里停下来。如果此时逃避，也就无法称自己为一名侦探了。

3

“小间井先生的案件就简单很多了。而且我们已经知道，小间井先生是被争场杀死的。”

“那看起来像是一场事故……不像是谁蓄谋而设的。”

宇和岛如是说道，青岸用力地点了点头。

“是的，我也认为那是一场事故。至少，那应该不在仓早小姐的计划之中。因为那时候的仓早小姐，正在天使展览室里打内线电话。”

仓早浑身颤动了一下。

“内线电话的通话记录显示，电话是从天使展览室打到争场的房间的。打电话的人，是仓早小姐。”

“那又怎样呢？”

“你承认打过这个电话，就已经足够了。这样一来，就能明白仓早小姐最后的计划了。这要和被偷的那把猎枪结合起来。”

“被偷的猎枪？”

不知道仓库情况的大槻，忍不住插嘴问道。

“那间仓库里，本来应该有两把猎枪。至于我为什么会知道，待会会说。只剩下一把，是因为仓早小姐偷走了另外一把。要执行仓早小姐的计划，必须得用到猎枪。”

“那也就是说，本来……仓早小姐是想用猎枪杀死争场的吗？”

伏见战战兢兢地问道。

“不是。如果是那样的话，没有必要特意把争场叫到天使展览室。只需要让争场打开他的房门，直接把他击毙即可。天使展览室有一个不同于其他客房的特征。知道这一特征的话，就能大概猜出仓早小姐为什么会把猎枪带到那间房间以及她想要做什么。”

“天使展览室和其他房间有哪里不一样？那里放着大量和天使有关的东西？”

“不是。那间房间的门，是常世馆里唯一要从外面拉开的。”

天使展览室在之前曾被当成小剧场来使用。当时应该有能容纳五十人左右的座位，应该还有一个小小的舞台。所以，房间的门是向外打开的。

为了在发生危急情况时能顺利避难，不管面积大小，剧场被设计成了向外打开的样式。其他的屋子或是客房，通常都是往里推开的。所以。仓早才选择了天使展览室。

“是向外打开的门吗？好像的确是的。那又怎样呢？”

“这里藏着另外一把猎枪。”

青岸取掉猎枪上的盖布，把它拿在手上，随后用左手拿起了电话听筒，右手轻松地将枪口对准了自己。

“这就是那时候的你打内线电话时的姿势。”

“啊……危险……”

伏见发出了混杂着悲伤的叫声。青岸就那样用指尖扣动了扳机。

“天使展览室的门扉把手上系着纽带的一端，另外一端则系在猎枪的扳机上。这样一来，打开天使展览室房门的人，同时也就亲手拉动了扳机。要实现这个操作，向里打开的门是绝对做不到的。所以，仓早小姐才选择了天使展览室。”

“请把枪放下，青岸先生。万一发生什么的话……”

“放心，枪里没有子弹。”

“这样啊……那就好。”

仓早依旧沉稳地说道。

“等等，青岸先生。我完全没听明白……大家不觉得很奇怪吗？千寿纱要是那样做的话，那她不就……”

大槻的脸色变得铁青。他一定在想象着仓早的身体被击穿的画面。他会这么去想象，是很正常的。

“没错。仓早小姐本该被猎枪击中而身亡。她的目的，是让争场坠入地狱。”

拨打内线电话时的她，到底是何种心境啊？为了让一个人坠入地狱，竟然想到将自己的生命也搭上。

“可是，争场没有接到这个内线电话。那时候的他，已经被叫出自己的房间，和小间井在一起。”

接下来的内容，是仓早也不知道的。在急于完成计划的过程中，她没料到计划已经被打乱。小间井的行动，破坏了她的计划，也救了她的命。青岸从口袋里取出被折叠过的那纸张。

“死去的小间井先生把从仓库里消失的那张纸，塞进了自己的怀里。仓库里本来应该有两把猎枪的证据，就在这张纸上。小间井先生说过，仓库没有丢失什么东西。可实际上，他已经察觉到少了一把猎枪，也察觉到是仓早小姐偷走的。”

所以，为了不引人怀疑，小间井才撕下了仓库的备用品清单，并把它藏了起来。他是为了掩护仓早。

青岸不认为小间井已经察觉到了这一连串的事件的真相，但他应该能够预想到接下来在争场身上会发生什么。尽管不清楚是什么理由，他一定预感到了凶手就是仓早。

否则，就无法对小间井接下来的举动做出解释。

“小间井先生认为仓早应该会去杀掉争场吧……不确定他是否知道仓早的目的是要将争场坠入地狱。可是，如果仓早听劝，事态也不会发展至此。既然这样，那该怎么办呢？”

仓早没有回答。不过，她在等着青岸往下说。

“那自己先把争场雪杉杀掉好了——小间井先生做出了这个决定。”

于是，小间井便先于仓早，把争场叫到了地下室。

“小间井试图用刀子杀掉争场。可是，争场做出了强烈的抵抗，夺下刀子，反而把小间井给杀死了。没有意识到自己已经杀掉天泽的争场，就那样坠入了地狱。这就是整个事件的真相。”

争场没有接电话，于是仓早便暂时走出了天使展览室。就在走出去的时候，听到了从地下室里传来的骚动。本想以己之命让其坠入地狱的那个人，竟在自己不知情的情况下坠入了地狱，仓早一定感到无比震惊。

与此同时，小间井却死了，她该有多么绝望啊。

她完全没有意识到，小间井已经察觉到自己的计划。偷拿了猎枪之后的计划本应很快就可以完成，却没想到小间井会在这么短的时间内就付诸行动。最想不到的是，小间井竟然会为了她而去杀争场。

“除了小间井先生和仓早小姐，其他所有人在那个时间段里都有不在场证明。在天使展览室里打电话的人，除了仓早小姐，不可能还有另外的人。如果我的推理是错的，请告诉我，你那时候在天使展览室里都做了什么。你一定没有在意通话记录会被留下吧？因为这时候的你本来应该已经死了，所以也没必要对此做出什么辩解。”

仓早本不需要什么不在场证明，也不需要辩解。她的“杀人”本该已经结束。这么一想，她的失误其实并不算失误。

被揭露了一切的美丽女佣，眼里流露出了深沉的悲伤，她只是静静地注视着青岸。

这时的青岸由衷地觉得：她还活着，真好。

4

“千寿纱，你真的……”

打破沉默的是大槻，他仍在寻找可以为仓早做辩护的言辞。

“仓早小姐，你怎么会做出那些事情呢？”

宇和岛的声音也略显僵硬。青岸已经很久没有见到他变现得如此明显的不淡定。

“宇和岛医生说得没错！千寿纱没理由那样做！她怎么可能……”

大槻接着宇和岛，继续坚持着否定这一结论。

“大槻先生，不必了。”

劝说大槻的不是别人，正是仓早。她慢慢地摇了摇头，又开口说道：

“都别猜了。我本来也没想过要逃掉惩罚，只要等到完成我的计划就好。而且，我也做到了。”

“所以，你这算是承认了吗？”

“真是厉害。青岸先生，您不愧是一名名侦探。”

仓早千寿纱在说出这句话的同时，脸上浮现出了与青岸初见时的美丽笑容。

“有一件事，我想问你。”

青岸用尽气力说出这句话。

“您请说。”

“为什么想让争场坠入地狱呢？甚至不惜拿自己的命来交换。”

“那个男人，他该下地狱。”

仓早没有丝毫的迟疑，冷静地说道。

“该从哪里说起呢？大家应该都知道常木王凯利用袭击来杀人的行为了吧……其实，从一开始就注意到他这一恶劣行径的，是我的父亲……”

“难道……是桧森百生？”

“是的。父母离婚之后，我被判给了母亲，改姓仓早。在那之前，我是桧森千寿纱。”

原来是在这里产生了牵连。从百到千，从父亲到女儿。

“怎么会，不可能……仓早小姐……竟然是桧森前辈的女儿？”

伏见对眼前的一切难以置信。

“谢谢你，伏见小姐……你来到岛上的时候，真是很让我意外……你是在遵守和我父亲的约定，对吧？”

仓早的这句话，让伏见终于忍不住，仿佛下一秒就要哭出来。

“桧森百生……是一个打从内心热爱正义的人……是一个真心希望能通过自己的文章来改变这个世界的人……所以，他才被常木王凯杀害了。”

“是因为森井银行的爆炸事件，对吧?!前辈他……前辈他，在那起事件里，为了保护一个小孩……”

仓早对伏见所说的这些话，轻轻地点了点头。

“危险正在向自己一步步靠近……父亲应该已经意识到了。即便如此，他也没有放弃，并没有放松对常木的追查。也正因为如此，被常木杀掉便也只是时间问题。”

仓早边说边眯缝起眼睛，仿佛看到了悲剧正在她的眼前再次上演。

“那起事件中用到了一种叫作‘茴香’的炸弹。体积虽然小，杀伤力却极强，延烧时间也长，因此很多人被不幸地卷入其中……爆炸事件发生时，父亲突然为了抢救眼前的一个小孩而跑了过去。那是一个只有五岁的小男孩。父亲为了把他抱走，为了保护他而死掉了。”

“我知道。桧森前辈，如果不是为了要救下那个小孩，也就不会死。所以，前辈的死是值得的。”

“伏见小姐……事情到这，还没有结束。”

“什么?!”

伏见不禁发出了一声短促的惊讶。见状，宇和岛不知为何痛苦地皱起了眉头。而他皱眉的理由很快便被知晓。

“桧森……我的父亲，从爆炸当中救了那个孩子，就是在那个时候，炸弹的碎片刺破了他的喉咙，他就那样死掉了。之后，火势便马上蔓延到他身上。各位应该知道，‘茴香’炸弹的火焰不会熄灭。父亲的尸体瞬间便被火焰裹挟，而被他救下来的那个小男孩就那样在他的怀里……”

“不可能。怎么会……”

伏见的眼里扑簌簌地掉下了大颗大颗的泪珠。看样子，仓早刚才所说的事实，她未曾听说过。

“如果不是为了要救下那个小孩，父亲不会被置于那样的境地。可是父亲不是一个会丢下眼前的那个小孩而不管不顾的人。我为拥有这样的父亲而感到骄傲。可是，正是因为父亲是那样的一个人，却遭到了杀害。而且，他试图救下的那个小男孩也一起被烧死了。要是父亲当时有一丝丝的犹豫，也不至于会发生那样的事情。”

“怎么会这样……太残忍了。”

嘴里泛着嘀咕的大槻，也已变得脸色惨白。此时的青岸，估计也有着同样的脸色。

青岸想起了仓早曾经满脸认真地向他问过：为什么这个世界好人没有好报，如果神真的存在，为什么好人要经受那么多的苦难？如此追问的她，脑海里一定在一遍又一遍地播放父亲死去的画面。

那个画面是如此的悲壮却不尽情理，任由人类的善意被残忍践踏。

“凶手原来就职于一家银行，因遭到不当解雇而心生愤恨，犯下了罪行。凶手的上司还有很多客户都被卷入其中并丢掉性命。凶手的作案手法和在那之前的袭击杀人事件没有什么特别的不同之处。唯一不同的是，凶手使用了‘茴香’炸弹作为武器。然后，他的家人在他死后获得了一大笔来历不明的金钱援助……这是常木和其同伙组成的同盟的所为，也正是桧森百生冒着生命危险想要揭发的诡计。”

“所谓的杀人不见血。”

“是的，正是如此。青岸先生。提出这一诡计的人，正是天泽齐。他拉拢了常木让其加入，由此奠定了同盟的基础，并借由天国研究专家的身份，不知道做了些什么实验……接下来，他们叫来了争场，也因此获得了施行他们的诡计时所必需的凶器。不仅如此，加入同盟之后，争场为了更有效率地达成目的，开发出了‘茴香’炸弹。”

“茴香”炸弹的出现，使得这个世界的悲剧被进一步加重。如果这个世界上没有它，不知道会有多少人得以幸免于难啊。如果带走赤城他们的那辆车里装着的炸弹不是“茴香”，说不定还能救回他们。一想到这，青岸的胸口便猛烈地涌上了一股仇恨。即便已经目睹了争场被地狱的烈焰焚烧，青岸也依然无法按捺住那股恨意。

“在争场的加持之下，常木的同盟阵营日益壮大。为了拓宽在政界的人脉，拉拢来了政崎，为了疏通各个媒体，拉拢来了报岛。就此，常木把‘降临’后的世界塑造成自己可以为所欲为的一个世界。可是，他们的罪恶并没有受到天使的制裁。也正因为如此，我才无论如何也要对他们进行报仇。神如果无动于衷，我就只能自己动手。也正是在那个时候，我发现了常世岛正在招聘管家。”

“竟然通过了他们的面试。”

青岸不由得脱口而出。

“是的。他们给的待遇很好，听说竞争很激烈。我也以为自己不可能通过面试——可是，我竟然也有那个东西，和青岸先生一样的那个东西。”

“一样的东西？”

“就是‘祝福’啊。”

像是念出咒语一般，仓早说道：

“在我进入面试会场的时候，窗外突然暗了下来。面试官和我都感到不可思议地看向了窗外。只见大量的天使，趴在窗户上，密密麻麻，正是这些天使遮挡住了日光，使得室内变得像是进入了黑夜。”

“怎么会呢？天使不是不带有意识的吗？”

宇和岛惊讶地说道。

“或许那其实并没有说明什么。我也不明白为什么会发生那样的事情。可是，我却因此被录用了。常木管那叫作‘祝福’，表示出了他的狂喜。”

神究竟有没有睁着眼睛看着这个世界呢？如果那时候天使没有聚

集到窗外，仓早就不会来到常世岛。她如果不在这里工作，那六个人也就不会丧命。这一切的契机都是天使，是常木所渴望的祝福。

“我等待着机会。让父亲惨死的常木和争场对我来说并不足够，我要让同样贪恋权利的其他三个人也接受惩罚。可是，就算我做好坠入地狱的觉悟，我最多只能杀掉两个人……如果采用天泽的诡计，利用炸弹或者火灾来杀人的话，那又是另外一回事了。”

仓早的语气里带着讽刺。

“我也曾想过通过爆炸将他们一网打尽。可是，唯独对于争场，我不能如此便宜了他。争场烧尽了父亲的灵魂，因此他必须经受同样的惨痛经历——我必须要让他下地狱。要让他知道被父亲抱住却依然被烧死的那个小男孩是什么心情，让他知道招致那样的结果的父亲是怎样的无助，我要把这一切都原汁原味地让他自己舔尝。于是，机会就那么降临了——常木王凯对于天使的狂热变得失控，政崎开始考虑叛变了。”

“这一切的起因在于政崎开始谋划如何杀掉常木吗？”

“是的。我一边履行作为常世馆仆人的职责，一边观察他们的动向。之后，常木的精神状况不断恶化，政崎在经济上变得极为拮据，他已经无力应对。此时，察觉到这些情况的报岛，开始顺势教唆政崎解决掉常木。”

没想到，他们最后采取的还是老样子的手段。为了不弄脏自己的手，他们找了个替罪的人。宽容且盲目的神，竟然没有看到罪恶交传时的肮脏一幕。

“知道杀害常木计划的，只有报岛吗？”

“应该是的。就这样，为了推脱杀害常木的罪行，报岛叫来了伏见小姐。我想，我只有这一次机会，剩下的都如青岸先生所说。一切本该是完美的……除了小间井先生替我死去之外。”

仓早的喉咙颤动着。

“小间井先生一定是不希望你死掉。”

“事与愿违。本来，我才是应该坠入地狱的罪人。小间井先生明明没有任何的错。”

事实并非如此。小间井也同样有其深陷的困境。只要身在这常世馆工作，不可能与常世王凯的那些勾当完全划清界限。青岸听过小间井曾在自己面前吐露过的那些苦言。成日装作视而不见的小间井，认为自己是一个罪人。因此代替仓早杀掉争场，于他而言，一定是一种赎罪。

“请告诉我，青岸先生。”

这时，仓早的眼里终于流下了眼泪。仿佛她在这常世岛上生活过的漫长岁月，都化成了重量凝结在了这些泪水里。

“为什么会变成这样？为什么会有那么多的天使，为什么会存在地狱？为什么这个世界上，像常木还有争场那样的人不会受到制裁，而小间井先生还有我父亲那样的人却没有得救呢？”

青岸回答不了。不仅如此，他自己才是被神和天使彻底玩弄的那个人，一直过着被侵蚀的人生。他也不知道地狱为什么会存在，不知道这个世界上是否有天国。仓早却明知故问。

面对着沉默的青岸，仓早边哭边笑说：

“青岸先生，实际上，我并不后悔。让争场被地狱之火烧死，还有另外四个人的死，都是我的战绩。”

“这……”

“青岸先生，您找到天国了吗？”

为了堵住青岸想要说出的话，仓早这样问道。

为了寻找到天国，青岸才来到这里。可是，在这里看到的却是被割破喉咙的天使。青岸所爱的那些伙伴，是否已在天国快乐地享受着驾车的乐趣呢？青岸仍然没有找到这个问题的答案。

“没有。不过，我希望它是存在的。”

最后的最后，都归结于此。死去的赤城、木乃香、嶋野、石神井，还有桧森百生和小间井，希望他们都能安享于天国之中。即便这只是活着的人一厢情愿的幻想，青岸也无法将其舍弃掉。

对于青岸的回答，仓早微微地点了点头。青岸不知道这意味着什么。

“谢谢您，青岸先生。是您破了案，对此，我感到很荣幸。如果不是您，那么我的愤怒以及痛苦，都只会被藏于没有人看到的黑暗之中。”

这时，青岸突然感受到了一股恶寒。

仓早只距自己数米之远，要阻止的话只有现在。

“我不打算让天使把我抓住，也不相信天国和地狱。我要去的地方只是虚无，只是让我的脑功能停下而已。”

说完之后，仓早千寿纱便从怀里掏出了一把短刀，毫不犹豫地刺向了自己的喉咙。

5

鲜血喷出，纤细的身体缓缓下沉。

仓早倒在了一片血泊当中，几乎与此同时，宇和岛冲了过去并按住了伤口。可是，血流之势并没有减弱，眼看着仓早的脸上渐渐失去血色。

“快！谁快去我的房间里把我的诊疗包拿过来！”

“我去！”

大槻边说边飞奔出房间。

“混蛋，伤口太深了……”

“还有救吗？”

“不知道。这里没法输血，而且就算我想止血，可是光止血也……”

仓早的眼睛里开始逐渐失去神色，嘴里也涌出了血块。

不一会儿，大槻带着诊疗包回来了。可为时已晚。青岸眼睁睁看着仓早在自己面前寻死，却什么也做不了。

为什么会变成这样？没有必要连她也死的啊？就算现在想向仓早寻求答案，以她现在的状态，她已经说不了话了。

“怎么办？怎么办？连仓早小姐，也要死了……”

伏见发出了绝望的哀号。死，这一事实正在逼近。尽管宇和岛正在全力抢救，可是对于一个毅然决然地把刀刺向自己身体的人，还有救回的希望吗？

神要以这样的方式将仓早千寿纱带走吗？是为了惩罚一心只想着复仇才来到这座岛上的她吗？

焦躁混杂的词汇闪过青岸的念头，正是在这时，从开着的门的门缝之间溜进来了一只天使。天使像是洄游鱼类一般一边打转，一边盯着大厅里的五个人。注意到这只天使的只有青岸。

天使的姿态过于怪异，引得青岸不禁条件反射性地想扑向它。全身细长的天使，缠绕着双腿徐徐上升。至此，比起天使的翅膀，天使的手脚更为引人注目了。

像是在做着噩梦一般，青岸凝视着天使。

天使的长手长脚贴在天花板上之后，头便无力地垂了下来。与此同时，一道柔和的光倾泻而下，仿佛无视天花板的存在一般，照亮了仓早千寿纱。唯有她被用美丽的光线与周围隔开，即便是厌恶神的所作所为的青岸，见到此景也不禁被震慑到失声。

对此，青岸曾经有听闻过，但亲眼见识到还是第一次。

这是神之试探，是神之眷顾，是安乐天使。

注意到青岸的视线所向之后，大槻和伏见也看向了天使。宇和岛集中注意力在抢救上，身体却也不由得因为那道光而颤抖着。

“神宽恕了千寿纱。”

大槻只说了这么一句，眼泪便从大睁着的眼睛里溢了出来。

“是的，千寿纱被神宽恕了！有救了！她一定没事的！”

大槻不断重复着这些话，语调近似于在祈祷。

“是的，你所做的都是出于正义！你没有做错什么！神在原谅你，一直目睹着这一切的神，现在终于要行动了。”

被神宽恕。到底，何谓宽恕？

神为什么要将安乐天使派遣到这里呢？面对着身负重伤，毫无抢救余地的她，难道神认为还能救回，能让奇迹发生吗？

若是奇迹真的发生，难道真如大槻所说的那样，她的杀人行为会被认为是正当的吗？那个为了复仇而杀死五个人，还无意害死一个人，犯下了本该坠入地狱之罪的她，真的会被宽恕吗？

如果这就是神的判决，青岸唯有欣然接受。因为青岸也只是一个人，也只是一个侦探。

但也正因为如此，青岸才无法做到完全释怀。

既然神在此时此刻宽恕了她，为什么没有对他的父亲施以援手呢？

为什么要以这样的方式来结束呢？

青岸认为，在常世岛上死去的那五个人应该被谴责为罪人。就算揭露了仓早犯下的罪行，他也认为那五个人该下地狱。他在心里支持着已然成了杀人犯的仓早。如果神也有着同样的心情，为什么杀掉那五个人的不是神圣的天降之罚，而是仓早那柔弱的手腕呢？

光是这么想一想，青岸的内心就已变得狂乱。窗外飞着没有五官的天使，它们的心情无法感知，看上去也像是在拒绝被感知一样，只是徘徊在人类的周围。

“不要死啊。”

反应过来之后，青岸竟然也脱口说出了这几个字。

“不要死啊，不，别杀死她啊。别杀死仓早小姐啊。求你了，别杀死她啊。”

“不会的，我不会让她死的！我这次……一定要把她救回来……”

宇和岛也哀声回应着。不过，他的这句话，并不是对青岸而说。一旁的青岸，对着无形的神用尽全力地祈求着。

“求你了。别杀死她。救救她……求你了。就这一次也好。”

“神啊，请您不要带走仓早小姐。求您了。救救她。求您了。”

伏见也边哭边向神祈祷着。

“仓早小姐，求求你一定要活下来。求你了。神在祝福着你……不要死啊……”

青岸像是再一次经历了当时被那辆燃烧着的车辆烧着双手一般，唯有不停地祈祷。

——这个世界上，如果还有哪怕一点点的正常，就不要让仓早千寿纱死去。

喉咙处没有割破痕迹的天使，一声不吭，只是默默地待在那里。

就这样，尽管万能的神撒下了光，在那之后不过几分钟的时间，仓早千寿纱还是死了。

尾声

Ubi sunt qui ante nos
In mundo fuere?
Vadite ad superos,
Transite ad inferos,
Hos si vis videre.

先人今何在?
在世界的何方?
早登极乐,
或步入阴曹,
问你愿拜见否?

《国际学生歌》

1

“呃，这样可以吧。算了，反正到时候应该也是会被剪掉的。”

赤城对着摄像机盯了一阵子，决定之后便开始说道：

“那个，如果谁看到这段录像……不过，估计也只有焦哥会看到了，如果看到的话，我应该已经不在这个世上了。如果我还活着，就请不要再继续往下看！这是我在去天国之前最后的留言。”

轻轻地清了清嗓子之后，赤城继续说道：

“我想，如果我死了，那一定十有八九是为了正义而死。不管我是怎么死的，一定都和正义有关系。所以，就算我死了，也请不要难过。我为我的这一生感到骄傲。啊，我怎么有点想哭了……啊……真是的……啊……”

赤城轻轻地擦了擦眼泪。然后，再次面对着摄像机。

“就算我不在了，就算只剩下您一个人，焦哥，也请您继续做一名侦探。一定会有人因为您而得救的。所以，请一定一定不要放弃。侦探是能够帮到别人的。”

“你这是在干吗啊？”

“啊！别，焦哥，现在不行！我在拍摄中！”

“拍什么啊，要死了吗？”

“啊啊啊……天啊，被你听到了。太尴尬了，干吗不早点叫住我？”

“别乱拍这些不吉利的东西，说什么死了也请不要难过。”

“身为青岸事务所的一员，我一直都是这么想的。因为一想到要做一名正义的伙伴，总不免会遇到危险。”

“我可没打算搭上性命也要靠做侦探来挣钱啊。你小子是不是想太多了？”

青岸瞥了一眼还开着的摄像机，视线转向了面露羞赧的赤城。

“这是我的决心、决心。当然，我会努力不让那样的事情发生的。”

“那个，如果这段视频被谁看到，那也就意味着……不过，应该也就只有焦哥和赤城会看到，啊，不如就趁这个机会，把这段视频设置成：我一死，它就自动被上传到各个视频网站的模式。这样一来，等我死了，这间简陋的事务所一定会变得相当出名，真矢木乃香这个名字也一定会瞬间爆红。或许应该让大家来悼念我才对。”

木乃香的脸上现出了略带得逞之后的微笑，继而，她转向摄像机继续说道：

“如果我死了，那一定意味着我遇到了极为强劲的对手，我很有可能是为了名誉而死的。虽然我不想死，但如果一定要死，我想应该会是那样的。所以啊，没关系，哭就哭吧，不过可别忘了感谢身在天国的我哟。”

说完后，木乃香停了下来，空气中流荡了十秒左右的沉默过后——

“不过，就算我死了，还有焦哥和赤城。他们依然还是侦探。这个世界应该不会有事的。那两个人，不会轻易放弃的。就算我不在了，我的那些伙伴也一定会想办法去做些什么的。”

犹豫了片刻之后，木乃香朝着身后的沙发躺了下去。

“我没有什么要说的了。仔细想想，我又看不到大家到时候的反应，拍这也没多大意思。”

“咦，木乃香，你在干吗？”

赤城一边扭头看向躺在沙发上的木乃香和摄像机，一边问道。不远处传来了青岸的声音：

“她也在做你之前做过的那件事。”

“那件事？”

“那个……我刚才在翻电脑的时候，看到了你之前拍的那段伤感的遗言。”

“什么？所以你看了？不会吧？怎么可以？”

“怎么啦？很感人啊。所以我也想学一下。”

“你真的看了啊……呜哇……天啊……”

“有句老话叫什么来着？年轻气盛？不过这话好像也没那么老吧？不过，的确是不知道会发生什么事情呢……你是不是有说能和焦哥在一起，感到很幸福？”

“没有，没说！”

赤城满脸通红，引得躺在沙发上的木乃香哈哈大笑。

“你好，二十年后的我？我是石神井充希。现在的地铁是不是已经建到地下两层了？真是的，今天早上上班的时候真的是挤得要命啊！”

镜头前的石神井，微笑着挥了挥手。一旁的赤城无奈地说道：

“不是您说会留下一些认真的话吗？”

“啊，对哦。这段视频被看到的时候，我已经死了，对吧。这么一想，还真是有些害怕呢。我成功地又找到工作了！能来青岸事务所，真是太棒了！对了，等这家事务所走上轨道之后，好像是有买车的计划的，等这段视频被看到的时候，不知道车子会不会已经买好了呢？真的只能选择金色这一个颜色吗？”

“石神井，你在拍什么啊？”

从旁边走过的木乃香，一脸疑惑地问道。

“这个吗？这是给未来的留言。你也一起来啊，木乃香。”

“不是。是遗言！以防万一所以才……就，我，还有你，都拍过的啊，你不记得了吗？”

被赤城这么一说，木乃香发出了“哇”的叫声。时至今日，那段影像仿佛已经成了黑历史。

“我才不要跟你一起拍！”

木乃香一边拒绝，一边走开了。

“什么嘛，我说不定也有可能会为了正义而死啊。”

“嗯……有那个可能吧……不过我想你一定会比谁都能好好地活下去的……”

赤城说完之后，石神井笑了。

“如果真是那样的话，我的人生看来还不赖。不仅能在天国过上舒服的日子，还能拥有自己的车。”

“喂，我们现在可还买不起车啊。”

说这话的，是没有意识到摄像机开着便闯进来的青岸。石神井对着青岸，微笑着说道：

“有您这位名侦探，还怕什么？而且，我们可是用爱在战斗啊，这不是很无敌吗？真的，我没有任何遗憾。等我们变成了老爷爷老奶奶，也要把侦探事务所开下去哦。”

石神井如是说道。已经退到画面之外的青岸，心不在焉地回了一句：

“到那时候，还是隐居起来吧。”

“一、二、三，走。”

伴随着赤城的声音，拍摄开始了。手持摄像机的画面，剧烈地抖动着，看得人头晕。地上是醉得不省人事而睡过去的木乃香，她被毛毯包裹，看上去像是一只蓑蛾。

摄像机继续移动，画面里出现了满脸通红的嶋野，手里拿着还剩下半瓶多的葡萄酒瓶。他肆无忌惮地笑着说道：

“当你看到这个的时候……看到的时候……咦？算了，那个……我可能已经死了？”

“嶋野哥，你别再喝了啊。”

“我还能喝！”

“再喝下去，就真的变成遗言了啊。”

说这话的青岸，也依然大口大口地继续喝着。一旁的石神井，被这句话逗得拍手大笑。

“我觉得，我每天都过得很充实。人，总有一死。可是，我——嶋野，我的意愿会由留下来的伙伴们继承下去。就这样，不久的将来，世界上的任何地方，一定都能看到我们所相信的正义！”

嶋野高声说着，并举起了酒杯。

“愿我们永垂不朽！愿我们万古长青！”

画面到此便结束了。

2

即便发生了惨剧，天使也依然悠然自在地盘旋在空中，守望着人类。对于犯下罪行以及被事件玩弄的人类仿佛视而不见，它们不带怜悯，也不带蔑视，只会做出裁决。

仓早千寿纱一死，安乐天使便消失了。

在她死后，附在天花板上的天使便摇头晃脑地爬出了房间，就像是在宣告自己已经完成了使命一样。听说病房里的安乐天使基本不会移动，这一点和一般的安乐天使略有不同。

天使没有施予奇迹，只是给予了抢救机会，随后便只在一旁静观。仓早千寿纱的自残，没有丝毫的犹豫和迟疑。这样的她给自己创下的伤，真的还有救回的余地吗？

那么，安乐天使的到来只是一种讽刺吗？只是为了讽刺犯下罪行的仓早，神才派来那些天使吗？如果真是那样，至少不让仓早在临死之际意识到安乐天使的存在，或许算是对她的一点点温柔。青岸唯有如此默默祈求着。

又或者，像是大槻愿意相信的那样，那是一种祝福。神宽恕了仓早千寿纱，作为把她迎入天国的前奏，所以才派来了安乐天使。

不管怎样，对于自己的人生被天使玩弄至此的仓早来说，哪一种都不是她该去承受的。

青岸缓缓地把双手握在了一起。受过祝福的这双手，至今也依然转动自如。

为什么，为什么天使会降落在那辆燃烧着的车辆旁边，不让青岸靠近呢？在很长一段时间里，青岸一直在思考着这个问题。

可是，来到常世岛之后，每当接触到常木所说的“祝福之物”的时候，青岸便逐渐开始接纳那份不解，并认为它或许正是天使和神的本质所在。

当然，他仍会继续渴望着天国，只要活着，这份渴望应该会一直存在，不会消失。不过，向天使或是神寻求意义、寻求能让人接受的答案，这两件事带给人的如临地狱之感，他已经感到能从中解脱出来了。并不是因为已经学会了如何解答神的方程式，而是意识到了或许根本就不存在答案。

天使的降临，改变了这个世界，即便如此，人类也必须活下去。人类本来就是这样的生物。无论是以何种理由被改变，唯有“如何在这个被改变的世界里活下去”，才是人类被赋予的自由。

因为不管是神还是天使的真心实意，人类一定不会懂。

身为一介凡人的青岸，能够感知到的也只有仓早千寿纱的真心实意罢了。

尽管在常世岛待了很长时间，仓早千寿纱的房间里却几乎没有任何她的私人物品。即便对于一个驻馆女佣来说，这也实在过于朴素。待在这里的时间，她究竟都是怎样度过的？

房间里的桌子上放着两支红色的笔，摆成交叉的形状。

其余的物品，有笔记本电脑，还有未开瓶的红酒。

抽屉里，也几乎没有任何能够让人了解仓早千寿纱的物品。一定要说的话，那就是这一切足以让人看出她抱着怎样的决心来施行这次的计划。

青岸关上抽屉，再次把目光转向了那瓶红酒。在犹豫了片刻之后，他把手伸了过去。

“不能喝，焦。”

身后传来了一个声音。只见站在那里的，是握着门把的宇和岛。

“我不会喝的。”

“现在的你，可说不定。”

宇和岛神情紧张。他一定是在胡思乱想着。选择自杀的凶手的房间，加上那瓶红酒，这一组合足以驱动他的想象力。

而且，现在的青岸和一个已死之人并没有什么不同。宇和岛所洞察到的没有错。就连青岸自己对身处失意深渊之中竟然还好好活着这件事，感到不可思议。过了一会儿，他轻轻地说道：

“我并没有想要寻死。”

“是吗？”

“而且，这瓶酒没有毒。”

“你怎么知道？”

“毒药在抽屉里，用纸包着，虽然不知道是什么，不过我想应该就是它了。”

药包总共有三个。分量足以让一个人死去。不知道仓早是本来就无意隐藏，还是从藏着的地方移到了这里。那种情况下，她需要这些毒药的理由只有一个。

“怎么会有人故意往自己喝的酒里下毒呢？”

仓早千寿纱一开始就想自杀，所以才做了这些准备。尽管被小间井救了下来，或者正是因为被他救了下来，所以才想结束这一切的吧。

“你要真是这么想的话，就别摆出那副样子。”

青岸不知道自己现在是什么样子，不过从宇和岛看他的表情来推测的话，应该看起来非常糟糕。

“你是不是在想，如果自己不把谜底解开会怎样？仓早千寿纱是不是就不会死？别傻了。你是侦探，破案是你的职责。在这一点上，你没有后悔的权利。”

“你突然这么激动干什么，你是另一个赤诚吗？”

“为什么仓早千寿纱没有选择在昨天晚上自杀，你应该很清楚。”

对啊。仓早千寿纱其实可以在昨天晚上就自杀，不用听青岸那蹩脚的推理，干脆地奔向黑暗那一端。尽管明白，青岸仍然故意说道：

“不知道。应该是怕我会出错吧。一想到一个无能侦探可能会让无辜的人蒙受冤罪，她就担心得无法放心离开吧。”

“不是的。仓早是真心希望由你来解开这一切的。希望自己至今的战斗，由青岸焦来为她做见证。”

“我不这么认为。退一万步来说，她应该也只是想知道小间井身上为什么会发生那样的事情。仓早千寿纱，不知道小间井究竟是被争场叫过去之后才被杀的，还是本来就打算杀掉争场。”

小间井一事，完全在仓早千寿纱的计划之外。尽管她已经决意要结束自己的生命，但小间井身上发生的谜团，一定成了她最后的未了之事吧。

如果是这样，那么在某种意义上，仓早或许一直对青岸有所期待。从她来到休闲室的那一刻起，就一直在释放着信号，而青岸所做的也不过是在回应她罢了。

“你这不就是在帮她吗？”

宇和岛坚定地说道：

“事实已经证明，仓早在你做出推理之前就已经决意自杀了。可是，在那个最易实行的晚上，她却没有采取行动。”

“说不定她改变主意了，决定只要没有被逼到绝境，就继续活下去。”

“她的心意已决，不会有其他的结局。本来应该在昨天晚上就死去的仓早，为了听到你的推理而活了下来。哪怕只有几个小时，至少你也延长了她的生命啊。”

“你这是诡辩。”

“是啊，是诡辩。可是，比起我这个医生，让她在这个世上活了更长时间的，是你啊。”

“说得好像真是那么回事一样，所以你真正的身份是通灵者吗？”

“就是那么回事啊。我知道仓早说的最后一句话。”

宇和岛靠近桌子，把桌上交叉重叠着的两支红色的笔扫到了地上。青岸不由得惊讶地脱口而出“你这是在干什么”，只听宇和岛说道：

“这就是仓早说的最后一句话。”

“什么意思？”

“她说，把笔扔掉。”

又是一句简单的信息。生命的最后一刻，恢复意识的她说的这句话，简洁至极。

“所以我才来她的房间。在来之前，我也不知道她说的笔是什么，不过我想，十有八九应该就是这两支。”

“为什么她会拜托你？这笔，到底是怎么回事？她为什么要——”

“不知道。应该是她已经不需要了吧。”

“不需要了……”

这时，青岸突然回想起来。和仓早认识之初，在两人的一次闲聊当中，好像出现过类似的物品。印象中，那次的闲聊应该是在船上。或许是为了打发无聊，也或许是受到了好奇心的驱使，仓早向青岸问了许多有关侦探的问题。

正当青岸意识到这些的瞬间，宇和岛说道：

“侦探不仅仅会破案，也可以拯救凶手，我可不可以这么认为呢？”

“别对我抱这样的希望。”

从进入这个房间，知道了仓早千寿纱其实想要寻死的那一刻开始，青岸就一直感到不适。

毕竟，房间里，连一封遗书都没有留下。

昨天晚上，如果是在这样的状态下她就死去的话，那她为什么要陷害那些人，她自己为什么会死去，也就变得无从知晓了。

就如刚才所说的那样，她还有未尽之事。她在拼尽全力地呐喊，想把常木那帮人的残忍暴行公之于众。她能忍受这一切在没有被任何人看到和听到的情况下就死去吗？

结果是，她做到了，她把一切都传达出来了。

她用两支笔代替了她的遗书。

如果仓早按照计划，一语不发地死去，待青岸在她的房间里找到这两支笔的时候，青岸会怎样呢？

答案很简单。青岸会将这视为她留下的信息，倾己之力地直面已经发生的事件，思考它的真相，直到找到真相为止。

“可我不一定真的能够找到真相啊……”

青岸很有可能到最后也不会发现真正的凶手是仓早千寿纱，也很有可能不会知道她曾做过哪些抗争，很有可能这一切就这么隐没于世，继而不了了之。因为青岸焦这个侦探，在这个天使降临的世界里已经萎靡了很长一段时间。

“都不知道我是否能够找到真相，就留下那些东西，我该怎么办？还是说，如果我错了，那两支笔就会摆成那样？”

青岸明明不想哭，却知道自己的声音逐渐哽咽。掉落在地上的笔，在视线里开始变得模糊。红色的笔，此刻看来只觉像是两条红线。

“为什么这些家伙都这么相信我啊？”

“是大家想去相信你。”

宇和岛说道：

“因为你还活着啊。”

青岸想起了之前和她的对话。

“因为秘密暗号的代入，事件得以完满解决，这样的事情没想到真的会在现实中上演。真是让人佩服。”

“国际信号旗可能并不是一个信号，不过那的确成了船长的转机。”

“您能够准确意会到船长的意思并且把他救下，真是一名出色的侦探啊。”

仓早笑着说出了这句话。

青岸所说的侦探故事里出现的船和船之间的无声交流，两根红色的线重叠之后的×，名为V旗，危险过去之后就会被撤掉，也正是那次事件中所用到的暗号。意为：

“我需要你的帮助。”

3

“船来了……太好了……太好了！”

看到船来，伏见发出了夸张的欢呼声。集合在港口的宇和岛和大槻虽然也感到安心，却远远不及伏见那引人注目的激动。

“啊，真的是……真的是太可怕了……”

“没事吧你，当初的豪言壮语都去哪里了？”

听到青岸这么一说，伏见立马变得神情严肃，说道：

“那些豪言壮语都是真的。我的战斗才刚刚开始。”

在来港口集合之前，伏见也说了同样的话。

无论要花多长时间，也一定要揭露常木那帮人的所作所为，绝不会让他们所犯下的罪行只葬于无人知晓的黑暗之中，这是伏见的誓言。

“仓早小姐认为她必须用自己的双手亲自去制裁那些人……她说得对。我来到常世岛，最后却一事无成。只是被人当成了一个诱饵来利用，我真没用，完全辜负了桧森前辈对我的期待。”

伏见沮丧地垂下了眼睑。瞬间过后，她的眼睛牢牢地看着青岸。

“不过，我知道不能一直这样下去。不应该交由天使，人类必须用自己的方式去制裁那些人。”

察觉到了船来之后，天使们纷纷聚集在了港口。对着发出刺耳振翅声的天使们，伏见伸出了拳头，仿佛是对天使发出了挑战。

“同样的事情，我不会让它再发生第二次。我会以记者的身份，把正义带回这个世界。我一定会的……所以……”

伏见突然在这里停了下来，一副欲言又止的样子。不过，她像是下定了某种决心似的，她开口说道：

“青岸先生，请您也继续作为侦探战斗下去。”

“……”

青岸一时无法马上做出回应。

在仓早千寿纱的房间里找到她的留言的时候，知道她曾拜托宇和岛把那留言撤掉的时候，青岸的心里就已产生了一阵小小的涟漪。

在生命的最后，发出求救信号的仓早，是否有因为青岸的推理得到了哪怕一丝丝的安慰呢？

如果有，那么在这个存在着天使的世界里，仍然站在正义一侧的侦探便是有其存在的意义。如果不这么想，便会辜负了仓早最后的那句话。

所以，青岸说道：

“嗯，我答应你。”

说这话的同时，青岸的脑海里，闪过了赤城、木乃香、石神井还有嶋野他们拍的那些影像。

赤城一个人拍的“遗言”，结果却变成了家庭录像。对于青岸来说，这是和那四个人共同度过的时光的珍贵印记。

那四个人不在了以后，青岸甚至都不敢再回看这些录像。一旦看了，它就不再是家庭录像，而是恢复了它最初的目的。这也一直让青岸感到害怕，所以便一直把它收着。

也因为这样，赤城在一开始就拜托青岸的那件事，便也一直被青岸按压在了记忆深处。

为什么会忘记了呢？青岸一开始就是一个人在单打独斗的啊。

就算又变回了一个人，那也没理由停止这场战斗啊。

这个世界上，一定还有人在做着常木曾做过的那些事情。天使无法惩治的那些罪恶，其实就发生在青岸的身边。

既然如此，侦探在这个世界上，依然大有可为。

“我答应你。侦探，我会继续下去的。”

“一定要遵守这个约定哦，青岸先生。”

伏见说完之后，开心地笑了。

船已经抵达港口，常木的下属和警察那些人走了下来。关于这座岛上所发生的一切，青岸在往后的日子里，应该会一直一直讲下去吧。在天使如此之多的这座岛上所发生的战斗、邪恶、正义，青岸要把它们讲述出来。即便这很有可能会被当成是个晦暗和无望的惨剧。

即将登船的那一刻，青岸再次回头看向了常世岛。

晴日之下的常世岛，不见多少天使的身影，天空湛蓝澄澈。

不带任何想法遥望着的这座岛，甚是美丽，无愧于它是“世上的乐园”这一称号。

青岸想念的那四个人，并不在这里，甚至连他们的幻影也没有出现。

这时，天空中回荡起了两重刺耳的哀伤叫声。

所有人都看向了声音的来处。

只见船的上空，盘旋着两对优雅的天使。每当它们一展翅，喉咙便会发出奇妙的声音。如今的青岸，对这声音的源头已经了然于心。凑近的话，便会发现天使的喉咙上带着割痕。那是在后天被人为形成的，疑似天使之声的一种声音。

可现在，那声音听起来更像是宣告启航的嘹亮汽笛声。

（完）

■参考文献

《拉丁语名句小辞典》(注:暂译名)(2010)野津宽著 研究社

除以上参考文献外，贯穿本书的基本主题，并非主要来源于包含天使在内的世界观，而是深受作品《地狱是神不在的地方》(《你一生的故事》特德·姜 早川文库SF)的正文及特德·姜先生(注:Ted Chiang，美国当代优秀的华裔科幻作家之一)在文末的后记中所说的“美德并不一定会得到好报，好人也会遭遇不幸”这句话的影响。

特别感谢为本书提供插图的影山徹老师，为本书制作装帧的内川TAKU先生，还有长期陪伴着本书制作的责任编辑高冢菜月老师。另外，也要对接任责任编辑一职的盐泽快浩老师、那些说“想读到更多斜线堂有纪的推理小说”的读者们，以及把我的书拿在手上阅读的读者们表示衷心的感谢。

乐园是

RAKUEN TOHA

侦探

TANTEI NO FUZAI NARI

不在的

YUKI SHASENDO

地方

图书在版编目（CIP）数据

乐园是侦探不在的地方 / (日) 斜线堂有纪著；林雅译. -- 北京：新星出版社, 2022.7

ISBN 978-7-5133-4949-9

Ⅰ.①乐… Ⅱ.①斜… ②林… Ⅲ.①推理小说－日本－现代 Ⅳ.①I313.45

中国版本图书馆CIP数据核字(2022)第087863号

本书为引进版图书，为最大限度保留原作特色，尊重原作者写作习惯，酌情保留了部分外来词汇。特此说明。

乐园是侦探不在的地方

[日] 斜线堂有纪 著；林雅 译

责任编辑：李文彧
特约编辑：黄嘉丽
责任印制：李珊珊
装帧设计：何旋璇

出版发行：新星出版社
出 版 人：马汝军
社　　址：北京市西城区车公庄大街丙 3 号楼　100044
网　　址：www.newstarpress.com
电　　话：010-88310888
传　　真：010-65270449
法律顾问：北京市岳成律师事务所

读者服务：010-88310811　service@newstarpress.com
邮购地址：北京市西城区车公庄大街丙 3 号楼　100044

印　　刷：凸版艺彩（东莞）印刷有限公司
开　　本：890mm × 1240mm　1/32
印　　张：7.5
字　　数：180千字
版　　次：2022年7月第一版　2022年7月第一次印刷
书　　号：ISBN 978-7-5133-4949-9
定　　价：52.00元